资柏成 著

消逝的
村野
记忆

团结出版社

图书在版编目（ＣＩＰ）数据

消逝的村野记忆 / 资柏成著 . 一北京：团结出版社，
2023.8

ISBN 978-7-5234-0144-6

Ⅰ．①消… Ⅱ．①资… Ⅲ．①散文集－中国－当代

Ⅳ．① I267

中国国家版本馆 CIP 数据核字 (2023) 第 078123 号

出　　版：团结出版社
　　　　　（北京市东城区东皇城根南街 84 号　邮编：100006）
电　　话：（010）65228880　65244790（出版社）
　　　　　（010）65238766　85113874　65133603（发行部）
　　　　　（010）65133603（邮购）
网　　址：http://www.tjpress.com
E-mail：zb65244790@vip.163.com
　　　　　tjcbsfxb@163.com（发行部邮购）
经　　销：全国新华书店
印　　装：三河市东方印刷有限公司

开　　本：145mm×210mm　32 开
印　　张：11
字　　数：211 千字
版　　次：2023 年 8 月　第 1 版
印　　次：2023 年 8 月　第 1 次印刷

书　　号：978-7-5234-0144-6
定　　价：39.80 元

目 录

上 辑

下 辑

上　辑

1. 第一次犁田

犁田，就是农民用牛拉着原始的犁田工具——犁铧，对水稻田进行翻挖，这是栽种水稻的一道重要工序，而且是必不可少的基础工序。

稻田不犁开，秧苗就无法莳扦。

从精耕细作这个角度上讲，从割完稻子露出稻茬到第二年头稻插秧，一丘水田要先后犁三次。

第一次，冬犁。

就是在前一年的冬天，对割完稻子露着稻茬，经过一段时间冬日的烤晒，趁着冬雨对泥土的湿润而进行。这一次，稻田里无需要很多水，只要泥土湿润就行。

由于这一次的泥土是凝固的板块状，所以在开犁过程中，无论是耕牛还是掌犁人都比较费劲。但这一次犁田很重要，因为凝固的泥土被犁开后，受到了阳光的照射，通过光合作用，加上冬天的低温和冰雪，使泥土显得柔软、成熟，并利于增加肥力，减少病虫害。

第二次，春犁。

就是春节过后，把原本犁过一次的稻田再翻过来，然后用铁耙大致翻松耙平。这一次，稻田里需要适当蓄水，其水位能将翻过来的田泥基本盖住即可。

第三次，秧犁。

这是插秧之前的最后一次。犁完这一次，还需用铁耙和木耙分别耙一次。

铁耙的作用是将成块的泥巴耙细，木耙的作用是将整丘田整平。

这一次，无论是用犁还是用耙，稻田都必须蓄水，一是便于犁、耙工作；二是检验稻田的平整度。倘若不平，还须进行处置，用专门的拖泥船将高处的泥巴拖到低洼的地方。

不过，有时候只在前一年割完稻子露出稻茬到第二年插秧，中间只犁、耙两次。

如果种双季稻，要在刚刚割完头季稻的稻田里立马插晚稻。一般情况下也得犁一次。如果抢时间，甚至一次也不犁，只是用蒲滚将稻茬翻过来，或用胖锄挖一遍，然后再用木板将翻过的泥压平即可。

耙田虽然没有犁田那么复杂，但是如果掌握不了要领，耙过后的稻田仍然达不到相应的效果。

耙田种类分为铁耙与木耙。

铁耙是铁制的，木耙是木制的。两者相比，铁耙比木耙要窄，且效果也不相同。铁耙的功能是把大团的泥土耙细，木耙的功能是将高处的泥巴往低处耙，将稻田耙平。

在耙田的过程中，要随时观察耙齿下带泥的情况，保证高处揽泥，低处放泥。

同时要注意安全，避免耙齿伤了自己的脚。

无论是犁田还是耙田，在当时的农村都是一件技术含量较高的农事，不会犁田和耙田的算不上是百分之百的农民。

我生在农村，长在农村。十四岁那年，我已长得与成年人一般高，虽说不上年轻力壮，可也算是长大成人。由于从小就在泥巴中滚来滚去，因此，除了犁田、耙田，其他农事样样都会，然而，生产队给我评的工分底分却只有八分。而一个甲等劳力的底分是十分，这就意味着我离一个甲等劳力还有一定的距离。我不服气，便找生产队长旺叔。

我问旺叔，争辩："我也是一个男子汉，凭什么只给我八分的底分？"

旺叔见我一副生气的样子，不但不生气，反而笑呵呵地问我："你知道你缺什么吗？"

我摸了摸脑袋，有些大言不惭地说："我什么都不缺。"

旺叔又笑着问："你会犁田、耙田吗？"

我如实地回答说："不会。"稍稍停了一下，接着又说："不过，我正在学。"

旺叔仍然笑呵呵地继续说："这不就对了，就是因为你不懂得犁田、耙田，只能给你八分的底分。"

"这是死规定？"我还是有些不服气。

"对！这是死规定，是经过生产队全体社员举手表决同意的。"旺叔说。

我还想说什么，只听旺叔接着又说道："底分十分是满分，全劳力都拿十分，拿不到十分的不能称全劳力。所谓全劳力，就是指全能的劳动力，全能，就是什么农事都能做。"

我见旺叔这么说，于是拍拍胸脯，慷慨激昂地跟他说："放心吧，旺叔，不就是犁田、耙田吗？这有什么难的，过不了几天，我就学会。"

我满以为犁田、耙田很简单，一学就会。

然而，我错了，现实让我碰了一鼻子灰。

第二天上午，我就牵着一头老黄牛，背着一张木犁，兴意浓浓、信心百倍地走进一丘水田里。

我将牛鞅重重地套在老黄牛的肩膀上，也许从我套牛鞅的动作，老黄牛就觉察出了我是一位新手，它回头看了我一下，似乎在问：你能行吗？

我将犁装好，就左手扶犁，右手牵绳、执梢，一声响亮的"嗨"后，又将牛梢一挥，满以为老黄牛会老老实实地拉着木犁向前走。谁知它却站在那里一动不动，且时不时地回头看着我，我又着急地连续"嗨"了几声，连续挥了几次牛梢，可老牛还是一动不动。

我见此情景，心里想，这不是老黄牛欺负我手生吗？我一生气，便挥动牛梢在老牛的屁股上狠狠地抽了两下。这一下老黄牛急了，它拉着犁就往前跑，我一慌神，手一松，犁倒了。我想去扶犁，结果犁没扶住，左手的牛绳、牛梢也丢了，慌忙中我大声吆喝，想叫老黄牛站住，可老黄牛哪里听我的。

正在我急得满头大汗、不知所措的时候，从旁边田埂上冲出一个人来，他不是别人，正是队长旺叔。只见旺叔三步并作两步赶到牛后面，一声吆喝"缓"，老黄牛便停了下来。

我赶紧大步走上前去，不好意思地喅嗫着，心里嘀咕该死的老牛欺负人。

旺叔听我说出这句话，竟然哈哈大笑。笑完便对我说："你这样犁田，老黄牛能不欺负你吗？你瞧，你的犁头都没有插进泥里，只是在泥面上漂，老黄牛可没碰到过像你这样的好人，你让它不费劲地干活，它高兴都来不及，哪里会欺负你啊！"

"这个——"我疑惑地望着旺叔。

旺叔扶起犁，装上犁头，校正犁壁，把牛鞅重新放在牛肩上，然后对我说："我给你示范一下。"说完，只见他左手扶犁，右手执绳挥梢，一声响亮的"嗨"，老黄牛便乖乖地往前走。旺叔顺势将木犁轻轻地往上一抬，那犁头便斜插进泥里，然后他又轻轻地往下一压，那犁头便平稳地向前推进。

随着老黄牛前行的步伐和旺叔左手轻轻地晃动，那犁头前的泥巴便顺着犁壁接连不断地被翻了过来，露出了黑油油的本色。空气中弥漫着一阵阵泥土的芳香，几只喜鹊在翻过来的泥土上飞来跳去，一边寻找虫子，一边喜喳喳地叫个不停。

到了稻田的尽头，旺叔右手将牛绳轻轻一拉，那老黄牛便拐了一个弯，站在那里一动不动，只见他回过头，将犁把一提，那犁头又挨着田埂，插进泥里。然后一声"嗨"，老黄牛又乖乖地前行起来。

我走在旺叔的身边，一边走一边观察，仔细揣摩着他的一举一动、一言一行。旺叔一边走一边不厌其烦地解释着。

两个回合后，旺叔喝住老牛停了下来，问我："怎么样？你试试吧！"

因为有了前面的尴尬，见旺叔问我，我的心里一点底都没有，便犹豫着不敢说话。

旺叔鼓励道："别怕，凭你的聪明伶俐劲儿，这算个什么。只要沉住气，莫慌张，胆大，心细，精力集中，动作协调，与老黄牛配合好。"然后将牛梢和缰绳放在我手里。

在旺叔的鼓励下，我不再犹豫，从他手里接过缰绳和牛梢，扶起木犁便大胆地犁了起来。一开始，免不了仍有些慌张，渐渐变得得心应手起来，一会儿便犁出了一大块。望着被自己犁开的黑油油的泥土，一种成功后愉悦的心情便油然而生。

旺叔见我能独当一面了，向我竖起了大拇指。打这后，便经常安排我犁田。

后来我又学会了耙田。

由于懂得了犁田、耙田，几年后，我的底分也评到了十分，成为名副其实的全劳力。

2. 积肥的那些事儿

俗话说"庄稼一枝花，全靠肥当家"，说明了肥料对于庄稼的重要性。

想当年，没有现今这么多品种齐全的化学肥料。仅有的一点，也是凭票供应，且品种单一、价格昂贵，买不起，划不来，不划算。同时，由于大家都知道，用化肥种出来的庄稼和其他农作物，口感不好，营养不良，还会对人的身体带来负面影响。但为了保证有个好收成，生产队出台了一系列的政策和措施，鼓励村民们尽一切办法多积肥、积好肥。

（1）收集大小粪便

别以为人的大小粪便很臭、很脏、很恶心，可是经过一段时间沤制后，却是最长庄稼和其他农作物的，是庄稼和其他农作物的首选肥料。这是长期以来从事农业生产的村民们总结出来的经验。那时，村民们尚不知道什么叫有机肥料、什么叫无机肥料，只知道经过沤制的人畜粪便肥力强、肥效高，种出来的农作物，人吃了，口感好，有营养。

既然人的大小粪便是农作物首选的最好的肥料，村民们便千方百计地收集自己的大小粪便。

我们村虽称资家大屋，其实并不大，一共也就三十来户人家，一百三十多口人，自然条件也很差。

正是因为自然条件差，所以家家户户的住房面积都很小。一般的只一间或一间半，多的也只有两间，一间房的面积，大的约二十来平方米，小的只有十来平方米，甚至不足十平方米。有的一家七八个人就住在一间房子里，拥挤不堪。

然而，家家户户都有一个茅坑，即解决大便的厕所。有些人家房屋的位置在村子中间，不方便在屋后设置厕所，便到村外找一块平地，挖一个坑，把一口大缸埋进坑里，以储存大便（有条件的则用砖块砌成一个池子，抹上水泥。还有一些人家则干脆用石灰和黄泥搅拌，将坑底和四周抹实），然后再在缸的上面铺上两块大小对等平整的石板，石板与石板之间留有一条三指宽的缝，入厕人的大便就会从缝隙中溜进坑内。

讲究一点的，会用木棍、稻草在茅坑的上方支撑出一个类似北方窝棚样式的遮体，以避日晒、雨淋和遮羞。也有的用石头将四周垒成一米高左右的石墙，留一扇门进出，人方便时只露出一个头，下半身看不到。

有些地方茅坑成排，一个挨着一个，而且是完全敞开式。入厕高峰期，讲究一点的会先去打探一下，无人则入，有人则缓。有的人不讲究，想进就进，想入就入，即便是异性，相互间也不避讳。

如果粪池满了，便需要用粪桶装着挑到稻田里的水氹里，与其他肥料一同沤制。当然，在倒入稻田水氹之前，需要由生产队的会计、出纳或记工员过秤，计算和登记重量，为抵算工分提供依据，比方说，一百斤大粪抵工分十分。正是因为如此，一些人在外内急，宁愿憋着也要回到家中，蹲入自家厕所。个别小伙伴不懂其中奥妙，随意进入他人厕所方便，因此遭到父母责备与呵斥。

我们那地方把掏粪、挑粪，叫出大淤，当时出大淤是用一种特制的木桶（其桶壁有两块高于其他木块的木块，大小相同，位置对称，两块木板上方留有方孔，便于作为提手的竹片穿入）。由于桶与提手加在一起的高度，一担粪桶装满粪后重量足有一百二十至一百四十斤。一般来说，达不到一定高度的未成年孩子是做不了这种事的，做这种事的大多是成年男子。

我很小的时候，都是母亲出大淤，或者请别人帮忙。到后来这事就落到了我身上。一开始，挑不动满桶的，就挑半桶的，随着年龄的增大和力量的增加，便逐渐加码，到十五岁那年，也可挑动满桶的了。有一次，下着毛毛细雨，我光着脚丫，挑着满满的一担大粪，行进在泥泞湿滑的山路上，一不小心，一根树枝绊住了我的脚，我连人带粪桶摔倒在地，粪水溅满了一身，奇臭难闻。冰冷的天，我跳进刺骨的水塘中一阵好洗。

至于小便，也叫小淤，那时我们村家家户户都有两个以上的便桶，这些便桶除了出大淤，便是用来接小便。那时，村人们小便不出门，便桶就放在住房的某个角落里，有的放在床头或床边，有的放在门角落或门后面。讲究一点的人家，白天将便桶拎出去，晚上又将便桶拎进屋。房子本来就很窄，放着一个便桶，房内空气混浊，总是弥漫着一股刺鼻的氨气味，村里人却习以为常。

用小便浇自留地里的蔬菜，是社员们常做的一件事，我就没少干过。当然，用小便浇蔬菜，必须兑水，否则就会起到相反的作用。

（2）精心沤制土肥

最好的土肥就是家淤。所谓家淤就是村人在自家门前水沟中沤制出来的土肥。

家淤是我们家乡种稻子常用的一种有机肥料。

在我们村，家家户户门前都有一个水沟。水沟的形状大同小异，或长方形，或正方形，或圆形，一米深左右。

那时，我们的房子都是传统的坡屋顶，门前水沟不仅是蓄积屋檐水的水池，而且也是平时接纳垃圾的垃圾池，还是专门沤制家淤的臭水凼。

为了满足庄稼用肥，生产队按人头下达给每家每户上交集体的家淤量，比方每人每年要上交生产队十担家淤，奖多罚少。那时，没有垃圾池，没有垃圾箱，没有污水处理，也没有化粪池，日常生活产生的垃圾和污水、废水都投进各家门前的水沟中，作为沤制家淤的原料之一，既方便又实用。如果还不够，社员们还会利用下工的时间，从山上挖来草皮倒进沟里，用草皮和垃圾一同沤制肥料，投进水沟里的草皮和垃圾经过一段时间沤制发酵，再用四子耙将其翻一遍，叫翻沟，促使其沤制均匀和通透。草皮和垃圾经过沤制到发黑发臭的时候，说明家淤成形，可以出沟了，便由生产队统一安排调配，投放到稻田之中。

在我们家翻沟、挑草皮、出淤，我是重要的劳动力。这几件活儿，件件都难，那一担担草皮要打老远的山上挖了，再挑回来，多难！稚嫩的肩膀磨破了皮，咬牙也得坚持。翻沟时，又脏又臭，想躲没地方躲，特别是出淤时，那一担担连泥带水的家淤常常压得我喘不过气来，可我连吭也不吭一声。

除了沤制家淤，还要沤制田辿。田辿里的肥料沤制好了，也不比家淤差。

社员们在收割完晚稻实行冬干的稻田中间和周边，有规律地挖一些面积为二平方米左右、浅浅的长方形坑，然后将草皮堆放在坑里，辅以一定的人畜粪便或家淤，再经过一个冬天的沤制，这就叫"田辿"。在沤辿的过程中翻一两次，将人畜粪便与草皮搅拌均匀，促使草皮发酵。到了第二年的春天开犁之前，再把沤制好的熟肥均匀地撒到稻田里。

沤制田辿肥比沤制家淤要方便一些，其大部分原材料都是就地取材，先把田埂、田坎上的杂草连地皮挖下来，堆放在田丕里，不够，再到山上挖，就是人们常说的上山挖草皮。所谓挖草皮就是挖取长在野外的杂草等绿色草本植物，以及这些植物周围的一层薄薄的泥土表皮。挖草皮是那时农村一项重要的积肥活动，也是一项重要的农事。

冬天到来的时候，为了来年有一个好收成，生产队干部会组织全体社员开展挖草皮行动，四处挖草皮。首先是田头地角的，接着是屋前屋后和山上岭上。挖草皮这活儿，我小时候可没少干，那时，自己虽然小，底分不高，但由于是集体派活，妇女、小孩大多是干挖草皮的事儿。不过，由于我们人小，使用锄头不灵活，挖不好，一般都是挑草皮，挑的虽不多，却因为山路崎岖不平，走起路来非常吃力。

（3）试种草花、绿肥

那时，农村推广一种草本植物肥料。这种草本植物有两个品种：一种是开蓝花的草花，另一种是开红花的草花，这两种草花叶多、茎嫩，沤制肥料易烂易腐，且省力省工。而要真正的种护好，也并非一两句话的事。

为了全面推广草花绿肥，生产队通过抓阄的方式，将部分稻田分到各家各户试种，我们家抓到的阄是最远的一丘烂泥田，由于父亲在城里工作，这试种草花的事自然就落到我头上。当时我虽未成年，却因为我有文化，生产队干部还叫我做示范。

所谓烂泥田，也叫浸水田，就是泥脚深、泥巴稠、藏水多、去水慢、难干涸。

草花是晚稻还在杨花结穗时就要撒种，撒种前需将田中的水放掉，并挖好排水沟，然后晒上十来天。事后还得经常去照看有没有积水的地方，如果有，就得随时将水排放干，再晒，但不能晒过头，晒过头就会造成泥巴干涸，进而导致草花苗旱死。

如果在这种稻田里试种草籽成功，那么其他的稻田就不在话下了。

按理说，这么重要的事不是我们小孩该管的，可自打我们家接受了这个任务，母亲就叫我多上心，勤快点，我又是挖沟，又是放水，又是拔草，又是播种，三天两头往那烂泥田里跑，经过近两个月的细心照料，烂泥田的草籽终于试种成功。

开春后犁田时，只见金色的阳光下，昔日的烂泥田成了花的海洋，一朵朵鲜花在阳光的照映下，露出迷人的微笑，暖风拂过，绚丽的花朵摇曳多姿，妩媚动人，勤劳的蜜蜂和爱美的蝴蝶，翩翩起舞，忙个不停，空气中弥漫着沁人心脾的香气。

烂泥田里绿肥草花试种成功，为生产队全面推广绿肥草籽起到了示范带头作用，大队还在我们生产队召开了现场经验交流会，让我在会上作经验介绍。到了第四年，不知怎么的，草花绿肥这事就没人再提起了，实行家庭联产承包后，由于使用化肥种田更简单更省力，草花绿肥便绝迹了。

3. 浸种、育秧非小事儿

俗话说："一日之计在于晨，一年之计在于春。"说的是早晨和春天的重要性。春天是风和日丽也是万物复苏的季节，作为种田人，它更是播种的季节，秋天的收获怎么样，春播是关键，也是第一关，"春种一粒粟，秋成万颗子"说的就是播与收的关系，同时也说明了春播的重要性。所以作为种田人，对春播无疑是十二分的重视。

水稻是我们家乡主要的粮食作物，到年底，核量一个生产队的主要收成就是稻谷收成的多少，因此，稻谷的播种就成为一件头等大事。

很小的时候不懂事，不知道浸种育秧的重要性，直到稍大一点的有一年，因为浸种育秧上出了问题，早稻秧扞不下去，许多社员急得直哭，我才懂得浸种育秧的重要性。按理，小孩是不会参与浸种育秧的，但因为伯父是老农，是生产队里浸种育秧方面数一数二的行家里手，每年浸种育秧的技术活儿都离不开他。母亲嘱咐我，多跟着伯父学些浸种育秧的事儿，艺多不压身呀。遵照母亲的嘱咐，我便跟随伯父积极参与生产队的浸种育秧事，不断地积累和丰富这方面的知识和经验。

（1）选谷种

选种是浸种育秧的首要环节，也是前期的一件重要事情。

那时，稻种都是由各生产队自己留取。

当时，水稻的品种不是很多，有传统的高秆品，也有改良的矮秆品；有普通的本地品种，也有引进外地的杂交品种。

预留什么样的品种做来年的稻种，必须经过生产队领导班子开会，集体研究决定。一般情况下，要留下那些耐旱、耐寒、抗虫、抗病、产量高的稻谷作为种子。当然也不能只留一个品种，必须是多个，并确定其所占比例。

预留哪块田里的稻谷做种，那也是有讲究的。当稻子结穗弯腰时，就要观察、筛选，要选取那些阳光充足、通风良好、没有发生过病虫害且长势好、苗壮、秆粗、谷粒饱满的稻谷做种子。

预留的种子要单独脱粒，单独翻晒，单独储存，这样才能纯净。

（2）浸谷种

进入春天后，什么时候浸种，什么时候育秧，须随当地的季节气候而定，一点也不能马虎。太早，气温回升慢，寒潮时不时光临，浸的种子发芽率低，长的芽不壮实。太迟，过了季节，寒潮虽然少了，但气温太高，谷芽会烧坏、会沤烂。

很早以前，我们那个地方曾经流行过这样一句话，叫"穷人莫听富家哄，桐子开花浸谷种"。也许那时的人们是以桐子树开花为时令信息，桐子树开花了才可以浸谷种，桐子树没开花，是不能浸谷种的。

谷种浸泡到一定的时候，便开始打包。

打包是个技术活，得事先选好一些稻草，将选好的稻草捆住杆底部一头，接着翻开过来，将浸泡好的谷种倒入稻草上，再抓住稻草的尾部一把一把地捆起来，形成一个洋葱状，然后天天浇水。几天后，估摸着已长出芽来，便开始松包。

（3）观谷芽

谷种冒出了嫩芽，还要甄别，好的谷芽，根壮、芽粗且长；差的谷芽，根小、芽细且短。好的谷芽在开包以后，会弥漫着一股特有的清香；差的谷芽会在开包的刹那间，散发出一股沤烂的臭味。好的谷芽在落泥后，不但抗寒能力强，成活率高，而且生长速度也快，长出的秧苗均匀、根壮苗粗；差的谷芽在落泥后，不但抗寒能力弱、成活率低，即便是成活，其生长速度也慢，且参差不齐，就似人的癞痢头，有一块，没一块，稀稀拉拉。

所以，谷芽落泥之前，一定要进行筛选，好些的谷芽落泥，差的则碾成粉面，做成谷芽粑粑。

我小时候很喜欢吃谷芽粑粑，尤其喜欢谷芽粑粑蒸出来以后的那股清香。不过，做谷芽粑粑时，尚需掺和一些糯米粉，否则就会粗糙难咽，口感无味。

（4）选秧田

不是什么稻田都可以作为秧田，伯父告诉我，能够作为秧苗的稻田，首先得是熟田，也就是说，必须是年年都在耕种的稻田，荒田是不能作为秧田的，能年年都作为秧田的稻田就更好，人称老秧田，老秧田田泥肥沃、细腻，太瘦太粗的田泥都是不行的。

确定的秧田必须日照时间长，阳光充足，只有日照时间长，阳光充足，其育出来的秧苗才会根粗苗壮。还有，用做秧田的稻田须是用水方便，这是因为在秧苗生长的过程中，温度相对要稳定，且有一定的高度。温度太高，需要进水盖泥，以降低水温；温度太低，则需放水降低水位，以提高水温。

（5）整理秧田

在我们家乡，一丘秧田必须整理成若干长条块，块与块之间用浅水沟隔开，每一块的宽度要基本均等，一般在一米左右，这样的宽度便于管理。比如，除草、施肥等。太宽，中间的秧苗够不着；太窄，又浪费土地。这种排水和晒泥的小水沟还给我们带来了另一种捕鱼的乐趣。

那时，不盛行农药和化肥，乡村保持着原生态，田野里但凡有水的地方就有泥鳅、黄鳝、小鱼、小虾，但以泥鳅为主。当气候回暖、大地复苏、春暖花开时，清澈的秧田里便可见一条条泥鳅、一尾尾小鱼在水面上自由自在地游荡。

村民们从山上砍来松枝，劈成一小块一小块，放进一个铁制的篓里，一块竹片将数根缝衣服的针密密麻麻扎成一排，捆绑在一根一米左右长的棍子上，当黑夜来临，便点燃铁篓里的松枝，提着进入秧田的田埂上。

在火光的照映下，活跃在秧田水沟里的泥鳅一动不动，我们便举着排针悄悄地向泥鳅扎去，一扎一条，放入水桶。村里人把这叫作打火鱼。如果机会好的话，无须一个通宵，一两个小时便可以扎上几斤泥鳅，至少半斤八两是没有问题的。

秧田平整出来后，还要用木板将平整出来的每一块秧田弹压一次，这样做的目的，一是保持整块秧田的平整性，不能有坑坑洼洼、凹凹凸凸的现象，避免谷芽落泥后，高的地方旱死，低的地方涝死。同时，通过这最后一次弹压，弹压出一层薄薄的泥浆覆盖在秧田的表层，便于谷芽成活快，成活率高。

（6）谷芽落泥

谷芽落泥是一件大事，老一辈说要看天气、要选时辰，那时我不懂，心里想，谷芽落泥要选什么时辰？天天的黄道吉日，什么时候落泥不一样吗？

伯父告诉我，其实还真不一样，谷芽落泥时不能下大雨，温度不能太低，不能刮西北风。如下大雨，会把谷芽砸进泥里；如温度太低，不利于谷芽正常生长；如遇上西北风，会使稚嫩的谷芽遭到冻杀。

除了看天气选时辰，由谁去抛撒谷芽也有讲究。

　　从技术层面上讲，谷芽落泥时是一种抛撒技术，要抛撒均匀，不能厚的厚、薄的薄、密的密、疏的疏，否则，长出来的秧苗就会粗的粗壮、瘦的瘦弱。不老练、不成熟的人就容易出现抛撒不均匀的情况。为了让我学会撒种，伯父叫我先用泥沙在平地上试撒，一开始，撒得极不均匀，厚的厚，薄的薄。经过一段时间的锻炼，我掌握了技巧，渐渐地，撒在地面上的泥沙变得均匀起来。在伯父的指导下，我也尝试着撒了一块地的谷芽，倒也过得去。

　　（7）秧管理

　　初春时节，气温不稳定，忽高忽低，而且还时不时地会出现寒潮，甚至冰雹。因此，防寒潮、防冰雹、保持秧田水温，便成为秧苗管理期的重要工作。

　　无论是寒潮来袭，还是冰雹突降，关键的问题是调节水位。也就是说，在可知气候变化的情况下，寒潮来袭之前和冰雹突降之前，都要事先往秧田里灌水。通过提升秧田里的水位，保持秧田里的温度；如果是冰雹来袭，有了适当深的水位，即使冰雹砸下来，也只能砸在水面上，不会因此把秧苗砸进泥里。同时，也避免因水位低，冰雹入水后，降低水的温度。

　　不得不说，浸种、育秧是稻谷生产的基础，基础牢不牢，在很大程度上决定稻谷产量的高低。从这个角度讲，浸种、育秧也是农事中技术含量较高的事儿，不是每个农民都可以从事的。一般情况下，生产队会安排那些经验丰富的老农来做这些事情，我伯父就是其中的一员。为了让我尽快地接触和熟悉浸种、育秧这件事情，伯父常常带着我出工，让我为他打下手、跑腿，并尽力让我参与其中一些事情的节点，我在付出汗水的同时，也丰富了相关方面的知识。

4. 扯秧莳田的苦与乐

扯秧、插秧，对于没有干过这种农事的人来说，认为这个事很简单，不就是扯出秧苗再把秧苗往田里插吗？

对于干过这种农事的人来说，说简单的确简单，然而，不管简单不简单，但在那个年代，扯秧、插秧是一般农民都必须具备的一项技能，也是一个农村孩子从小就必须从事的一项基础劳动，其重要性是不言而喻的。我五岁就学会扯秧，六岁就学会插田。

有一句俗话叫："小孩盼过年，大人盼莳田。"农民们一年到头辛辛苦苦，到了年节才会置办一些年货，在小孩眼里，过年就是有吃、有喝、有玩的时候。而莳田季节，则是涉及一年收成多少的关键时刻，抓紧了，当年的收成就有了一个好的基础；抓不紧，当年的收成就可能成为一个泡影。所以说，成人盼莳田。

作为一项具体的劳力，插田与扯秧是紧密联系在一起的，而且是先有扯秧，后才有插田。扯秧是插田的保证和前提。

那时是集体出工，无论扯秧和插田，都不是一人两人单打独斗而为，而是一群人在一起共同而为，十几人、二十几个人，甚至更多。春插期间，每天插多少田，插什么地方的田，什么人插田，什么人扯秧，生产队队长会做出统一安排。如果是正常出工，早上扯秧，上午和下午插秧。只有及时拔掉的秧苗及时插下去才好，如果拔的秧苗放得太久，对稻子的生长是会有影响的。所以，为了保证秧苗充足，便采取小包工的办法，就是按秧苗的个数记工分，借以调动出工者的积极性，提高劳动效率。至于多少个秧苗记一工分，得根据各地的情况由各生产队自己定。我们生产队定的是三十个秧苗记一工分。参加扯秧的都是一些妇女和儿童，所以我从小就学会了扯秧。当然，扯秧也是有讲究的，扯秧的人仅仅是速度快还不行，还要注意"净"、"齐"二字，所谓"净"，就是秧根上的泥土要洗净；所谓"齐"，就是秧苗的根要齐。秧苗根净且齐，插秧的人在插秧时才会插得又快又好。

正常情况下，去掉秧苗根上的泥土是抓住秧把将秧根往水里一下一下地捣洗，如果要加快速度，且又要洗得干净，就要在水里洗的同时用另一只手梳理秧根下的大块泥土。

秧根洗净以后，再用一根稻草将其捆起来，有一副对联，叫"稻草捆秧父抱子，竹篮提笋母怀儿"，其上联说的就是这事儿。捆秧把时，秧苗不能太多，也不能太少。太多，插秧的人一只手握不住；太少，插秧的人会老是解秧把，从而浪费时间。而且必须用活结，如果用死结，插秧人便不方便解开，即使解开了，也会扯乱和扯断秧苗。

接下来便是插秧。

古代有一首民谣《插秧诗》是这样形容插秧的：手把青秧插满田，低头便见水中天，六根清净方为道，退步原来是向前。

插秧，虽说不是一个力气事儿，但却有一定的技术含量。

手法有讲究。

插秧时插秧人是左手拿秧苗，右手插秧苗。拿秧苗的左手还要负责分苗和送苗，分出的秧苗不能太多，也不能太少，必须均匀。右手还必须配合好，主动地接苗，这样才能插得快。如果左右手配合不好，插的就会非常慢，但凡插得慢的人，左右手配合不好就是其中一个原因。还有一点，会插秧的是左右开弓，不会插的，只从左向右一蔸一蔸地插，而不会从右往左一蔸一蔸地插。

正常人是左手握秧把，右手插秧。由于手法的不同，右手插秧时，有的是用右手食指和中指夹住秧根，往田泥里面插，有的是食指、中指和大拇指夹住秧根往田泥里面插。前者插得深、牢固，回青快，但难掌握；后者插得浅，不稳当，易浮蔸，但易掌握。所谓浮蔸就是因为插得浅，着泥不深，水一浸，秧苗便漂浮水面。

插秧最忌讳的是插"烟筒脑壳"，所谓"烟筒脑壳"，是插秧人插秧时不是夹住秧根往田泥里面插，而是夹住秧苗的中间往田泥里面插，这样就容易将秧苗折弯成烟筒脑壳状着泥，使一部分根须在泥面上，而茎却在泥面下，一部分秧苗的茎被折断，造成秧苗返青慢、成长慢、死株率高。

这种"烟筒脑壳"现象，大多出现在初学莳田者身上，随着时间的推移，有了插秧的经验，这种弊端才会被克服。

我刚开始学插秧时，就老是把秧苗弄成"烟筒脑壳"状往田泥里面插，还美其名曰插得快。

疏密有讲究。

蔸与蔸之间距离不可太大，太大不但浪费土地而且还会减少收入。须知，稻谷的产量高与低，是靠一株一株稻穗的谷粒积累起来的。间距太大，浪费了空间，减少了蔸数，故减少了产量。当然，间距太密也不行，间距太密，光合作用差，易生虫，结穗少，且颗粒不饱满，同样也会减少产量。因此，必须合理密植。

过去，稻苗是高秆品种，插秧苗时，株距较大，后来品种改良，全是矮秆，实行的是合理密植，间距与行距较原来有所缩小，但还是四株为一排。之所以是四株而不是三株、五株或六株，是便于今后的田间管理，另外就是传统习惯所至。

方式有讲究。

稻田的面积有大有小，稻田的形状有方有圆，稻田的田埂有曲有直，面对一丘稻田，何处起始，何处终结，也是有讲究的。

一般情况下，对于面积小的田，插秧的人顺着田埂的弯曲而插。而对于面积较大的田，则从两边开始，中间收尾，或者由一高手从稻田中间一分为二插出一拢。然后以此拢为基础，左右同时开始，即围绕此拢，一些人从这一头的右边，依序而插，另一些人从那一头的右边依序而插。最后，两方的田边补缺或扫尾。

倘若是随意一拢，可信手而插，倘若是"打猎"，须认真对付。所谓"打猎"，就是插秧人站在稻田的一头确定一个点，然后又向对岸找一个点，两点相连成为一条直线。插秧时，四株一排，插秧人将左边的这一株插在直线上，其他三株也不紊乱，株株相对，行行通顺。当插完这一拢，到达彼岸时，左边的这一行如与原选定的点相吻合，那么"打猎"成功。如果没有吻合，那么"打猎"失败。如要"打猎"成功，"打猎"人心理素质尤为重要。由于插秧是屁股向前，身子后退的，插秧人插秧时，将设定的直线放在心底，凭感觉向前推进，且速度也快，做到"心中有线，方向不乱，屁股朝前，身子不歪"。

更厉害的是两个高手在一块稻田同时"打猎"，相互对立隔岸设点，你点与我点的距离只能是行间的距离，然后双方同时下田，相向而插，当两人路过时，彼此间插下的秧苗最左边的那一株的间距不大不小、不宽不窄，恰到好处，与原设定的距离丝毫不差。且各自前面的四行秧苗线条笔直，如同画过一般株株相连，村民们称这叫"过身猎"。

倘如其中有一人插不好，就会出现大失误，要么远离原点，各奔东西；要么相互交叉，屁股相对。

能打"过身猎"的人很难找，那时我们生产队就只有这么两个。一个是艾叔，一个是鹤叔，前者是石匠，后者是木匠。提起他们，我们非常钦佩。

那时的一些小伙伴也想尝试一下"打猎"的味道，但终因技不如人，相形见绌。

从某个意义上讲，插秧"打猎"，实际上是一种劳动竞赛，其中的艺术性、趣味性、竞争性，使得原本枯燥无味的一项苦力劳动，变成了一种生龙活虎、你追我赶、积极向上精神风貌的生动展现。

只有在那个年代，才会有"打猎"现象，才会有"打猎人"，才会有插秧过程中彼此间说说笑笑、开开心心、热热闹闹的氛围。如今一家一户的家庭作坊式，是不会有"打猎"这种场面的，也出不了真正的"打猎人"。

后来为了便于田间管理，插秧之前用划行器对稻田进行划行，也是导致"打猎"现象消失的一个重要原因。再后来的"抛秧"技术和机器插秧代替人为的插秧，"打猎"这种田间艺术形式便绝迹了。

插秧不是轻松活，一旦干起来，容不得你偷懒，尤其是在那个年代，大家一下田，一个跟着一个，你追我赶。如果你慢一点，别人就会超过你，将你围在中间，出你的洋相，弄得你无地自容，所以你不想快也得快。更何况，插秧必须弯腰，如果你想在插秧时偷懒，除非站立着不弯腰，弯腰偷懒毫无意义，可站着偷懒，那又是丢人现眼的，被大家所不耻，客观也不容许。

为了赶季节，一干就是一整天或者连续数天不休息，许多时候吃饭都是家人送到田头地尾，有时甚至脚不出泥，站在水田里吃。吃完饭，又开始忙。如果实在累了，就在插完一拢后，双脚不出水，背靠田坎躺几分钟，以缓解因长时间机械式的动作而造成肌肉紧张和筋骨疼痛。

为了赶季节，学校要放农忙假，让孩子们回到生产队，回到父母身边，做一些力所能及的事儿。机关、部队以及一些企业也要组织人员下乡，支援农村，帮助农民插秧。回忆起来，那时，我可没少为生产队和家里出力。虽然辛苦些，却锻炼了身体，增长了知识。

5. 来田、扯草有技巧

稻苗长到一定的时候，就要进行中耕、扯草。对于今天城里的年轻人，恐怕什么叫中耕都不知道，即使是现在农村里的年轻人，也不一定知道中耕的意思。可在那个时候，中耕、除草是稻苗生长期间必须要做的一项农事。

在我们老家，"中耕"也叫"来田"，是对水稻的专属用语，对其他农作物不会使用"来田"二字。

稻苗插下去以后，稻苗周围的泥土在水的作用下，发生沉淀，如果不松动一下，就容易出现板结。土壤板结，其稻苗的根系发育就会受到限制。根系发育受到限制就会造成稻苗不粗壮，或者不分叉，而最终导致穗少粒小。所以，"中耕"也是稻苗成长过程中，农民催苗助长不可或缺的一步骤。

一般来说，一季水稻至少要"中耕"一次，有些稻田甚至要两次。之所以要"中耕"两次，一是这种田易板结，且杂草多；二是劳力充裕，给稻苗"中耕"不需要很强的体力，体力一般的老人、妇女甚至儿童都可以进行。与其让这些人闲着，不如让他们从事这些技术含量少且劳动强度不大的活儿。那时，但凡十来岁的小孩谁都会"中耕"。

我从十来岁拿底分开始，就学会了"中耕"。

与给旱土的农作物"中耕"的方式不同，给旱土里的农作物"中耕"需用锄头和耙头等工具。给水稻苗"中耕"，每人只需一根普普通通的木棍或竹棍即可。也许你会问，一根普普通通的棍子何以给水稻苗"中耕"？你说对了，一根普通的木棍或竹棍，的确不是给稻苗"中耕"的工具，其实它只是村民给水稻"中耕"时的一种辅助工具。

给稻苗"中耕"，是从事"中耕"的人，光着脚且脚带泥在每一蔸稻苗中穿行。穿行中，必须将脚板侧翻，并用力踩压泥巴，达到松泥动根的目的，才能促使稻苗吸收更多的水分和养分，从而健康地成长。另外，"中耕"人需按照插秧时插秧人所固定的每四蔸为一拢，多了，不便于计算，同时，腿短的人够不着；少了，则有些施展不开，所以四蔸一拢比较合适。

由于给稻苗"中耕"是两条腿轮换着独立于泥中，整个人的重心在另一条腿上，如果把握不好，就会站立不稳，不但影响进度和效果，弄不好还会摔倒。我刚学"中耕"时就摔过两次。为此，就必须借助一种物件作为支撑，以保持"中耕"人在"中耕"时身体的平衡，这就是为什么参加"中耕"的人必须手拄一根竹棍或木棍的原因。

集体上工，干活的人多，一丘稻田，田大的，几亩甚至十来亩，几十拢。各人找准位置，一同下田。一开始，尚能在一条线，但随着技术娴熟程度的不同和做事经验的多少，以及对待工作的态度，渐渐地便拉开了距离，前的前，后的后。

由于"中耕"是在水中和泥中进行，当"中耕"的人需要上岸休息或因事因故中途离开"中耕"现场需重新回来、接续前面的活儿时，就得利用这根棍子做记号，棍子所插的地方，就是前次干活途中离开的地方。否则就会漏耕、重复耕。

我第一次"中耕"，大概只有十一岁。这是一丘大田，面积有五亩左右，男女老少几十人，一字儿排开，从东头往西头推进。因为是第一次，什么都不懂，所以是在母亲的教导下进行。一开始，我还能赶上大队伍的，可由于人小腿短，加之又是初学乍练，不娴熟，尽管我作出了全部努力，但不一会儿，我还是远远地落后于他人。那一年我的底分是五分，也就是说，相对于全劳力十分来说，我只是个半劳力。于是我想，按工作量计算，我干得慢一点没关系，落后于别人时，并没有什么不对。然而，那天与我一同第一次做这事的，还有小伙伴道开，不一样的是，道开一下田，不但遥遥领先于我，还遥遥领先其他人。

我很疑惑，同时也不服气。

"道开，你干得好快呀！"

妇女队长凤婶皱着眉头，她也感到很奇怪。

凤婶走到道开"中耕"过的后面看了看，问："道开，你这是做的什么事呀？"

道开停住脚，回过头，嗫嚅着："我——我——大家不都是这样做的吗？"

"可是你只弄得水响，脚却没有撞泥。这哪儿是中耕？这分明是在玩水。"凤婶一针见血。

"道开，你要向我学习，脚要往泥土里钻，你脚不挨泥，只会划一字，难怪那么快。"我有些得意地说。

凤婶向我走过来，对我说："你是怎么做的？做给我看看。"

听凤婶说叫我做给她看看，我自以为凤婶会夸我，不免洋洋得意起来，用脚往每蔸稻苗上蹭，把稻苗蹭得倒的倒、歪的歪。

"你这样做也不对。"凤婶说。

凤婶做起了示范动作，一边做一边解释："给稻苗中耕时，一定要脚带泥巴往每一蔸稻苗根部延伸，并侧着脚板往泥里踩。不带泥、不踩泥，就起不到中耕的效果。道开脚没带泥，只在水面上飘，也就是常说的划'一'字，所以只听到水响。而你呢，脚是带了泥，但却把苗踩倒了，那怎么行呢？"接着，她告诉我们，给稻苗"中耕"，须在水中进行。不能说为了避免脚在水中划"一"字而不要水。为了达到预期的效果，稻田蓄水是有讲究的，水太深，脚挨不到泥，只能在水上漂；水太浅，或没有水，"中耕"时腿脚动作不顺畅，影响"中耕"的进度和效果。所以在"中耕"之前必须要派有经验的老农看水，水多了就要放出去，水少了就要引进来。

见我手里拿着一把杂草，凤婶又提醒道开："在'中耕'的过程中，还有一件事必须伴随着进行（如果必要，也可以单独进行），那就是除草。由于杂草与稻苗争阳光、争养料，影响稻苗的正常生长，导致稻谷减产。如果不除杂草（比如，稗草），待其与稻子一并成熟，其果粒混入稻谷之中，还会影响稻谷的质量，当人食用后，从而影响人的消化系统，给人的健康带来负面影响。所以，借助'中耕'的机会清除杂草很有必要。"

凤婶接过我手中的杂草，竟然发现杂草中有几株稻苗，再到我"中耕"除草后的稻苗中查看，又发现有稗草夹杂在稻苗中而未被除掉，她又告诫我："除草时，眼要明，心要细，有些杂草的叶片形状与稻苗叶相似，它们夹杂在稻苗中间，稍不留神，就会被蒙混过关，比如稗草就是这样。所以我们除草时一定要仔细辨认，把真正的杂草除掉，避免把稻苗当杂草，杂草未除，却把稻苗给除掉了。"

我没想到自己竟然干出这种傻事。今天虽然是我第一次下田参加"中耕"并除草，但事前母亲告诉过我，要如何辨别稻苗和稗草，结果在具体分辨的时候，由于缺乏经验，加上粗枝大叶，还是把稗草当成了稻苗，把稻苗当成了稗草，成为村人中的一个大笑话。

打这之后，我认真研究稻苗与稗苗的区别，以致后来再也没

有出现过错把稻苗当稗草的笑话，更没有出现过错把稗草当稻苗的错误。那时候，由于很少使用农药、化肥，我还在中耕、除草的过程中，将稻田中的一些杂草拔除后，带回家中煮成潲水喂猪。如果发现田螺蚌壳、泥鳅、鱼、虾，也顺手捡回家中，美餐一顿。

中耕、除草虽不是什么重体力劳动，但是由于自己年龄小、个子矮，进入已经长满田的禾苗之中，就只比禾苗高出一个头，所以自己的脸、手经常被稻草划破，出现一道道血痕。加之那时稻田里蚂蟥多，只要你在水田里站一下，蚂蟥就会赶过来往你身上贴。成人个子高，蚂蟥只能贴到他们的脚背和小腿。可我个子矮，稻田里的水已漫过我的大腿，加之我的皮嫩，所以我的大腿也经常遭到蚂蟥的袭击。那些蚂蟥又饥又饿，一吸上你的身体，就不肯松口，弄得我又痛又痒，还被吸走身上的血。我常常被蚂蟥弄得遍体鳞伤，有时一条腿上竟有四五条。更巧的是，这些蚂蟥不吸饱不会离开，一旦吸紧，扯都扯不掉，除非你用镰刀片将它刮掉，可即使刮掉它，被它吸过的伤口上还会滋滋地冒出鲜血，实在令人害怕和恐怖，我没少为此掉过泪。

6. 男人的田边

俗话说："女人的鞋边，男人的田边。"说的是那时的农村，女人能不能干，看她做的鞋就知道了，而男人能不能干，看他做的田埂就知道了。

那时的农村，为什么把会不会做田埂、田埂做的质量好坏，来衡量一个男子汉能干与否的一个标准，只能说明田埂的重要性，当然也说明做田埂的重要性。

也许现在有人不理解，不就是一个田埂，有那么重要吗？

有！我们知道，种水稻离不开水。一丘田能否种水稻，关键看能否蓄水，蓄了水并保持不漏水。而要做到这一点，做好田埂就显得十分重要。如田埂做不好，时常漏水，那么，就不能种水稻，即使种了水稻，也会因为漏水，保证不了水稻对水的吸收，稻苗也会被渴死、被旱死。所以必须做好田埂，保证田埂不漏水。

除了防漏，田埂还有另一个作用，就是在做好的田埂上栽种其他农作物。

在那个年代，为了不饿肚子，有饭吃，在耕地不足、产量不高的困难面前，许多地方的生产队还组织社员在种好已经成型、成熟的稻田前提下，开垦荒山、修筑梯田，同时还将一些闲地荒土以及稻田周边那些可利用的零星用地分给农户，让农户发挥自己的作用，见缝插针，栽种一些诸如红薯、高粱等杂粮、蔬菜类农作物，其中就包括田埂、田坎等。如果田埂稍宽一点，社员们不但会在田坎的正面种上农作物，还会在田埂的侧面种上农作物。就是人们常说的人尽其才、地尽其用，绝不浪费一寸土地。

我打小就跟着伯父等成年汉子做田埂，算是有一定的了解，也有一些深刻的体会。

那么，如何做好田埂呢？根据自己小时候做田埂的经验，一般说来，少不了以下五个步骤。

第一步：挖田脚。就是在稻田无水还未犁开时，将前一年上的旧田脚用锄头挖掉。挖田脚时，锄口要注意平整，不可犬牙交错、凹凸不平，挖掉的泥土要注意撒开，尽量往稻田中间放，不可堆积在田埂底下，人为地造成稻田高低不平。

第二步：搭田脚。就是在田中蓄水并开犁后，人站在田埂上，用四齿耙将田泥覆盖在被挖掉的田埂上，覆盖的田泥不能太多，也不能太少，但一定要有一半露出水面。

第三步：踩田脚。就是踩田脚的人站在田泥中，用赤脚对覆盖的田泥踩出一个斜面，让田泥紧紧地粘附在田埂上。这第一步与第二步必须紧接着进行，否则，时间相隔太长，就会造成覆盖在田脚上的田泥被晒干、风干，从而出现死泥。

第四步：约田脚。就是用木锹（一种古老而又传统的农具）将已经踩成斜面的田泥覆护在田埂上，并用木锹简单括制成鱼肚状，为最后一步上田脚打基础。

第五步：上田脚。即用木锹将约覆的田泥再往上推，推上的泥巴要高出田埂的平面，然后又用木锹将推上的泥巴做成一个伸向水里的斜面，并大致找平。最后用木锹沾水熨平、磨光，再把露出田埂平面部分用木锹砍成条状，或者熨平。

我们村有经验的农民上的田脚从头至尾，大小均匀，光滑，平整，且不泻不溜，不肥不瘦，恰到好处。我小时候很羡慕他们，也很崇拜他们，曾暗中学习和模仿他们。然而由于方法不对，又缺乏经验，却总是不尽如人意，不是粗糙就是崩塌，或凹凸不平。为此，我曾经恨自己没出息，算不上真正的男子汉。

上好的田脚经过一段时间的风吹日晒，趋于凝固稳当。为了发挥另一方面的作用，即栽种合适的农作物——黄豆与绿豆，便是用木钻（一根一头削尖，另一头装个横向护手的木棍）作为工具，每间隔五十公分左右插一个洞，在洞子里放两粒种子。根据黄豆与绿豆生长期长短的不同，采取一蔸黄豆、一蔸绿豆轮换着播种，再从山岭上被水冲刷成的砂坑中挑来细沙，一个洞里放上一把，这样既便于改良土壤，又便于作物生长。

在修整田埂的过程中，如果发现有开裂坍塌的现象，就要对开裂坍塌处进行修整治理。

一般说来，但凡出现开裂塌坎的地方，都是在山坡上没有用石头护坡的梯田，且坡度较陡或有渗漏的地方。一丘稻田的田坎如果出现泥土崩塌，而不治理，整丘田就不能蓄水，不能蓄水就不能种水稻，这是最基本的常识。

在平原地区，田坎塌陷也许少见，可在山区和丘陵地区，田坎塌陷可就是常见的事了，所以，生长在山区和丘陵地区的孩子，从小就懂得整修田坎坍塌的技术，参与整修塌坎的活动。我刚参加集体生产劳动拿工分底分时，偏偏不懂得这方面的技术，在田坎坍塌面前束手无策。好在有伯父带着我，让我跟着他一边学习，一边体会。

一开始，我只是干些挖泥、挑土等无须动脑筋的事儿，而对那些技巧方面的事儿不挨边，比方说找裂缝和夯土等。至后来，一些长辈们便有意识让我做些技术含量高点的事儿，于是我才有些见识和经验。

那一年，一场大雨，河里涨水，山体滑坡，田坎崩塌。雨过天晴，队长旺叔便安排几组人员分别到几处田坎崩塌的地方进行修整。我被安排到王塘岭，与老山伯一组，恰巧，那天老山伯临时有事，不能参加，由我负责。可我是第一次修复崩塌田坎，技术上不懂，与我一同参加的是道明。道明也不懂，我们俩按照自己的想法，忙乎了一天，结果呢，一蓄水，漏水，而且再次崩塌。

面对再次崩塌的田坎，我没有怨天尤人，更没有悲观泄气，而是沉着镇定，认真勘察崩塌的原因，然后对症下药采取整改措施。比方说，在清理泥土的过程中，我发现漏水的裂缝，按照伯父的嘱咐，我就要沿着这条裂缝清理下去，当清理到实地的地方后，我就用锄头的头部，沿着那条缝隙一点一点地夯实，夯实一层覆一层新土，再又把新土夯实，就这样一层一层地平、一层一层地夯，直到恢复原状，水也不漏了。

7. 追肥与治虫

农作物长到一定的时候，需要追肥，如果有了病虫害，还须治虫。

但是，具体到什么农作物追什么肥，什么时候追肥，追多少肥。治虫也一样，什么病虫害，用什么方法治，什么时候治等等，是有技术含量的，也是需要懂得这方面常识的人才能做。

很小很小的时候，我就经常跟随母亲参与对自己家自留地里的蔬菜进行追肥，母亲挑着粪桶走在前面，我则扛着粪勺紧随其后。从母亲那儿，我学会了对蔬菜追肥的方式、方法。稍大一点，无须跟随母亲，也可独自对自留地的蔬菜追肥。

对蔬菜追加的肥料，主要是人的小便，储存一定时期的人的小便有较强的肥力。对蔬菜追施这种肥料，必须兑水，否则其浓度太高，便会烧坏菜苗。如果自留地里的蔬菜有了虫灾，一般用石灰，不会用农药，这是一种禁忌。

虽然，追肥与治虫是一般农事中技术含量较高的事情，一般的孩子不让参加，但因为我是当时生产队里读书较多的几个人之一，所以，我从小就参与对稻苗的追肥与治虫活动。回想起来，许多事情的场景历历在目、记忆犹新。

稻子的生长期较长，早稻一般是三个月，晚稻一般是两个多月，也许是由于生长期长的原因，稻苗长到一定的时候，就开始成长缓慢。如果不及时追肥，那么稻苗就会根小秆细，进而导致粒小穗少。

那个时候，对稻苗的追肥怎么追，城里人不知道，就连乡里的现代年轻人也不一定知道。

追肥与底肥是有区别的。

对稻苗追的肥有两种，一种是土肥，一种是化肥。

所谓的土肥，也不是一般的土肥，而是用经过沤制的大粪拌草木灰撒在稻田里，这种土肥是有机肥料，不但能催苗助长，而且还能壮粒丰果，提高谷子的营养成分。

那个时候也用化肥，但由于国产的化肥量少，需要进口一部分，得凭票购买，加之价格昂贵，一般的生产队都尽量不用化肥，尽量使用土肥，以便节约几个钱作为他用，当然，实在不得已，有时也用化肥。

对于土肥与化肥的区别，那时我们乡下的老农有这样一个比喻，说土肥是土酒，力稳、后劲足；化肥是烧酒（即白酒），有冲劲、无后劲、烧心上头。所以，那时的社员们尽量使用土肥，能不使用化肥就尽量不使用化肥，有时确需用化肥催苗，才不得不使用化肥。可化肥很难买，于是生产队的干部们便千方百计地找人走后门，或者花高价买高价肥，实在买不到，能找出一些替代的肥料也行。

那一年，我们家在王塘岭上的自留地里种了小麦，小麦下种时，由于匆忙，没有施底肥。不想小麦长了一寸来长，就再也不往上长了。见此情景，母亲急了，怎么办？

可以用化肥，有人建议，可当时的化肥票不分到户。后来又有人告诉母亲，说县氮肥厂流出的一种废水可以当化肥碳酸氢氨使用，这种废水，人称氨水。县氮肥厂离我们村有三十多里路，太远了，更何况去挑这种废水的人特别多，十里八乡的村民都去了，所以，要挑到这种废水，除非赶大早，天没亮就得到那儿，否则，光排队就得大半天，加之往返的路程，得扎扎实实一整天。

母亲一跺脚，说再难也得去。于是，在村里一帮年轻人的带领下，我踏上了挑氨水的路程。

按照平时自己挑担的重量，可以挑一百斤，考虑到路途遥远，我只挑了九十斤。

原本好好的天气，陡然间便北风呼啸、细雨霏霏，弯弯曲曲的山路顿时像是抹了一层油，泥泞难行。一路上，我跌跌撞撞、走走停停，好不容易回到家中，已是黄昏。母亲叫我第二天早上挑到王塘岭去浇小麦，我想趁雨水还没下透麦地，连夜去浇。此时此刻，我的肩膀磨破了皮，但还是咬紧牙关把小麦地浇了。

如果说追肥是一件简单的事儿，那么治虫就更是一项技术含量较高的事儿。

如同稻苗长到什么时候该追肥，追什么肥，什么稻田追什么肥一样，稻苗长到什么时候会生虫，什么样的稻田会生虫，生的什么虫，甚至什么品种的稻田易生什么虫，需有一定治虫知识的专业人才，或有经验的老农、植保员、治虫员才能知道。

比方说，晚稻易生虫，糯稻易生虫，高秆品种易生虫；又比方说，有的稻苗易长卷叶虫，有的稻苗易长稻飞虱，有的稻苗易长钻心虫等。而这一切，都是要靠观察、靠知识积累才能知道。

当发现稻苗长虫以后，用什么方法治，如果用农药又用什么农药。那时候的农药，有乐果、666 粉，还有 1059、1065，如何使用这些农药，什么时候使用这些农药，都是有讲究的。比方说，乐果、1059、1065 这三种药是液体，那就得兑水，用喷雾器喷杀；如果治卷叶虫、稻飞虱，那就用 666 粉拌岩泥砂撒在稻苗上。

那时，农药更是有计划供应的，不是谁想买就可以买的，也不是对什么农作物都可以用。

有时，为了能搞到一种农药，需大费周折。除了使用农药治虫外，还得有一些不但花钱少，而且对农作物伤害少的物理治虫办法，也就是村人说的土方土法。比方说，用石灰治卷叶虫，用灯光诱飞蛾。所谓用灯光诱飞蛾，就是说在害虫产卵变成飞蛾后，用灯光引诱飞蛾，以此达到消灭害虫的目的。

我十四岁那年，我与正林哥等几人被选为生产队的治虫员，由于正林哥比我大四岁，治虫的经验比我丰富，所以，正林哥还兼任植保组组长。

早晨，我们针对有稻飞虱和卷叶虫的稻田，组织社员用666粉拌细砂往稻田里抛撒。之所以选在早晨，是因为禾苗上挂着露水，撒出去的药粉被粘附在禾苗的叶片上，从而提高农药对害虫的杀伤力。

晚上，我们则组织各家各户在稻田里放灯，引诱飞蛾。之所以选在晚上，因为飞蛾是喜光的。那时，我们村还没有电，没有电视，太阳西下，黑夜降临，山野之中，若有一盏明灯，虫蛾就会不顾一切地相扑。须知，一只飞蛾可以产卵成百上千个，消灭一只飞蛾就等于消灭成百上千条害虫。为此，我们还给这个活动取了一个好听的名字，叫"杀蛾行动"。

晚饭后社员们便开始行动，各家各户在生产队指定的稻田里放上一个凳子，凳子上放一个盆，盆里倒满水，水中滴上一些煤油，盆中间放上几块砖，砖上放置一盏可防风的灯，或马灯，或带罩的灯，或自制的墨水瓶再罩上酒瓶的灯。到后来，有人还研制了专门用来诱蛾的黑光灯向农民销售。当飞蛾扑向灯光时，就会掉进盆里，由于盆里的水面上漂浮着一层煤油，飞蛾掉进水里，翅膀就会沾上油，飞也飞不起来，从而被淹死。

为了提高社员们点灯诱蛾的积极性，生产队特意制定了按飞蛾数记工分的政策，比方说六十只飞蛾记一分。有的社员为了多挣一些工分，便想方设法、千方百计地多点一些灯。此时此刻，倘若你身临其境，你会发现，诱蛾灯成了乡村夜晚一道靓丽的风景线，原本静悄悄的山村此时此刻却热闹非凡，田间、地头，村里、村外，到处都是闪亮的灯光，到处是忙碌的人群。

8. 杀禾时刻

稻子成熟，稻穗弯下了腰，稻叶和稻穗都变成了金黄色。那时没有抛荒的田，只要能蓄水的，都会种上稻子。那依山就势的梯田，弯弯曲曲、层层叠叠，虽然没有大平原一马平川那么蔚为壮观，却另有一番景象。阳光下，微风轻抚，稻浪滚滚，空气中弥漫着沁人心脾的稻子成熟的芳香。此时此刻，假如你漫步其中，一定会心旷神怡，精神振奋。

稻子熟了，就得割稻子，我们家乡叫作"杀禾"。但是，从时间或季节上分，稻子有早稻和晚稻之分。割完早稻，还得插晚稻，这两件事都是季节性很强，耽误不起，分秒必争，八月一日之前必须完成。加之这一段时间天气炎热，高温酷暑，劳动强度特别大，既要抢种晚稻，又要抢收早稻，故名"双抢"。

在这段时间里，不但农民忙，学生要放假，机关、干部职工也要下乡支持"双抢"。

经过大半年的辛苦，终于有了收获，稻子可以割了，社员们的心情是激动的，围绕着收割稻子，生产队会召开相应的会议，为收割稻子做好一切准备。比方说，割稻的工具问题，脱谷的工具问题，晒谷的场地问题，贮谷的仓库问题等等，犹如大战前的准备，方方面面，一点也不能马虎。社员们个个摩拳擦掌，做好一切准备。

这一习俗不知始于何时，在我们家乡，早稻开镰要尝"新"，不过尝"新"有小"新"与大"新"之别。第一次是尝小"新"，即开镰前，从已经成熟的稻穗上撸下成熟的谷粒，碾出白米，每家每户分得半斤、八两，做成米饭，再弄几个菜，敬天地、敬谷神、敬祖宗，然后每人一匙或一勺，图个新鲜，也图个吉利，更是图个喜庆和喜悦。等开镰以后，稻谷上了场，再尝"全新"，所谓尝"全新"，就是一餐的米饭全是新米做的，配上鸡鸭肉一桌大菜，似过大年，喜气洋洋，热热闹闹。

割稻子的事，大多数情况下是女人和小孩的事，除了小包工，男子汉要帮妻儿的忙，否则，他们是不会做这种事的，男子汉有男子汉要做的事。

无论男女，无论老少，割稻的手艺有高有低，其速度也有快有慢。然而，无论快慢，那个时候割稻子，也是有些讲究的。

我从开始学割稻，就一直这样讲究：先割下几蔸，用有穗的那一头拧成一个结节作为捆禾的绳结，绳结做好以后，横着摆放在地，然后才开始一把一把地杀禾。每一把分两个部分，将前一个部分的稻衣绕起来缠在稻杆底下，接着又割下几蔸，算作第二部分，并用前面的那一部分将后面割下的这一部分裹住，形成一整把，村里人叫"一手"，放在绳结上。放的时候也有讲究，第一把与绳节成十字状，接下来的两把得交叉着压住第一把，再依次类推。等放满了十把（不能多也不能少），才用绳节拦腰捆绑起来，成为一个"禾"，并摆放好，以方便挑禾人挑禾。如果是用"板桶"或打稻机就地脱粒，则需两两相对摆成两排，但无须打绳节捆绑。

许多情况下，杀禾是小包工，旱田六个稻一工分，水田五个稻一工分。一天下来，快手可以挣到二十工分。

我从小就参加杀禾劳动，对杀禾的每一个环节都非常熟悉，也多次参加了杀禾的小包工，与一般人相比，自己速度不算慢，但与村里几个快手相比，自己就慢多了，且不说同龄人中的女孩子，与同龄人中的男孩子相比，自己也是有距离的。比方说老同学道开，算起来，他比我还小七个月，可他杀禾的速度却比我要快得多，与队里最快的快手毛妹子不相上下，一天下来，要比我多挣二到三个工分。

虽然，杀禾没有莳田那么辛苦，莳田始终弯腰进行，而杀禾尚可抬头、走动，但是，杀禾也要弯腰出汗，弄不好，还会流血，也有一定的危险性。

杀禾人杀禾时，身子弯曲，两腿似蹲非蹲。是左手扶禾，右手持镰刀，一兜一兜地割，镰刀不到，稻杆就不会自行断开。那时，割禾的镰刀刀片的宽度是成年人的二指宽，呈弯曲状，刀口带齿，锋利无比。

杀禾人当左手扶禾时，是左手虎口朝下，紧紧抓住禾的底部，右手杀禾时，是用镰刀紧挨着左手虎口的地方使劲，所以稍不留神，就会伤其手指，轻的割破皮，重的伤到手指骨头。可以说，常年割禾的人，没有几个没被割破手指的，而且，割禾的速度越快，伤指的概率越高，我的左手食指曾被割破三次，至今留有三道疤痕。

9. 忘不了的板禾

割下的稻子需要脱粒，在我们家乡，脱粒就是"板禾"。

那时没有收割机，稻谷脱粒有三种方式，一种用"板桶"。

所谓"板桶"，是用一块一块木板拼做的，高一米左右，方型，呈漏斗状，口大底小，口之边长二米左右，底之边长一点二米左右。"板桶"要脱粒，里面得放一"打板"，"打板"的架子是用木头做的，上下两根圆木，下面的那根稍长，连接上下的则用三根方木，中间横装着数根竹片，稻子摔打在竹片上面才能脱粒。

为了保证脱粒时谷子不飞出来，社员们还得用一张薄竹片编织的竹席，村人叫"掩子"，类似于现在城里人用于施工现场的围挡，沿"板桶"的三方围起来，留下一方供人们摔稻脱粒。

"板禾"时，两个人站在"板桶"边"板禾"，另两个人则为"板禾"的两人分别递送稻子和捆扎稻草，"板"完一个禾，便将"板桶"上前挪一步，如此循环往复。

将割下的稻子送到打谷场，即我们家乡所说的禾坪，专供稻谷脱粒和翻晒的场所（有时也用来晒豆子和红薯干等）。

一般来说，一个生产队不只一个禾坪，有多个禾坪。禾坪的位置大多设置在岭顶或山腰，周围无遮无挡，从早到晚都有阳光照射。

我们生产队共有五个禾坪，不知道是什么时候建造的。自打我懂事就知道，生产队一直用这五个禾坪"板禾"与晒谷。这五个禾坪的表层都是用泥土筑成，要放在今天，肯定都是用水泥铺就。那时候，我没见过水泥，还不知道水泥为何物。正是因为用泥土筑成，由于风吹雨打，禾坪的表面难免会遭到损坏；同时，禾坪中间也会长出一些杂草及小灌木之类的植物，所以，每年启动前要进行一次大修。

那时，每一个禾坪边角都有一个不大不小的一平方米不等的土坑。讲究的，坑的四壁是用石灰拌黄泥抹成；不讲究的，就地取材，整平夯实周边的泥巴即可。土坑里装的全是牛粪汤，这是为了防止在晒谷期间，禾坪上的砂粒因为清扫和雨水冲刷裸露，而混进谷堆里。社员们便用牛粪汤泼洒在禾坪表面，因为牛是吃青草、稻草及谷壳的，经过消化被拉出来的大粪含有细微的纤维，而这种纤维经过水的搅和具有一定的黏性。当牛粪中的水浸入土内后，其纤维便附在禾坪的表面并凝结，以保护禾坪表面在一段时间内不被雨水冲刷裸露和被扫帚划破。所以，在每年的稻谷上场之前，这是一项必须做的事。

我从小就跟随伯父参与对王塘岭下禾坪的整修。为了使整个禾坪不露沙粒，我们先把禾坪上的杂草及灌木除净，然后用较黏的泥土拌石灰合成浆，对禾坪抹一遍，再用牛粪稀释成粪汤浇在禾坪的表面，待晒干后便可以晒谷了。

禾坪修补好了，割下的稻子便可以挑到禾坪边角上码起来。

那时，每个禾坪中间都要设立几块石碑，现在的人也许不知道这些石碑干什么用的。其实，它就是放脱谷粒的"打板"用的，将"打板"斜靠在石碑上才可脱粒。一块石碑放一块"打板"。

"板禾"的两个人一左一右，左边的人将禾举过头顶从左边往"打板"上甩，右边的人将禾举过头顶从右边往"打板"上甩，你一下我一下地轮流着，每甩打完一把，便将稻草置于一堆。

"递禾"的两个人也是一边一个，一是为"板禾"的递禾，以免"板禾"的人弯腰，浪费时间；二是将脱了谷粒的稻草捆起来，丢出去，也就是说，"递禾"的人是为"板禾"的人服务的。一般来说，"板禾"的是男子汉，"递禾"和捆稻草的是女人和小孩。

其实，捆稻草也有讲究，捆稻草的人用几根稻草扎住脱尽谷粒的稻穗处，用力一拉，即已捆紧。我最初就是做这种事的。

那时，我个子小，力气也小，"板"起禾来，很吃力。而且还有脱粒不干净的现象，所以常遭到队长和其他队干部的指责，只让我做"捡管"（即捆稻草）的事，直到后来我长高了，有了力气，才让我"板禾"。

"板禾"是讲究时间的，为了抢太阳，一般选择在晚上和凌晨。

凌晨"板禾"叫"板早禾"。先一天晚上，队长就发出通知，然后自愿报名，一般情况下，所有男劳力都会参加。因为"板早禾"是有工分的，如果不是包工，一般是两分，相当一个早上的工分，所以都会参加。如果允许女人参加，女人也都会报名。

"板早禾"的时间，一般是凌晨四点左右，干上两个小时，等到太阳一出来就收工。回到家里洗洗脸、刷刷牙，喝一碗甜酒糟，接下来又上早晨工。

晚上"板禾"叫"板夜禾"，一般是在晚饭后八点左右开始，到十点左右结束。这个时候，经过一天劳累后的社员身体虽然疲惫，但因为季节不等人，又有工分所得，又恰逢月明星稀，微风拂面，大家一边干活，一边聊天，欢声笑语，其乐融融。

我喜欢"板夜禾"，而不喜欢"板早禾"，小孩子睡眠多，凌晨正是小孩子睡觉正香的时候，所以每次"板早禾"，母亲总是叫了一次又一次，才把我叫醒。"板夜禾"就不一样了，小孩贪玩，睡得晚是常事。"板夜禾"都是选在月明星稀的夜晚进行。我喜欢躺在那柔软的稻草堆里，数着天上的星星，又喜欢坐在高高的谷堆旁边，欣赏那弯弯的月亮。

稻谷脱粒后，将脱了谷粒的稻草扎起来，支在山坡上晒干，一部分分到各家各户当柴火烧，一部分码成圆垛，待冬天来临，野外无青草，作为牛的饲料，或给牛过冬垫窝。

脱下的谷粒，则由队里几位年长者用疏谷耙疏开进行翻晒。一天不行，两天，两天不行，三天，直到晒成嘎嘣脆，牙齿一嗑带响声，然后用风车过滤，将谷粒分成壮实、二实、瘪壳三个等级。壮实的交公粮或贮存在生产队的仓库里，日后分给社员做口粮。二实的喂猪和喂牛。

10. 挑禾也难

割好的稻子，如果不在原地，那就得将割好的稻子挑到就近的禾坪上，用打稻机或"板桶"脱粒。我们那地方虽不是林区，却是丘陵地区，光秃秃的山岭一个连着一个，偏远的稻田离最近的禾坪也挺远的。

由于那时经常使用小包工，所以挑禾也用小包工。挑四个到禾坪上记一工分，路程短的是六个记一工分。

一般情况下，由于割禾的人大多是妇女和小孩，挑禾的力气活自然是男人。虽然，男子汉力气大，但是天天连续不断地挑，也是非常吃力的。每天下来，一个个都筋疲力尽，有的肩膀磨破了皮，有的脚扎出了血，有的因此而中暑，有的因此而闪了腰，但却没有人因此而躺下不干的，无怨无悔，这就是当时中国的农民。

那时，我还小，不会安排我专门挑禾，但是，割完稻子，收工时顺便挑一担禾，那是常有的事。

参与割稻子的人出工时就随身准备了一根竹篙、两根绳子，以备收工时挑禾。

我们生产队有几丘稻田离王塘岭禾坪有几里路，路远且全是上坡路，沿途又无遮阳乘凉的地方。

那一日上午，我割完禾，便挑着四个禾急急忙忙地往王塘岭的禾坪上赶。虽然都是四个禾，但由于取之于不同的稻田，其重量有很大的区别。如果取之于干涸的稻田，稻秆失水枯萎，则分量轻；如果取之于有水的稻田，稻秆吸水湿漉，则分量重。我此次挑的四个禾是水田中的，分量显然要重。一开始只是在平坦的田埂上行走，我还感到轻松，等一离开田埂往岭上爬，感觉肩上的担子越来越重，每前进一步都非常吃力，头上是一轮火红火红的太阳，空气中无一丝半缕的风，即便是有，那也是滚烫滚烫的热风。

那时候不兴穿鞋子做事，偶尔穿一穿的也是草鞋，又由于穿着草鞋没有光脚丫子干活痛快，所以我们一年到头大多数时间出工都是光着脚。此时此刻，正是正午时分，似火的太阳，将山岭上的砂石路炙烤得滚烫滚烫，光脚踩在上面，犹如踩在烧红的烙铁上，加之沿途裸露的石子硌脚，痛得我直咧嘴，我像一只兔子奔跳着行进，身上的衣服干了又湿，湿了又干。

正走着，左脚被一根小树桩绊了一下，担子从肩上滑落，掉到地上，右脚的大脚趾头踢向一块石头，趾甲盖被掀翻，鲜血直流。我知道尿可以止血消毒，便连忙对准自己受伤的脚趾头尿尿，然后从衣服上撕一布条将脚趾头包扎起来。

当我将四个禾挑到王塘岭的禾坪上时，已经筋疲力尽、口干舌燥，我大口大口地喘着粗气，使劲地呼扇着手中的草帽。此时此刻，我多想冲一个凉水澡，多想喝一口山泉水；又多想有一片绿荫，多想拥一缕清风，可岭顶上除了光秃秃，还是光秃秃，既无一株树，更无一丝风。

歇了一会儿，才稍稍缓过神来。回家的路上，路过一水塘，水塘里的水清澈见底，我脱掉被汗水湿透的衣服，一纵身跳入水塘，一个猛子扎入水塘底，一连喝了几口冰凉冰凉的塘水。也许是年轻的缘故吧，我的体力立刻得到了恢复。

后来有了脚踩的打稻机，割完的稻子就地脱粒，就用不着挑禾了。但是，脱了谷粒需要人从打稻机桶里装进箩筐，再挑到岭上的禾坪中翻晒，同样需要扎实的力气才能完成。而且，脱了粒的稻草，也需要挑到禾坪周边晾晒，也不是一件轻松的事。作为那时还是孩子的我们，虽然不是干这些的主力军，但必须要参与其中。

11. 又想起了车水

车水是成年人的事，而且以成年男人为主，小孩由于人小腿短，是车不了水的。

我并非很小就会车水，我会车水的年龄大概在十四五岁左右，不过由于耳濡目染，我从小对车水很感兴趣，也有一定的认识。

种水稻离不开水，离开水，稻子就无法成活。

我们家乡的土壤含砂量大、透水性强、黏性不足，雨天一团糟，晴天一把刀，保水种稻，是我们生产队每年都必须进行的一项重要农事。

我们家乡无大江大河，好在那些年兴修水利，在能够蓄水的地方，开挖沟渠，筑堤建坝，以至于山山岭岭到处都是大小不等的山塘水库。

春夏之交，是雨水丰沛季节。我们就堵涵洞、清泥沙、关水闸、拦山水，尽量将山塘水库蓄满。

一旦老天爷不下雨，禾苗缺水，便开闸疏涵，放水保苗。

然而，人往高处走，水往低处流，当山塘水库里的水流到不能自然流出时，那么就要将其存余的水弄出来保禾苗，由此就必须采取人工的办法，即抽水保苗。

那时候，我们生产队没有抽水机，重要的抗旱工具便是用水车车水。

有时，高处稻田缺水，而低处稻田水有盈余，就需将低处的水往高处引，也得用水车车水。

水车是古老的农具，一个生产队少说有四五条，多的有七八条。

用水车车水灌田救苗，是传统的办法，也是最简便的办法，还是那时最好的办法。

水车是用实木制作的，由车身、车骨、车架、扬脑、水脑组成，车骨又由车叶和扬角组成。

水车分二人水车和三人水车两种，有的地方也有一人水车。

二人水车车身短，车架上只能坐两个人，是两个人踩的车；三人水车车身长，车架上可以坐三个人，是三个人踩的车。

二人水车，一般是将坡缓、落差小的水往上抽。三人水车，一般是将坡陡、落差大的水往上抽。

二人水车分量轻，力气大的女人也能扛得动。三人水车分量重，只有男人才能扛得动。

车水之前，需要装车。

装车是一门技术活，不会装车的人，装的车要么不平整，车叶擦车身；要么装得太深，水太多，车不动；要么装得太浅，水

太少，滚费时间、浪费人力，效果差。

那么如何装车呢？

首先是平稳，即将水车装平整稳当。不但出水口要平，而且进水口也要平，这样才可以避免刮擦底部和刮擦脸部。

还有就是水车架子也要置放平稳。

有些地方用水车车水不需要架子，两只手来回摇动着摇把即可。

有些地方虽用架子，但是车水的人不是坐在架子上，而是用两只胳膊支撑在架子上，两只脚有规律地来回蹬动踏板。

在我们家乡，车水人是坐在车架上，每个人的两只脚不停地来回蹬动扬角上的踏板，并通过踏板转动扬脑拉紧车骨以及其车叶，循环往复不断地将低处的水送往高处，所以其车水的车架必须装置平整、稳定、安全可靠，否则，不但车不上水，还会容易造成人仰车翻。

车水不是一件很吃力的事，但也不是一件很轻松的事，偷懒耍滑达不到目的；况且，车水不是一个人的事，坐在两个人的车架上车水，就是两个人的事。坐在三个人的车架上车水，就是三个人的事。无论两人车还是三人车，一同车水的人必须配合默契，齐心协力，如果其中有一人偷懒耍滑，出工不出力，那么其他人就会增加负荷。

我刚学车水那会儿，有一次与道校和道本三个人一同车水。

车着车着，感到脚下的踏板越来越重，便用尽力气使劲地踩，整个人的分量都放在了踏板上，可还是踩不动。顷刻间，便大汗淋漓，我扭头一看，只见他们俩在偷着乐，再一看，他们俩的脚竟然悬在空中，根本没有踩踏板。见此状况，我就气不打一处来，抬起一脚，就要向他们踹去。谁知这脚刚离开，由于水车缺少了向上的动力，不进则退，"哗啦啦"一声响，上面的水顺流而下，水车叶散落一池塘，车架也因此失去平衡，往后倒去，我们三人同时摔倒在泥塘里，一身泥水不说，还擦破脸、刮破皮。这本是一个玩笑，却给生产队造成了损失，我们三人也因此各被扣除四个工分。

许多时候，车水都是晚上进行，这叫作"车夜水"。

参加车夜水的人大多是男子汉，女子极少参加。即便有女子参加，也是安排在一架水车上，不会男女混搭，除非俩口子。

之所以会是男子汉车夜水，是因为天气闷热，参加车水的男子汉有时短裤也不穿，只用一条澡巾围住下身。如果男女混搭，不整出点事来才怪呢。

晚风习习、明月如水、蛙鼓齐鸣、星星似灯，迷人的夜空弥漫着稻花的清香，此时此刻，做的虽是体力活，却又是那么爽心，难道你就不想唱吗？有些山歌就是这个时候产生的。

"南风悠悠北风凉，我在外地想爹娘……"

至今，我还记得这么两句。

当然，白天车水没有晚上车水那么悠闲。强烈的阳光直射到水车架上，一阵又一阵的热浪扑面而来，衣服被汗水湿透一次又一次。脸晒黑了，皮肤脱了一层皮又脱一层皮，火辣辣的痛。为了避免太阳直射，母亲给了我一顶草帽，可还是抵御不了热浪，母亲又拿出一个被单，让我用两根棍子交叉支开，再用一根棍子撑起作为荫棚，才避免暴晒。

这些年过去，我回到乡下，想寻找当年的水车，却已无踪影。

12. 难忘的修水利

儿时的农村，说是有农忙和农闲之分，其实说农闲，一点也不闲，因为这个时候，生产队要组织群众兴修水利。

我从拿工分的时候开始，几乎每年都要参加冬季兴修水利。

我们家乡虽然没有高山大川，也没有河湖港汊，但有的是山坳和山岭，因此山塘多、沙氹多。

如何发挥山塘沙氹作用，进行防涝抗旱，便成为生产队的一件大事。

一到农闲，队领导就会带领群众清沙氹，筑泥渠，疏通岭上、坳上的沟沟坎坎，让能进山塘、水库的雨水尽量进山塘、水库，同时拦住泥沙，避免泥沙进入稻田和山塘、水库。

对于那些已经被淤塞的山塘，则利用雨量少的冬季，在放干水以后，清理其中的泥沙和淤泥，修筑好塘坝，使之尽量能蓄水，多蓄水。

对于那些受雨面积大的山塘，则筑起大坝，拦住那些从岭上坳上直泻而下的雨水，形成水库。

那时，我们生产队约一百三十多口人，人均一亩多一点的稻田，有十一个山头、二十一口山塘、微型水库四座。

牛卵塘水库原本是我们生产队一口较大的山塘，说大，实际也就是二十多亩的水域，但周边山头多，雨水都集中流进这里。那一年冬天，生产队组织全村男女老少，要把这里改造成水库。要想把一口山塘改造成水库，首要的问题就是要修筑一座能够拦住雨水山洪的水库大坝。

那时候，没有任何可以用来筑坝的机械设备，一切的一切，全靠人工。

队长旺叔将全队的人分成几个小组：一是挑土组，大多是妇女、小孩和年龄偏大的男子；二是打夯组，清一色的青壮年；三是技术组，都是生产队的能工巧匠和经验丰富的老人。

这一年，我十一岁，是挑土组的成员。

开工那天是星期天，有一个战前动员会，工地上密密麻麻站满了男女老少，所有人员按组站队，每组组长举着一面红旗站在前头，动员会一开始，由生产队指导员芬伯作动员讲话。

指导员芬伯是一名老兵，参加过解放战争和抗美援朝战争，在枪林弹雨中死过几回，并立过多次战功。他平时少言寡语，此时此刻，叫他作动员讲话，他知道多说不如多干，话不在多，管用就行，所以他没说上几句就不说了。他知道，挑土最苦，水库大坝的所有泥土要靠挑土组的人用肩膀一担一担地从水塘的底部往坝上填充而成。虽然，他的腿部曾在抗美援朝中受过伤，如今还有一块弹片没取出来，一到阴雨天就隐隐作痛，但他毅然决然地选择了最需要吃苦精神的挑土组。

芬伯讲完，接着便是队长安排和部署工作，同样，旺叔也没讲上几句。

简单的仪式过后，大家就热火朝天地干了起来。

这一天，天公作美，阳光灿烂，工地上虽不是人山人海，却到处是欢声笑语、夯声震天。红旗在微风的吹拂下，发出一阵哗哗啦啦的响声。不远处书有"水利是农业的命脉"八个大字的语录牌，在阳光的照耀下，熠熠生辉。

这一天，我们挑土组是发牌记工。我挑了一百二十一担土，得工分六分。

这样的好天气没几天，接下来便是绵绵细雨，气温陡降，寒风夹着细雨扑打在人的脸上，就像是针在扎、刀在割，令人难耐难忍。但谁也没提出退缩，社员们仍然精神百倍，干劲冲天。当时的口号是"抢晴天，干雨天，麻风细雨是好天，月亮底下当白天，争取一天当两天"。

不过，由于下雨，原本干涸的泥巴变得黏糊糊的，挑土的不便挑土，打夯的不便打夯。

这一天，我光着脚丫挑了九十八担土，但摔了三次，回家时像只泥猴子似的。

又过了几天，老天爷竟洋洋洒洒飘起了雪花，他以为他可以阻止社员们兴修水利的脚步，谁知社员们战天斗地的积极性特别高，一天也没耽搁，大伙一个信念，一定要在春汛之前，把水库建成。

春节到了，旺叔安排大家休假五天。可有些社员只休息一天就上了工地，大年初一也不休息。

一开始，挑土的按担数记分，后来，因为妇女老人的不同，担子有轻有重，挑的土有多有少，记分的量很难把握，便改成按方记分，即挑完一方记多少工分。社员们便自由组合，分成小组，每个小组在挖土方时，会在自己范围内适当位置留下一个土柱，以此来计算挑挖的土方。

如果你在若干年后看到干涸水库的底部有一个个土柱，你不要感到奇怪，这正是社员们在修水库时用来计算土方的土柱。

两个月后，牛卵塘水库修成了，解决了三十多亩稻田的用水问题。

如今，你所见到的一座座水库、一口口带坝的山塘就是那些年这样建成的。

那时候，除了生产队组织修水库、挖山塘、清理沟渠外，大队、公社甚至县、市、省也常抽调劳力修建大型水库和渠道。抽调的时间长短不一，有几个月的，有一年甚至几年的。

被抽调的劳力大多是青壮年，有男有女，男子居多。个别技术工种如石匠、木匠、篾匠、铁匠、厨师等，年龄可以稍大一些。

被抽调的人自带铺盖，自带工具，自离家那天起，到干完回家为止，由施工组织者记工分，一天一记，然后由施工组织者将记分情况通报所在生产队。

外出修水库、修渠道除了劳动强度大以外，还有一些生活上的困难需要克服。

如：远离家乡，不能照顾家人和家庭。

又如：生活条件差，生活环境不习惯。

住的地方一般在野外，就地支个茅棚，抱一些稻草或割一些茅草垫在地上，铺上自己带的草席，这就成了床。一个茅棚里挤上十几人甚至二三十人，脚臭味、汗臭味、土烟味充斥着整个茅棚。到了晚上，呼噜声、梦话声、放屁声、磨牙声以及外出尿尿的脚步声不绝于耳，谁也别想睡一个安稳觉。

这种茅棚，实际上夏不能乘凉，冬不能御寒。

至于吃的东西，那就更简单了。

由于工地上是凭餐券就餐，被抽调的人一上工地就发餐券，每月一发，餐券分早餐券和中晚餐券。

早餐，一般是红薯、大米粥、一小碟咸菜。

中晚餐，一般是一菜一汤。菜是缺少油腥的菜，汤是菜叶汤，饭是用瓦钵蒸的，三两米一钵。都是干重体力劳动的青壮年，三两的米饭是吃不饱的。对于那些饭量大的人来说，三两米饭只够塞牙缝的。

尽管条件这么艰苦，却没有一人打退堂鼓的，也没有一人喊苦、喊累、闹情绪、闹待遇的。那些年，几乎每年都要抽调劳力外出修渠道、修水库，社员们都是争先恐后，唯恐抽不到自己，队长旺叔没办法，只好让社员轮着上，今年是我，明年是你，后年是他，或者抓阄，谁抓着谁走。

那一天，是我初中毕业放寒假的第一天，我也被抽调了。全公社抽调两千名劳力，自带劳动工具，修建一条渠道。通知是先一天晚上发出，各大队、生产队临时抽调，但限令被抽调的人第二天上午八点之前务必到达指定地点集合。

第二天上午八点，两千人一个不少，全部到齐。

当时，我听这么急，原本以为这事挺难的，两千人，一夜之间，怎么可以说到就到呢，可事实教育了我，真做到了。

四十年后的一天，我回到家乡，现任镇长告诉我一件事，说我们那一年修的渠道，由于年久失修，塌方了，镇里想组织三百名劳动力上去抢修，为此提前一个星期给各村发了通知。通知中明确，被抽调的人每人每天发工资一百五十元，中、晚餐两荤一素，米饭吃饱。他原本以为，这样的条件，在一个拥有十万人口的大镇，应该是小事一桩。可令他万万没想到的是，一个星期后，只有六个人按规定时间到指定地点报到，而且这九个人都是六十岁以上的老人，更令人哭笑不得的是，他们个个都要事先预付半个月的工资，每餐四菜一汤伙食，达不到这些条件，就不参加。

彼一时，此一时，不可比啊！

好在如今科技发达，要修建一个水库或一条渠道，不需要那么多人。机器设备一上，要不了多长时间就成了，省工省力，又快又好。

13. 我做过记工员

小时候，我曾经当过两年多的生产队记工员，这也是我第一次，靠笔杆子获取报酬的一项劳动，一年下来，我会因为当了记工员而获取二百工分。

工分，是那个年代农村人人关心的一件大事儿。因为它涉及每个家庭、每个人的劳动态度、劳动技能、劳动量以及劳动成果的认定，进而关系到人们的衣食住行，同时也是一件最平常、最普通的事儿，因为每天晚上都得记工分。

每位出工拿工分的社员都有一个记工分手册。记工分手册的封面有姓名、性别、年龄、底分多少等栏目，封底有记分的有关注意事项。每一内页有年、月、日、上午、下午各做什么事，应记分、实记分、备注、盖章等栏目。

那时，我们生产队包括我在内有两个以上的记工员，还有一名负责盖章的监督员。记工员除了要公道、公正外，还要写得一手工整的汉字。然而，仅仅是记工员的记工分还不行，还必须要有监督员盖了私章才能有效。

每天晚上，用不着通知，社员们都会约定俗成地在前后相差不到十分钟的时间来到记分现场。倘若是晴天，记分现场便在村前的禾坪上。

一张四方桌摆在禾坪中间，桌子上放着一盏煤油灯，桌四周四张长条凳。记工分时，记工员和记分监督员会早早地来到桌子旁坐着。记工分的人主动将记分册放在桌子上，算是排队吧。

月牙儿在云层的穿梭中时隐时现，飞来飞去的萤火虫在空中忽明忽暗，无拘无束的孩子们在禾坪中开心地嬉戏打闹，辛劳一天的社员们，吃完晚饭便各自端着一条小凳子，陆陆续续来到禾坪上。吸烟的男人们一次又一次卷着喇叭筒，空气中弥漫着浓浓的旱烟味，女人们有的织着毛衣，有的纳着鞋底，还有的剥着花生或豆子。

大家之所以极为关心记工分，是因为那时的农村人，靠工分穿衣吃饭，一分一厘的工分，都是用辛勤劳动的汗水换来的。

当我按照记工手册的排序叫到一个人的名字时，这个人就得自报当天的劳动情况。早上做了什么，上午做了什么，下午做了什么，在哪个地方做的，与什么人在一起做；有时还要报告劳动量，比方说，犁田的犁了几亩田，割稻的割了几个稻子；另外，有没有早工，有没有晚工，有没有小包工，有没有加分的，有没有减分的，都得一一如实报告，容不得半点虚假。

实际上，也没有人会弄虚作假，因为那个时代弄虚作假是一件很耻辱的事情，会被人瞧不起的。

全生产队那么多人，能参加集体生产劳动的仅是一部分，而这一部分人中有男、女、老、少，劳动一天给多少分，是按照男、女、老、少区别对待的。如何做到公平、公正、合理，既要让劳动者本人满意，也要让其他人心服口服，是有讲究的。以定底分为例，评底分，我们生产队有一些传统的约定俗成的基本条件和原则，比方说年龄、身体状况、劳动技能等，然后每人对号入座，再经过群众评议，如年满十八岁以上，身体健康，懂得一定生产技术，算是全劳力，底分十分；如果生产技术差一点，就九点五分；十六到十八岁的底分是九分；妇女劳动一天的底分是六分，最高不超过八分；年龄不到十四岁的小孩，一天的底分不超过五分等。

那时，一天的劳动时间大约是十个小时，分三个时间段，早上、上午、下午。

早上的劳动时间大约两个小时，上午和下午的劳动时间各约四个小时，底分确定后，其早上的底分占全天的十分之二，上午和下午各占十分之四。拿十工分的一个全劳力，早上是二分，上午和下午各四分。

关于小包工，那得先确定基数，如送公粮，二十斤记一工分。如果你挑一百五十斤，那么就可以得七点五工分。如果你能挑一百八十斤，那么就可以得九工分。又如拔秧苗，五十根记一工分。如果你一早上拔了二百根，那么你这一早便得了四分。

有时候，你虽然没有参加体力劳动，但只要是领导安排又是与集体、群众相关联的事，照样可以记分。比如，你参加了上级组织的会议，或上级安排你去学习，也按照你的底分记工分。我曾经是大队文艺宣传队的队员，经常参加排练、演出，生产队正常给予记工分。

如果你的工作超出大家的想象，效果非常显著，领导会酌情给你加分。

当然，如果你工作中出现了失误，并且给集体造成了损失，那也会给你扣分或罚分。

到了年底，生产队会对你及你全家的得分情况进行统计，然后会根据你或你全家得工分的情况分粮分物。

记工分是我经历过的事，虽然，几十年过去了，但其中的一些业务知识，却记忆犹新。

14. 当保管员那会儿

那时，我们生产队有两个保管员，但因为两个都年过半百，且文化水平低，其中有一位还病恹恹的。于是，队长决定选举一名有文化的人，接替那位有病的保管员。

这一天晚上，全体社员都参加选举会议。

我也参加了会议，可选了半天也没确定下来。此时，我要尿尿了，便站了起来向厕所走去。可等我尿完回到会场，出乎意料，队长宣布我当选保管员。后来我才知道，原本没想过要选我当保管员，后来因为我站起来去尿尿，进入大家的视野。有人提出让我当保管员时，虽然也有人说我还未成年，而且还是在校学生，但毕竟因为我有文化。最后，大家都同意选我当保管员。

那时候，实行的是集体所有制。生产队里有许多集体财产，比如，农作物、农具、仓库等等，我与另一名保管员，既有分工，又有合作，他侧重于农具的收拾与保管，我侧重于稻谷、豆子等农作物成果的保管。实际上，保管员要保管好集体财产，还要参与对社员劳动成果以及集体财产的分配，尤其是我分管的这一块。

每当要对劳动成果分配之前，我就要提出其分配的方案供领导参考，并协助会计和出纳做好前期准备工作。

"靠工分吃饭"，是那个年代农村的真实写照。所谓"靠工分吃饭"，说白了就是靠劳动吃饭。"按劳分配"是那个时代的特色，多劳多得，少劳少得，不劳不得，劳动成了谋生的手段，劳动成了通向幸福的桥梁。

在那个年代的农村，衡量一个社员劳动量的便是工分。你挣的工分多，说明你的劳动量多，你挣的工分少，说明你的劳动量少。如果你一分也没有，说明你在集体生产劳动中一点事也没做。

无论是"按劳分配"还是"按工分分配"，最重要的实物是粮食。

那个时代，每个生产队都有自己的粮仓，打下的粮食，除了交公粮的那部分，剩下的全部存储在粮仓里，作为全队男女老少的基本口粮。

怎样分配这些口粮，基本原则是按工分分配，也就是说通过决算，确定每一工分可以分到的粮食，以此为标准，再计算每家应分多少谷子。比方说云生家两个劳动力，他爸爸是个全劳力，一年下来共得三千五百工分，他自己的底分是九点五分，一年下来，共挣得三千二百一十分，他们父子俩加起来的工分总计是六千七百一十分。如果决算确定一工分是八分钱，也就是说一个拿十分底分的全劳力一天的收入是八毛钱，云生父子俩全年的收入是五百三十六点八元钱。再如果，那一年每斤稻谷是零点四元，那么云生家一年可分稻谷一千三百四十二斤，云生家四口人，平均每人三百三十五点五斤。

每年新谷子上场，缺粮的社员们会急于从队里分到一些粮食，以解决缺粮之忧。生产队的领导们也会非常人性化地考虑这一点，会适当地分给各家各户一些谷子。但是，由于决算需在年底进行，每家每户精准分到多少粮食，只能等年底财务结算后才能出结果。

为了保证每家每户在第二年青黄不接时不会因为缺粮而闹饥荒，生产队会根据各家各户应分粮的多少，帮助大家节约用粮，计划用粮。一般情况下，全年分四次放粮，这样就不会因为有粮时就撑死，青黄不接时就饿死。

比方说，云生家一共四口人，应分稻谷一千三百多斤，那么生产队就不会将这一千三百多斤谷子一次性给他，而是分四次，每次三百多斤。

那时候，每家每户都有一个木制的谷柜，一口或几口米缸。社员们将分得的谷子放在自己家的谷柜里，缺米时便去碾一些，将碾出来的米储放在米缸里，米糠便用来喂猪。

当然，有些特殊的家庭不完全按工分分粮，例如，那些没有劳动能力的"五保户"和那些出钱买工分的"四属户"。

所谓"五保户"，就是那些无儿无女、年老体迈、不能参加生产劳动，或者那些因为残疾丧失生产劳动能力的，享受保吃、保穿、保医、保住和保葬的农户。

所谓"四属户"，是指那些干部、职工、教师、军人四种人员的家属。由于他们的另一半在城里，所以也叫半边户。由于这些人的家庭成员挣得的工分不能满足他们全家吃的粮食，他们在城里的另一半还得拿出钱来交给生产队，用现金购买工分。我们家当时就是"四属户"，我父亲那时在县法院工作，是城市户口，而母亲和我们五姊妹却都是农村户口。为了给我们五姊妹买粮吃，父亲每年都要拿出几百元钱交给生产队，然后折算成工分作为分配的依据。

除了以工分的多少分配稻谷外，其他物资也得以工分的多少分配。例如：红薯、高粱、豆子、棉花，甚至包括猪、肉、鱼、鸡、鸭、木材、稻草等。

有时，总量太少，来不及折算，只好平均分配。为公平、公正起见，便进行抓阄，这是当时农村平均分配小物件最常见的形式，这当中，作为保管员，需要做太多太多的具体事情。

老保管员告诉我，作为保管员，不但要有爱社如家的思想，而且还要有一丝不苟的敬业精神，勤俭持家，对生产队的财产要像对自己的家庭财产一样，倍加珍惜。每次用完，都要督促使用的人洗净并收拾、归整好，破了的要及时维修，以便再用。

老保管员还告诉我，要当好一个保管员，还必须做到心要细、手要勤、脑要灵。

后来，我因为上高中，吃住在学校，没时间干保管员的事，从而放弃了这一职务。但是，通过一年多的保管员工作，我有了许多新的收获，虽然辛苦一些，心里头却甜丝丝的。

15. 送公粮

所谓"公粮"，也叫"国家粮"。因为土地是国家所有，所以，那时候农民种粮食，是要交公粮的。当然，交公粮的份额并未分摊在每位农民身上，而是按田亩数分摊给生产队。至于每一亩田需上交公粮多少，那是有许多政策的，不同的地方有不同的标准。同一个地方，由于地理位置的不同，上交的比例也有所不同；还有，就是丰年和荒年也会不同。

那时，社员们对于交公粮毫无怨言，不但毫无怨言，而且还非常积极踊跃，大家认为这是天经地义的事，是爱国的具体体现，因而把交公粮称为交爱国粮。

为了体现对祖国的热爱，社员们把最好的稻谷送给国家，自己吃差一点也心甘情愿。

那时候，每个公社都有一个或几个粮库粮站，全公社的公粮都往这些粮库、粮站送。

虽然，生产队没有将交的公粮份额分摊到人头，但却将送公粮的任务落实到人，其目的是要通过送公粮，增强爱国心。

我们相西公社的粮库在耒水河边一个名叫六堡的小镇上，距离我们村约八公里路。说是小镇，其实就是一个轮渡码头而已，没有集市，没有机关、学校、医院，但因为有商店、粮库、煤场和轮渡，这里人来人往、热闹非凡。

虽然，社员们都把送公粮当作一件光荣的事，但是，因为送公粮毕竟是一项体力劳动，劳动是应该获取报酬的，于是，生产队便规定了送公粮的记工分方式。由于送一次公粮往返需要一个早上和一个上午的时间，按二十斤一分计算，一个正常的男劳力挑一百二十斤，得六分，才能保住底分。当然，一般人不会满足于只挑满底分的公粮，而是会尽自己最大的努力多挑一点。比方说，有的男子正常可以挑到一百四十斤，那么他就不会局限于在一百二十斤，尽量多挑一些。

送公粮不是男子汉的专利，一些妇女、儿童也会尽力，并积极参与。

我第一次参加送公粮是十二岁那年暑假的一天，平时我只挑五十多斤的担子，这次我却挑了六十多斤。按照生产队统一规定，先天晚上，参加送公粮的人就得将自己的箩筐装好谷子，并在谷子表面盖好石灰印鉴，放在仓库内。由于是第一次，我特别兴奋，天还没亮，就从床上爬了起来，等待出发时间的到来。

由于是第一次，原本母亲要陪我一起去，但母亲临时有事，便将我托付给清哥。前一天晚上，母亲给我准备了一根黄瓜，并反复叮嘱我，走不动，不要霸蛮，饿了就啃一口黄瓜，渴了就到路边的井里喝口泉水。

太阳出来了，队长旺叔吹响了口哨。参与送公粮的人便陆续进入仓库，找到自己家的箩筐，然后在队长旺叔的率领下，按照妇女、儿童在先，男子汉垫后的顺序，向六堡粮库进发。

我们村通往六堡粮仓的道路，是用一块一块石板相连铺成的，当十几二十几个人一溜，挑着担子前行，那"咚、咚"的脚步声，和扁担与箩筐咿咿呀呀的吟唱声，犹如一道靓丽的风景和一曲悠扬的乡村交响曲。

当我们走到一半路程的时候，大家才放下担子，将扁担横在两个箩筐上，坐在扁担上休息。有的擦汗、有的吸烟、有的喝水、有的掏出从家里带出来的黄瓜或菜瓜或麦子粑粑，一边吃一边说笑。

休息片刻，便又浩浩荡荡向前出发。

一开始，我干劲十足，挑着担子飞跑，紧随大队伍，一点也没落下。然而，随着时间的推移，肩上的担子渐渐地沉重起来，豆大的汗珠顺着眉宇间不停地往下落，肩膀上火烧火燎地疼，我用手一挠，竟然是一手血迹。两条腿就像是灌了铅似的，抬都抬不起。我想哭，但强忍着，让眼泪只在眼眶里打转。幸亏清哥一直陪着我，他见我挑不动，便从我的箩筐中捧出十来斤放在他自己的箩筐里。

由于分量少了十多斤，我感觉轻松多了，一口气便挑到了目的地。到达目的地后，清哥又从自己箩筐里捧出十来斤谷子放回到我的箩筐，为了鼓励我，清哥还为我花五分钱买了个烧饼。

进入六堡粮仓，便开始排队。只见偌大的一个仓库大厅，人山人海，热闹非凡。送公粮的人特别多，由于要对每一担公粮进行检查，大家都得一个跟着一个排队，等待验收和过磅。

也不知过了多久，两名验收员向我们这边走过来了。

走在前面的那位验收员是个男的，手里拿着一根已经油光发亮的约三指宽的竹片，后面那位验收员是个女的，手里提着一个盖戳的石灰斗。男验收员手拿竹片，使劲地插入一个一个箩筐里的谷子，并伸入到底部，然后再带着底部的谷粒出来，扒开竹片上的谷粒，看看竹片上有没有砂粒，然后再从竹片上抓出几粒谷子丢进嘴里，"嘎嘣、嘎嘣"几下嚼碎后，便连米带壳吐出来，以此来检验谷粒的饱满度和干湿度。

"怎么样？"队长旺叔问。

"嗯，粒粒饱满，又干爽。"那男验收员非常满意地点了点头。

紧接着，后面的女验收员在那男验收员验收过箩筐的谷粒上面盖上石灰印，算是验收通过做的一个记号。

"可以过磅了。"男验收员吩咐道。

于是，凡谷子上面盖有石灰印的箩筐，都挑到过磅处过磅，过完磅再让送公粮的社员挑着谷粒倒入仓库。

从粮库出来，我又跟着清哥一道进入煤场，掏出计划供应的生活用煤的煤票，准备买五十斤燃煤挑回家。此时，我那被扁担磨破的肩膀，一直火辣辣的疼痛着，我含着眼泪，告诉清哥，我不想挑煤。清哥说，好不容易来一趟，多少都得挑一点回去，说完便把我箩筐里的煤拨出一部分。我试了一下，那时箩筐里煤的分量大概只有四十来斤。而且，清哥为了减少我肩膀的疼痛，还买了一条小毛巾敷在我的肩膀上。我挑着担子，跟跟跄跄地向前走去。自打有了这第一次，只要不耽误上学，每次送公粮我都会参加。

16. 砍柴的艰辛

可以说，我们家乡是个穷山恶水的地方，地上没有森林，地下没有燃煤。那时，我们村流行两句话，叫"人口难填，灶口难填"。前一句话的意思是人每天要吃饭，却难以吃饱，也难以吃好。后一句话的意思是，人每天要吃的饭，要煮熟了才能吃，而要把饭煮熟，必须用柴草或燃煤往灶里烧火才能做到，而要保证灶里柴草或燃煤不断，却又是非常难的。

社员们用来烧火做饭煮潲的，除了生产队分给每家每户的稻草，再就是凭票供应的煤。

也许是为了保证工业用煤和城市居民生活用煤的需要，那时农村生活用煤紧俏，凭票供应的煤很少，根本满足不了烧火做饭、炒菜、煮潲和烤火，大部分村里人平时不敢烧煤，全部烧柴，只有临近春节，才弄点煤，一是保证烤火用煤，二是保证春节用煤。有的家庭则在办大事时才用煤，比方红白喜事时。另外又由于当时生活用煤价格比较高，有些家庭从节约的角度出发，尽量用柴用草而不用煤。所以，砍柴与割草便成了当时农村最寻常的一件事，也是最重要的一件事。

还在我六岁的时候，母亲就叫我捡柴。

也许现在的城里孩子不知道什么叫捡柴，甚至现在农村的孩子也不知道什么叫捡柴。

所谓捡柴，说白了，就是在村前村后捡拾可以用来烧火的枯枝败叶。

每天一大早，我就会提着一个小竹篮出门，然后村头村尾、村里村外到处寻找，见到能烧火的木棍、树枝、落叶，就往竹筐里放。

村东头大路边有一株大枫树，树冠很大，且高耸入云，树上有一个大喜鹊窝，喜鹊们进进出出，经常会碰落一些树上的枯枝，同时，喜鹊还会从外面衔来一些枯枝、杂草，来加固和增大自己的窝，由于有时衔不牢，便掉到了树下。于是，大枫树下便成了我拾柴的主要场地。我经常徘徊在枫树下，等捡满了一篮筐干柴，才会高高兴兴地提着篮筐回到家，将柴火倒在我床头空间的地上。那个时候，我的床头空间地上常常堆放着满满一堆干柴。

到了大约十一二岁的时候，我再也不满足于捡柴，开始学会割草和挖柴篼。

我们村周围的山山岭岭虽然不长树，却四处长草，特别是有一种叫丝茅草的草，这种草耐寒耐涝，长得快、长得密。山坡田埂到处都是，死而不灭，灭而复生。

我们用镰刀将这些丝茅草，连同长在丝毛草里的小树、小藤等，割成一把一把的，就地摆放、暴晒。一两天后才收回，扎成把，堆放在柴屋的角落里。

有时候，我们也会利用下工的时间顺便割上几把带回家。

然而，由于割草的人太多，再多的杂草也会被割完。当人们找不到杂草时，便把眼睛盯上了灌木丛和那些被砍掉枝干的小树蔸，加上小树蔸耐烧、火力大。于是，大家又爱上树蔸，见到树蔸便挖。

一开始，一些人只是在上工前或收工后挤时间挖一挖，到后来，有人抽空上山，专门砍挖，将小树蔸一担一担地挑回家里储存起来。

草被割了，枝被砍了，来年春天又可发芽，长出新的，如果连根带蔸都被挖断，来年春天就不会发芽。所以，原本就光秃秃的荒山，经过这一挖更是满目疮痍、惨不忍睹。

可见，挖树蔸，将树蔸当柴烧，是一种严重的损绿毁绿行为，它严重地破坏了植被，造成了严重的水土流失。

于是，生产队作出规定，不准乱挖树蔸，否则，情节轻的扣工分，情节重的接受群众批斗，挂牌游路。

但是饭还得要煮，猪还得要喂，总不可能吃生米、嚼生菜，不能在本地挖树蔸，那就去外地砍柴。

所谓外地，也就是距离我们村不远的另一个公社。这个公社属于山区，有山有树，植被茂密。一开始，我们只在离我们五六里地的地方砍。但经不起你砍我也砍，原本茂密的小树林，不到一两年便被我们砍光，不得不向纵深发展。到后来，砍柴的地方，离我们村已有二十几里路。

为了不耽误太多的挣工分的时间，我们常常在凌晨四点左右就悄悄地爬起来，唤醒前天晚上相约砍柴的同伴。

为了防止时间太长饿肚子，有条件的人会在前一天晚上准备一两张煎饼，或一两根黄瓜等。凌晨一起来，便用汗巾把这些吃的东西捆起来，吊在竹杠的一端，竹杠的另一端则绑着捆柴的草绳，然后肩背竹杠，手握柴刀，脚踏晨露就出发了。到了我们砍完柴，挑着柴担返回时，早已饥肠辘辘、口干舌燥。

我虽然从小就跟着成人们远出砍柴，但与同龄人相比，总显得笨拙，要么是砍的分量比别人少；要么砍的柴质没别人好；要么捆绑不好，挑到半路散担子；要么走不动，别人到家了，自己还在路上。

又是一个盛夏的晚上，我上完夜工回到家里，盛一碗冷饭，捞出一根酸豆角，就着一勺井水，吃完后倒头便睡。

睡得正香，朦朦胧胧，感觉到母亲在推我。她一边推一边喊："快起来、快起来，跟他们砍柴去。"我极不情愿地爬起来，揉着眼睛，嘟囔着："我还没睡饱呢。"

"乖，别人也没睡饱，不也起来了，快点，要不你又会落后了。"

我爬起来伸了个懒腰，然后背起竹杠，拿着镰刀，怀揣着母亲给我准备的一个菜瓜，就跟着村里其他砍柴人出发了。

这天天气特别好，月光似镜，蛙声似鼓，清风拂面，稻香袭人，我深深地吸了一口气又一口气，尽情地感受着天地之间的灵气。

走了大约一个半小时，终于到达了目的地，这时太阳刚刚出来，树叶上挂满的露珠在阳光的照射下熠熠生辉。我举起柴刀朝着灌木、小树、野草一顿乱砍，不一会儿便砍满了一地，估摸着大约有一担分量的时候，我将之分为四个等份，一个等份捆成一把，然后将两根草绳并排摊在地上，每根草绳上各先放一捆柴，将竹杠横在两捆柴杆上，中间留着空间便于挑担，再在竹杆两头各放上一捆柴，最后才用草绳将柴杆紧紧地捆绑起来。

这当中，捆柴是最有讲究的，既要有力气捆得紧，又要有技巧扎得牢，在挑着柴担行走的过程中不松不滑、稳稳当当。

捆绑好柴担，我坐在竹杠上，掏出那个菜瓜，独自吃起来。也许是肚子饿的原因吧，那菜瓜的味道，赛过山珍海味。

就在我津津有味地吃菜瓜的时候，那边有同伴吆喝着："走啊！"

我一听要回家了，便咽下最后一口菜瓜，慌慌张张地挑起柴担就走。

那时候，我们都是光着脚丫在外面干活的。在我们砍柴的路上，要经过京广铁路的一段路，我们挑着柴担一会儿在枕木上行走，一会儿在人行道上行走。此时此刻，正是烈日当空，闷热的空气中一丝风屑儿也没有。由于当时的枕木都是木头泡沥青的，在太阳的炙烤下，枕木里的沥青油都冒了出来，我们赤着脚踩在上面，又滚又烫，且洗不掉，也擦不净。

由于慌不择路，看不清路面，一不小心，踩在一根竹签上，尖尖的竹签一下便扎破了我的脚板。我痛得一咧嘴，一声尖叫，一屁股坐在地上，眼泪哗哗地掉了下来。

走在前面的二妹子听到我的尖叫声，知道我出了状况，便立即放下肩上的担子，跑了过来，见我的脚被扎破，正在流血，便立即从路边撸了一把菁蒿叶放进嘴里，嚼吧嚼吧，吐出来敷在我的伤口上，然后从自己衣服上撕下一根布条绑紧。

你别说，那菁蒿叶真管用，我伤口上的血一下就止住了。

"暂时别沾生水。"二妹子嘱咐道。

我咬着牙挑着柴担，跛着脚一步一步地往前走，等走到一棵大树下，见大家全部在等我，我很感动。

我跟在队伍后面，吃力地走着走着便掉了队。正在我着急时，云生返了回来，他接过我肩上的柴担就往前赶。

等赶上大队伍，走了一段路，我又掉队，可又有人返回来接我的担子。就这样，大家一程又一程地来回，将我的柴担挑回家，我很有些过意不去，总想说几句话表示谢意，可又笨嘴笨舌，说不出口。

生产队指导员芬伯说："都是吃五谷杂粮的人，谁还没个难处。都是乡里乡亲的，互相之间帮帮忙，也是应该的。"

17. 拾　粪

"拾粪"这两个字，对于今天的孩子们来说，可能完全是陌生的，不仅城里的孩子们陌生，乡村里的孩子们也陌生。

"拾粪"是一项农活，而且是那个年代一项普通的农活。二十一世纪出生的人没经历过，就是二十世纪八十年代以后出生的人也没经历过。

说"拾粪"是一件普通的农活，是因为这种农活，成年人、未成年人都干，而且以未成年人为主。一些成年人自己不屑干，汉子们尤其如此，然而却又特别重视这项活，经常督促自己的孩子干。当然，有些成年人也会顺手干，毕竟有"利"可图；而有些老年人，因为年纪大，腿脚不灵便，不能干其他重体力的农活，也加入到"拾粪"队伍，干这种力所能及的活。

那个时候，粮食产量不是很高，农民自己种的粮食，除了交公粮，剩下的常常捉襟见肘，满足不了正常的生活需要。为了提高粮食产量，满足自己正常的生活需要，农村各级党组织和各级领导想了很多办法，其中一个重要的措施就是改善土壤，提高土壤肥力。

那时，我们国家的化肥厂不多，所产的化肥有限，化肥满足不了农业生产的需要。加之，那时的生产队集体没有足够的资金，即使有资金，也不会轻易用来买化肥。因为大家对化肥的使用，有一个基本的认识，就是化肥用来短期催苗可以，对于提高产量却作用不大；另外，用化肥催长的农作物，其果实的味道和营养远不如农家有机肥料催长得好。所以，社员们会想尽一切办法，广积农家有机肥料。

经过发酵处理过的人畜粪便，是最好的农家有机肥料，于是便有了"拾粪"的这个农活。

为了鼓励社员们"拾粪"，生产队将"拾粪"一事与工分挂钩。在那个靠工分吃饭的年代，这无疑是一个极好的办法，能够充分地调动大家"拾粪"的积极性。

所谓"拾粪"，就是捡拾家禽家畜拉撒在野外的粪便。鉴于家禽家畜的粪便发酵后所产生的肥效高低，确定与工分挂钩的档次。比方说，狗粪、鸡粪、鸭粪、兔粪的肥力强些，每十斤记二工分；牛粪、马粪、猪粪、驴粪的肥力弱些，每十斤记一点五工分。

由于这是一项简单的体力劳动，所以许多家长会都鼓励和鞭策自己的孩子"拾粪"，能挣几分工就挣几分工。于是，村子里便出现了一支儿童少年"拾粪"队。

从体力上讲，能够"拾粪"的孩子，最起码也得是八九岁以上的男孩。

我"拾粪"那年，就是十岁。

为了方便我"拾粪"，母亲为我配备了专门的工具，即一个小四齿耙，那是烧燃煤时用来搅拌燃煤的工具，小四齿耙其实就巴掌那么大，太大，我会拿不动，也不方便"拾粪"。还有一个筬箕，筬箕是用竹片编织的，比正常使用的筬箕稍微小一点，之所以如此，也是为了让我使用方便。

母亲告诉我，"拾粪"得赶早，太迟了，被别人拾完了，你会白跑一趟。所以，我常常是天还未亮，人们还在睡梦中，就被母亲从睡梦中叫醒。

我揉着还未完全睁开的两只眼睛，朦朦胧胧地打开房门，踏着晨曦走向"拾粪"途中。

我知道，狗、猫、鸡、鸭等家禽家畜在野外粪便，大多是跑到屋前房后一些偏僻的角落里，比如草丛中、灌木丛中，所以我"拾粪"时，就老往屋前房后这些偏僻的地方跑。

拾到一定数量的粪便后，便交给生产队，由生产队一名出纳员和一名记工员在现场过磅、登记。一开始一次一交，后来自觉太啰唆、太麻烦，人家记工员和出纳员也不会因此而老等着你，于是我便想出一个办法，在房前屋后稍远点的地方挖一个土坑，坑底和坑壁用锄头修理平整并夯实，坑上面再用棍子和树枝及稻草支撑起一个"人"字形小茅棚，用来挡风雨、遮太阳。每次拾得的粪便倒入坑内，积少成多，到一定的时候才交给生产队。

一年下来，我仅"拾粪"一项便可以挣得四百个工分。

说来也怪，那时我干这种活，既不觉得累和苦，也不觉得脏和臭。相反，在得知因为自己"拾粪"挣得几百个工分时，不由得产生一种成就感，心里头甜滋滋的。

18. 拾稻穗

所谓"拾稻穗"，就是在收割完稻子的稻田里，捡拾被割稻人或挑稻人、打稻人无意之中遗漏的稻穗。

说起"拾稻穗"，但凡从那个年代过来的人都会记忆犹新。

晴空万里，稻谷飘香，一群孩子在老师的带领下，正在割完稻子、露出稻茬的稻田里捡拾被遗漏的稻穗，如同幸福的小鸟，阳光下，人人脸上洋溢着快乐的笑容。

如今，谁会去拾稻穗呢？如果谁要去拾稻穗，一定会被人认为脑子有问题。可那个时候拾稻穗，却是一件极具正能量的事，只要是从那个年代走过来的人，谁没有这样的经历呢。

那时，"拾稻穗"的形式有两种，一种是有组织的集体活动，另一种是无组织的个人行为。有组织的集体活动是将拾到的稻穗全部交公，无组织的个人行为是将拾到的稻穗归为己有。当然，个别的也有交公的。

所谓有组织的集体活动，一般是以学校或班级的名义组织学生进行活动，例如少先队队日活动、班务活动等，不论什么名义，组织者都会事先在学校附近联系一个生产队，选出几块连在一起刚刚收割完稻子、比较干爽（人员进入稻田不会陷入泥中）的稻田，然后由老师组织并带队进行。

虽然拾稻穗是孩子们的事，然而却有着多种意义，甚至与政治联系在一起。

那时候，我们的粮食产量不是很高，不少地方的农民还吃不饱肚子，珍惜每一粒粮食便提到了一个政治高度。一方面，社员们吃饱饭的确有困难，民以食为天，现实需要珍惜每一粒粮食；另一方面，奢侈浪费是一种犯罪，反对浪费便成为那些年衡量一个人政治思想觉悟的一个方面。

更何况，勤俭节约是我们中华民族的传统美德，从小培养孩子们勤俭节约、艰苦奋斗的思想品德，养成良好的生活习惯是继承和发扬中华民族传统美德的需要。

由于割稻的人和打稻的人及挑稻的人在割稻、打稻、挑稻过程中，不小心遗弃了一穗一穗的稻子，如不将这些稻穗捡拾起来送回晒谷场上，那么这些稻穗就会烂在稻田地。一方面，因为缺粮有人吃不饱肚子，另一方面眼见着稻谷不捡拾，任其烂在稻田里，岂不是太可惜了。

用现代人的眼光看，"拾稻穗"是一件微不足道的事情，无须多少技能和技巧。但其毕竟是一种体力劳动，看似简单，却也需付出力量和汗水才能有收获。让孩子们参加"拾稻穗"活动，无疑也是培养孩子们从小就热爱劳动、崇尚劳动、热爱劳动人民，理解和体谅劳动人民的艰辛、一粟一米得之不易的需要，让孩子们在提高思想品质的同时，增强体能。

并且，通过有组织地让孩子们在一起"拾稻穗"，还能促使孩子们相互了解、相互学习、相互帮助，进而增进友谊，加深感情，加强团结。

正是因为如此，所以在活动之前，老师还会有意地给学生布置一篇作文或一篇日记，题目是：记一次有意义的劳动。

这是一个风和日丽的下午，我们上完第一节课，班主任老师便以少先队中队的名义组织我们全班的少先队员到学校附近的稻田里拾稻穗。

大家都系着鲜艳的红领巾，跟在一面飘扬的少先队队旗的后面，一路上唱着《儿童团团歌》《我们是共产主义接班人》等儿童歌曲，高高兴兴、开开心心地向着目的地出发。

一到达目的地，我们就抑制不住内心的激动，不等老师下令，撒开腿就往稻田里跑。

小伙伴们一边叽叽喳喳、说说笑笑，一边仔仔细细、认认真真地搜寻每一根失落的稻穗，争取做到一穗稻子也不放过。

大家把捡拾到的稻穗一把一把地归到一处，不一会儿便堆满了一箩筐，待到要返校时，已经有了几大箩筐，生产队派了几名社员，将满满的几大箩筐稻穗挑到禾坪上。

回程路上，虽然我们有些疲惫，鞋子和衣服上还沾了一些泥巴，但又个个精神饱满，非常高兴，非常开心。

　　所谓无组织的个人行为，是指一些社员在见到割完稻子后的稻田里四处遗落的稻穗，觉得不捡拾回家太可惜。于是便利用上工之前或下工之后，下田捡拾，有的甚至督促自己的儿女放学之后捡拾，其实，这也是一种良好的行为。在我们那个生产队，从来没有人觉得这是一件不光彩的事，也不是一种损人利己、损公肥私的行为，可以坦坦荡荡地将捡拾的稻穗带回家，或喂鸡、喂鸭、喂猪，或将之晒干，碾出米来，弥补口粮的不足。

19. 捡枣儿

捡枣儿，是过去我们村的孩子们一项特别的活动。

要说我们资家大屋与其他村庄有什么不同，那就是在我们村的对门岭上有一大片枣树林，不仅对门岭的山坡上有，而且许多稻田田坎和田埂上也有。

这些枣树的树龄有的很长，有的很短。长的几十年，甚至一百多年以上的。短的也就一两年或三五年新生的。那些年长的枣树看上去就如同那饱经沧桑的老人，虽然老态龙钟、弯腰驼背、瘦骨嶙峋，但却铁骨铮铮、风雨不侵；那些年轻的枣树，看上去如同风华正茂的小伙子，虽然是细枝嫩叶，看上去有些弱不禁风，却一棵棵昂首挺胸、蓬勃向上。

那时候，我们不知道枣树有多少品种。我们只是从形状上分类，有长枣，有短枣；从味道上分，有甜枣，有荒枣。

我们村的长枣不但很长，相当于两个短枣的长度，而且比短枣大，其形状相当于两粒装的带壳花生，两头大，中间细，核比短枣的核小，肉比短枣的肉厚，其味道却不如短枣甜。

也许是我孤陋寡闻，那时我从没见过其他地方有这种长枣，自认为在我们家乡方圆几十里的地方是独一无二的。

这种枣似乎也是我们村特有，也许正是因为这种枣吃起来淡而无味，故且就取名叫荒枣的吧。

的确，比较而言，荒枣的味道比甜枣差许多，生吃时尤其如此。不过荒枣个大核小肉多，最大的荒枣相当于两三个甜枣的分量，看上去比土鸡蛋小不了多少，且产量高，同样大的一棵树，其产量要高出甜枣的两倍还要多。

这么高产量的荒枣，虽然味道不尽如人意，却因为其产量高，也深受村民的喜爱。生吃不如意，村民们就晒干了吃。与长枣一样，不知什么原因，这种荒枣很少在树上自然红，一般都是摘下来后放在阳光下暴晒，经过阳光暴晒的荒枣，其皮渐渐变红、变皱，糖分也成倍地增加，吃起来虽然不及甜枣甜，但口感比生吃好多了。如果拿晒干了的荒枣当礼品送人，那也很体面的。

再者，即便是不晒干，我们家还经常把它当饭吃，在那个粮食紧俏的年代，无疑也是一件好事。就是在今天这个不缺粮的年份，偶尔吃上一顿大枣饭，也是个新鲜事儿。

将洗好的荒枣放入鼎锅里，放入适量的水，煮熟即吃，这是一种吃的方法。还有一种方法，便是在喝粥的早上，母亲将洗净的荒枣放入刚捞出来的米饭上，盖好鼎锅盖，将鼎锅埋在柴火灶烧红的灰堆里，待到中午下工回来，从柴火灶的灰堆里拎出鼎锅，打开锅盖，这时经过闷熟的荒枣散发出一阵特有的香味，那香味夹杂着米饭香味，顿时会弥漫着整个房间。

那时，我们村子里没有其他果树，也无其他好的果子，除了几棵土琵琶、几棵毛桃树，能有如此多的枣儿，这在当地已是很有名气的了。如果你是外来的客人，当你向村人打听当地哪个村产枣儿，那么你得到的答案一定是我们资家大屋。如果你问当地哪个地方的枣儿好吃，那么，你得到的答案也会是我们资家大屋，这也是我们小时候引以为自豪的。

但是，我们村儿的枣树却从未公有，即便是吃食堂饭时期，所有的枣树都未公有，一直是按祖传的、世袭的方式，该谁家的就是谁家的。所以，在我们资家大屋，不是每家都有枣树，有的家里有，有的家里则没有。

不过，我们家却有几十棵枣树，而且都是在对门岭上，成林成片。

然而，尽管枣树是私有的，但却有一条不成文的规定，如果是树上自然掉下的枣儿，则谁捡到就归谁。于是每到枣儿成熟季节，枣树底下便自然成了那时孩子们经常光顾的地方。

在枣子成熟的季节，枣儿红了，枣儿甜了，成熟的枣儿引来了许多鸟儿偷吃，虽然它们一口吞不下一个枣儿，但是，它们却把一些成熟的枣儿或一些被虫咬过的枣儿，叼落地上，再加之它们从树上进进出出，难免会碰掉一些熟透的枣儿。特别是风雨来临，枣树摇晃，那熟透了的枣儿会经受不住风雨的袭击，一个劲地往下掉，掉到树下的地面上满满的一层。

孩子们大多是嘴馋贪吃。

在枣儿成熟的季节里，即使是风平浪静，我们这些小屁孩也会往枣树底下钻，站在树下，仰望树上，期盼树上能掉下一个两个枣儿，一旦树上掉下一个枣儿，就会不失时机地立即捡起来，洗也不洗、擦也不擦就往嘴巴里塞，有的连嚼也不嚼，就囫囵吞下。

一旦风雨来临，我们会拿着口杯、小碗，或其他工具，带着斗笠，光着脚丫，踏着泥泞，迎着风雨往枣树底下跑。此时此刻，树下掉的枣子特别多，不一会儿，我们便会捡得盆满钵满。

一些生长在田埂上、池塘边、小溪边的枣树，被风雨打下的枣儿会掉到水里，我们也会毫不犹豫地蹚进水里，捡回那些掉进水中的枣儿。

偶尔也会有些调皮的小伙伴，趁人不备偷偷地摇动枣树，或者拾起石子砸向树枝，或抄起一根棍棒，悄悄地敲击枣树，以便自己有更多意外的收获。虽然，这是一些不良行为，但因为是不懂事的孩子所为，即便是被枣树的主人抓个现行，一般也不会有过激的反应，最多被数落几句，教育一番就过去了。乡里乡亲的，谁会因为一两个枣儿闹得脸红脖子粗呢。

不过，为了急抢一个枣儿，小伙伴之间会不顾情面，甚至会你抢我夺，大打出手，互不相让，拳脚相加。

只不过拳脚过后，用不了一天半天，打斗双方又会和好如初，只要家长不较真，小伙伴们谁会记仇呢？

小孩子，捡枣儿，可是我们资家大屋一道特有的风景线。

20. 小保姆角色

守门看家、照顾弟妹，充当小保姆角色也是我们孩提时代的一大特点。

那个时候，人们生活不是很富裕，但一般的夫妻都会生下三个五个，多的七个八个，甚至十来个小孩。

如今城里人生小孩，有条件的家庭得请保姆，即便是不请保姆，那孩子的爷爷、奶奶、外公、外婆四位老人中，至少也得有两人抽时间看护，再不然，生孩子的母亲是全职太太，专门养儿育女，或者虽然有工作，但可以请长假在家里管教孩子。

可那时候的农村，就别说请保姆看管小孩了，恐怕连"保姆"二字的含义都不知道。在那个按劳分配、靠工分吃饭的年代，不出工，是没有饭吃的。那时候农村没有幼儿园，也没有托儿所。时常见到的是，一些育儿妇女，一边干农活，一边哄孩子，胸前抱一个孩子，背上背一个孩子，干活、育儿两不误。再不然，就大的管小的，即哥哥、姐姐管弟弟、妹妹。那时，在我们村曾流行这样一句话，叫作"三斤抱两斤，半斤背八两"，说的就是哥哥、姐姐照看弟弟、妹妹的现象。

一般情况下，哥哥、姐姐比弟弟、妹妹大不了多少，他们自己还没长大成熟，还是个孩子，需要他人照顾。但是，在爸爸、妈妈的安排下，小小年纪，脖子就挂着一串钥匙，表面上看，这是权力与地位的象征，实际上，这也是责任与义务的象征。无长辈在场的情况下，他们必须充当半个保姆的角色，或者叫小大人的角色：不但要看家护院，还要照顾弟弟妹妹。

所谓的看家护院，不是防强盗，也不是防小偷，而是防止狗狗、猫猫乱窜乱入，或防止野兽进门，偷鸡摸鸭。那时没有防盗网一说，邻里之间是充分信任的。讲究一点的会在自家门上挂把锁，或插上一根小棍子；不讲究的顺手关上门即可。

给孩子们胸前挂个钥匙，实际上只是父母给孩子的一种摆设和提醒，如果真的来了强盗、小偷，一个乳臭未干的孩子能看得住吗？照顾弟弟、妹妹才是实实在在的。

当弟弟、妹妹需要你抱着或者背着时，你就一定要抱着或背着他（她）们；如果弟弟、妹妹遇有危险，你一定要尽力保护好弟弟、妹妹。

当弟弟、妹妹哭着闹着要人陪着他（她）玩耍时，你一定要陪他（她）们一起玩耍，哄住他（她）们不哭不闹。

当弟弟、妹妹摔倒了，你要立即将他（她）们扶起来，并察看其是否伤着。如伤着了哪儿了，需尽快报告长辈。

当弟弟、妹妹饿了，你要想办法弄些东西喂给他们吃，让他

（她）们口口入肚，吃饱喝足。

当弟弟、妹妹从你手中抢东西时，你不要阻拦，要主动送让。如果弟弟、妹妹有你想吃的食品时，你再饿也不能伸手。

当弟弟、妹妹玩耍弄脏了衣服，你要想办法处理，该洗的洗，该擦的擦，并保持其干净。

当弟弟妹妹要拉屎撒尿，你要及时帮助他（她）们，不能让他（她）们拉在身上，并为其揩屁股、换尿布、洗裤子。

当弟弟、妹妹上学了，你要替代爸爸妈妈检查其作业，有不懂的问题，还要耐心帮助其弄懂弄通。

当弟弟、妹妹受到别人欺负时，你要保护好他（她）们，尽量不让他（她）们受到欺负，当然，也不能纵容他（她）们与人打架，欺负别的小孩。

记得有一年冬天，母亲要去县里开四级扩干会议，会期三天，家里的事就叫我向学校请假照看。

一个十一岁的孩子要喂猪、喂鸡、喂鸭、煮饭、煮潲，还要看护弟弟、妹妹。如今的人们看来，似乎有些不可思议，但我就是这么走过来的。

每天一大早，别人还在暖烘烘的被窝里，我就爬起来煮饭、煮潲。煮完饭，先将三个弟妹喂饱，再喂猪、喂鸡、喂鸭，接下来便是为弟弟妹妹洗衣服。

洗完衣服，拧干晾晒完，刚想端起碗来喝粥。正在这时，听见大弟老远朝着我喊："二哥，妹妹拉屎了。"我放下碗，立即向妹妹的座椅奔去，远远的，一股奇臭扑鼻而来。

我对别人的便便气味特别敏感，所以一闻到小妹的便便臭味，便立即吐了起来。吐完还得强忍着将小妹的尿布和脏了的裤子换下来，然后又拿着脏衣服和尿布去冰冷的水塘里清洗。

可我刚从水塘回来，大弟弟又喊："不好了，小弟弟吃鸡屎了。"

听说小弟弟吃鸡屎了，我赶紧跑到小弟弟身边，只见其嘴上、手上全是鸡屎。

那时，农村里的小孩摸鸡屎吃是一种普遍现象。一方面是因为农村夫妻生的孩子多，照看不过来；另一方面，是因为农村卫生条件差，到处有鸡屎，不仅地上有，饭桌上、凳子上等处也有；还有一方面是因为孩子人小不懂事，饿了，抓着什么吃什么，抓着鸡屎，以为鸡屎是可以吃的食物。

我从小弟弟嘴巴里抠出鸡屎，又用湿毛巾将他的脸、手擦干净。等忙完这一切，自己已饿得不行，端起那碗早已冰凉的粥，一口气喝了个精光。

后来连续几年，母亲每每去县城和公社开会，我都是这样过来的。虽然这是一个特殊情况，但哥哥、姐姐照看弟弟、妹妹充当保姆这种现象，在那时的农村却是很普遍的。

当然，也有些做哥哥、姐姐的，利用照看弟弟、妹妹的时机，欺负弟弟、妹妹。尤其是爸爸、妈妈不在身边时，一些做哥哥、姐姐的更是胆大妄为，不把弟弟、妹妹当一回事，甚至与弟弟、妹妹争抢食物，争抢玩具，对不听话的弟弟、妹妹采取一些不当的措施，说打就打，说骂就骂。

21. 喂猪与看鸡的乐趣

我很小的那个时候，农户是可以养猪的，为了鼓励和督促农户养猪，各级政府还出台了一些方针政策。

生产队给具备养猪条件的农户下达养猪任务，一般情况下，每户农民每年需饲养不少于一头的生猪。在我的记忆里，一年养两头猪的农户不多。

为了调动农户养猪的积极性，养猪与工分挂钩，按斤论分，每一斤记多少工分。

那时，农村的集镇都设有生猪收购站，农民将自家养的猪送到收购站，收购站按大、中、小分为甲、乙、丙三个等级进行收购。

甲等猪的重量是一百三十斤以上；

乙等猪的重量是一百二十斤至一百三十斤之间；

丙等猪的重量是一百一十斤至一百二十斤之间。

那时，家家户户都有一个猪圈，条件好的农户的猪圈面积有点大，也有点讲究，可以一次养两头以上的猪，是红砖或者石块砌成，食潲的区域与拉屎撒尿的区域分开。

我家条件一般，猪圈面积不大，只够养一头猪。其上半部分

用土砖、下半部分用片石砌成，圈顶是稻草盖的。

那时候的生猪都是用经过烹煮的潲水喂大的，猪潲的主要原材料是糠、麦麸、野草、烂菜帮子、红薯藤以及剩饭剩菜、米汤等。

打猪草，这件在今人看来是一件微不足道的小事，却是那时摆在养猪农户家庭面前一件十分重要的大事，也是农家孩子从小就面临的一项劳作。

我很小的时候，母亲就规定我每天早上必须打一篮子猪草，然后才能吃早饭，才能去上学。

每天清晨，天刚蒙蒙亮，我就要早早地从床上爬起来，踏着晨露，迎着朝阳，走向山岗，走向田野，寻找和采摘猪能吃的野草和野菜，如丝草、夏姑草、谷皮叶等。那时，由于家家户户都养猪，能喂猪的野草野菜都被争抢，所以要想顺顺当当打满一篮子猪草，也不是一件容易的事。你必须要走别人没有走过的路，爬别人没有爬过的坡。

打满一篮子猪草，还要到水塘里洗净后才能回家，接着用铡刀铡碎，连同铡碎的干红薯藤以及米糠等，放在一个大鼎锅里，用柴火煮它几滚，煮糊后便装上一大桶，待降温冷却到一定的程度才能端入猪圈，倒入潲槽。

做潲槽的材料不同，有的是石头做成的，分量重，猪拱不翻，有的是木板做成的，分量轻，容易被猪拱翻。我们家的潲盆就是木板做成的。

如同人一样，猪也是挑食的，倘若是它喜欢吃的，或者说，但凡它能咽得下的，它就会乖乖地吃个精光。倘若是它不喜欢吃的，或者是它咽不下的，就会不吃，不但不吃，还会趁人不备，将潲盆拱翻，弄得满猪圈都是潲水。

那时，母亲常常叫我去喂猪食，也就是看着猪吃潲，避免猪拱翻潲盆。那时我喜欢看书，母亲叫我看猪吃潲，我就悄悄地带上一本书，由于聚精会神看书而没有留意猪吃潲的情况，猪把潲盆拱翻了也不知道，为此没少挨母亲的骂。

那时没有催生素，没有添加剂，也没有瘦肉精，一句话，没有加工过的饲料。猪长得快和慢，养得大和小，关键是猪潲里的营养成分。有些农户家舍得，煮潲时掺上些二瘪米；有些农户家舍不得，煮出来的潲里只有草和菜帮子，不用说，前者养的猪长得快、长得大，后者养的猪长得慢、长得小。

我们家人口多却劳力不足，挣的工分也少，所以养猪时掺不起二瘪米。别人家喂养的猪十个月便可以出栏，我们家喂养的猪常常是一年以上还出不了栏；别人家喂的猪，起码是甲等以上，我们家喂的猪丙等就到头了。

也许是没有吃饱吃好的原因，也许是猪圈太窄小的原因，或许两者均有之，我们家养的猪都喜欢打栏，也就是喜欢翻墙出逃。逃出去以后，就跑到生产队的庄稼地里糟蹋庄稼，或糟蹋别人家的蔬菜，给我们惹是生非，添麻烦。为此，我们不但要费时费力地把猪赶进猪圈，而且还要向他人赔礼道歉，赔偿他人，接受生产队的处罚。

猪养成了，要杀要卖，那是一件大事。

如果是卖，母亲早早地就把猪喂得饱饱的，为了让它吃饱，还特意在潲水里倒点稀饭什么的，然后请上两个男子汉抓住喂得饱饱的猪，捆绑在两根木杠子上，一前一后抬着前往收购站。

也许是喂养的时间久了，有感情了，母亲见猪被抬走，心里很不是个滋味儿，竟偷偷地抹着眼泪。

如果是杀，那就得选一个恰当的时间，找一个由头，比方过年过节，或村里有人家遇上红白喜事了。但是，即便是杀，也要经过生产队队长同意，并到生猪收购站领取屠宰杀证和防疫验收证。

谁能杀猪，也是有讲究的，不是谁抡起刀子都可以杀，那必须得有屠杀资格证的人，即屠夫。在离我们家两里路的地方，有一个村庄，住着一对远近闻名的屠夫兄弟，自我稍稍懂事起，家里杀猪，都是他们俩其中的一人。

无论谁家杀猪，全村人都会为之高兴。杀猪时，闲着的男女老少都会前来围观看热闹。

那时，我们村有个习惯，谁家杀了猪，都要将猪血煮上一大铁锅，每家送上一碗，似乎是让大家都沾点喜气，一村子的人，吃着猪血，其乐融融。

其实，养猪人家里杀猪，喜的不仅是有肉吃，有汤喝，喜的还有，经过一年半载的忙活，有了收获，完成了国家交给的任务，同时也从生产队换取了工分。所以，每当我家里的生猪出了栏，母亲高兴，我也高兴，因为我的辛勤劳作，终于有回报了。

养猪是任务，可以换工分。可养鸡不是任务，也不能换工分，但那时村民们养鸡的积极性更高。

那些年，我们家每年至少饲养了十多只鸡。

养鸡不像养猪那么费劲，且成本低。就拿鸡舍来说吧。几块木板子钉吧钉吧就是一个鸡舍，不像猪圈那么大个场地和那么大的成本。

养鸡的鸡食也不需要特别烹煮，有米、有谷，丢几把，鸡就可以啄了；再不然，用点米饭拌点糠，装在盆子里，往地上一放，鸡也可以吃了。母亲把这事交给我，一开始，我也很高兴，心里想，这活好干，不费多大力。但我错了，这事儿虽不费劲，但责任却不轻，如果在喂鸡的过程中不留神，别人家的鸡和狗进窝抢食，有好几次，因为别人家的鸡和狗进窝内抢食，正巧被母亲撞上，母亲把我好一顿臭骂。

如果将鸡放养，鸡在外面还可以自己觅食。

那时，每个生产队都有几个禾坪，稻谷在禾坪里脱粒、翻晒、去瘪、入仓等，进进出出，避免不了会在周围漏撒许多谷粒，村民们见浪费了太可惜，便用鸡笼装着自己家里饲养的鸡送到禾坪周边，让鸡啄食。这样，既节约了粮食，又喂饱了鸡。这种事，我就没少干，暑假的每天清晨和中午，母亲就叫我挑着鸡笼到禾坪边上放鸡，等鸡吃饱喝足，才又一只一只地捉回鸡笼，由于放鸡农户很多，弄不好，自家的鸡就混进别人家的鸡群中。为此，聪明的村民们就会用红墨水或蓝墨水，抹在自家鸡身上的某个部位，以区别他人家里的鸡，一旦走混，也好辨认。

那时，我们那个地方还有黄鼠狼、野狗、岩鹰出没，它们常常光顾村子里偷鸡，无论谁家的鸡被偷，全村的人都会去追，有时一追就是好几里，直至追上偷鸡贼，将偷鸡贼打死或吓退才罢休。自打我懂事起，每次出现这种情况，我都是急先锋。

村民们养鸡不是为了吃鸡蛋、吃鸡肉，养鸡平时是很少吃鸡，就连鸡蛋也不是随便吃的。

大家之所以喜欢养鸡，是因为鸡生下的蛋可以卖钱，卖了鸡蛋的钱可以买煤油、买酱油、买盐、买肥皂，甚至小孩读书的相关费用都可以保证，如果需要用大钱，还可以卖鸡。所以，村民们说，一只鸡就是一罐油坛子，或者一瓶盐罐子。

当然，也不是说养鸡人一概不吃鸡，不吃鸡蛋，如果平时来了客人，大鱼大肉一时凑不齐，随手煎两个荷包蛋也是过得去的。

另外，春节也是要杀鸡的。自己家养的鸡，用不着出大价钱。一年到头，大人不吃小孩也要吃。

　　那时，虽然家家户户都养鸡，但却没有养鸡专业户，受条件限制，一家一户最多的也只能养三十来只。一般的只有十来只。那时没有机械孵小鸡，都是老母鸡孵小鸡。想一想，老母鸡张开翅膀也就只有那么大，一次十几二十个鸡蛋，够它忙活的了。

　　不过，会养鸡的人一年可以孵两窝，一年下来，也就三十来只。

　　个别有条件的农户，不但养鸡，还养鸭、养鹅、养兔子。

　　当时，我们生产队就有两个养鸭专业户，一个是阶叔，一个是球哥，两人各养有二百多只鸭子。他们不需要干其他农活，一年到头、一天到晚就伺候着自己的二百多只鸭子。他们早出晚归，人不离鸭鸭不离人，头戴斗笠，身穿蓑衣，肩背竹篓，一根长长的鸭梢不离手。

　　他们卖鸭子、卖鸭蛋，所赚的钱不完全归自己，大部分交生产队，完成一个男劳力全年应该赚的工分任务，也就是说他们必须交足买工分的钱，才能从生产队分到粮食。

　　这无论是对生产队集体还是对养鸭者个人，都是件极好的事情。

　　我从小就对养鸭极感兴趣，那时，我们家每年也要养几只鸭子，小鸭子一出生，母亲就叫我每天提着鸭笼到水塘或水田里，让它们游泳、玩水。看着它们在水里一摆一摆的模样，我高兴极了，有时还要情不自禁地与它们聊天，说悄悄话，其乐融融。

22. 放牛的学问

说到牛，现如今不少人想到的是菜牛和奶牛。

他们不知道还有一种可以犁田的牛。他们只知道，牛的主要作用不是用来犁田，而是用来挤奶，或者用来宰杀，然后将其肉做成美味可口的菜肴，供人们大快朵颐。

可从那个时代农村里走出来的人，一提到牛，首先想到的是犁田的耕牛，他们对耕牛有一种特殊的感情，耕牛就是宝贝。

那个时候，哪个生产队都有几头耕牛。

耕牛是生产队集体的主要财产之一，在没有出现机械化犁田之前，全是牛耕田，南方农村尤其如此。

我们生产队有一百多亩稻田，一百几十口人，正常情况下有七八头耕牛，其中有水牛，也有黄牛。

那时候，所有耕牛都有专户专人看护。

至于让谁家看护耕牛，那是有讲究的。一般情况下，是先由生产队队委会根据牛的种类、大小、性别的不同，确定一头牛一年看护的工分数，比方说，看一头成年水牛，一年为一千工分；看一头成年黄牛，一年为八百工分。然后通过全体社员投票，或符合看牛条件的农户抓阄，最终确定看牛的农户。

不是什么样的农户都可以看牛。看牛的农户，首先得热爱集体，有公心，珍惜耕牛，有爱心；其次是其家庭成员中缺乏男劳力，属于照顾范畴的农户，例如一些"四属户"（含烈士、军人家属、干部家属、工人家属、教师家属）等；再次就是其家庭成员有适合看牛的孩子，总不能叫一个全劳力去看牛吧，也不能叫一个跑不动、病快快的人去看牛吧。

由于我父亲在县城工作，我们家是理所当然的"四属户"，那时我们兄弟姊妹都还小，家中缺乏男劳力，生产队为了照顾我们家，长期让我们家看牛。

那些年，我们家前后看过三头牛，其中两头黄牛、一头水牛，看黄牛的时间最长，一看就是五年。

我们生产队一共有八间连排牛栏，我们家看的那头母黄牛就是关在最后一间。在那五年多时间里，我们进进出出这间牛栏，如同进出自家房门，那样频繁，那样殷勤。这里曾经留下过我童年时期无数的脚印，洒下过我人生之初辛劳的汗水，有多少酸甜苦辣值得回味，有多少喜怒哀乐值得追忆。

早上，我会迎着朝阳、踏着晨露，牵着牛儿出栏；黄昏，我会追着月亮、挽着晚霞，骑着牛背，唱着歌儿，赶着牛儿进圈。

在我们那个地方，流行着这样一句俗话，叫"看牛好耍，看马好骑，看羊走破脚板皮"。这虽是一句俗语，却高度地概括了看牛、看马、看羊的不同特点。从表面上看，看牛、看马、看羊这三种活儿，最好玩、最轻松的是看牛。

我没放过羊，也没放过马，但是，要说看牛最好耍，也不尽然。的确，牛敦厚、老实、勤劳、肯干、习性好，对食、圈的要求并不高，它没有马那么娇贵，也没有羊那么好动。但是，如果真要养好一头耕牛，让耕牛健硕有力、无病无痛，也是需要认真和细心的。

虽然，耕牛只吃草，每天保持有草料就足够了，比如，一把稻草、一把青草、一把红薯藤，连斩断切碎都不需要，它就可以将肚子填饱。然而，如果你老是让它吃一些容易拉肚子的草料，久而久之，它就会因为拉稀而掉膘。为了保证它不掉膘，你就得隔三岔五地喂一些稻谷、米糠等有营养的饲料。

虽然，圈牛的牛棚不需要很宽敞，有一个能立、能卧、能转身、能够挡遮风雨的地方就足够了。然而，由于牛的食、拉、卧的地方都在圈内，如果不及时清理圈里的粪便，不经常添加圈内的稻草，让牛长期睡在潮湿的粪便或泥水里，牛也会因为生病而无法耕田。为此，下雨了，我会检查牛棚是不是漏雨；时间长了牛粪多了，我会提醒母亲报告生产队长，及时派人清理牛棚里的粪便；我也会及时添加稻草，保持牛圈里干爽舒适。

春天到了，万物复苏，也是病毒和细菌繁殖迅猛的时候，我就会提醒母亲，请求生产队长给牛儿喂一两次醪糟煮黄豆等汤药，以增强其抵抗力和免疫力。夏天到了，烈日炎炎，气温高，耕作之余，我会将牛拴在通风阴凉的地方，避免炙烤和暴晒。如果是水牛，我还会牵着它进入水塘或水池，让它戏水，为它避暑。当然，我也会趁此机会骑在牛背上玩水游泳。冬天到了，北风呼啸，大雪纷飞，哪怕是半夜三更，我会从床上爬起来，提着马灯，跟随母亲检查牛棚里草料够不够、牛棚的门关得严不严实。

牛也有发脾气的时候，一旦它发起脾气来，便会撞坏栏门，从牛栏里逃出来，或挣脱牛绳发疯似地奔跑，如不及时降服它，就会损坏庄稼，伤及路人。为此，我会紧随牛后，奋力追击，直到将它追回。

有一年端午节，我一大早就去放牛，一打开牛栏门，见牛栏里多了一头小牛，便惊喜地大喊："牛婆子生崽了！牛婆子生崽了！"母亲听到这消息也高兴得不得了，连忙放下刚下锅的面条，连跑带颠地跑进牛栏，见黄牛婆正慈祥地舔着小牛犊，心里头那个乐哟，好像是自己家的黄牛婆生了崽。紧接着，便从家里烧了一锅热水，像伺候月子似的伺候着牛婆。见牛婆奶水不足，便又四处弄些草药熬成汤，伴着酒糟，一并往牛婆嘴里灌。

小牛长到一定的时候，就得让它犁田，做它应该做的事情。可它不是与生俱来就会的，还需要人们教会它。

教小牛犁田也不是一件容易的事，好比是老师教小孩识字一样，得由浅入深，由此及彼，循序渐进。

教小牛犁田之前，就要在牛栏里给小牛穿上牛鼻子，栓上牛绳，然后将之牵到要犁的稻田，套上犁，肩上放上牛鞅，由两个擅长的成年人对它施教：一个在前于小牛的右侧，用一根专用带有铁圈的木杠的一头，紧扣牛鼻子，引导其往前走；另一个则按正常的犁田程序，手挥牛鞭，赶着小牛，扶犁前行，一步一个脚印。在经过一整天的训练后，小牛渐渐习惯下来，使木杠引导的人才会撒手让小牛自己前行。小牛训练这一天，我除了上学，始终不离前后，一方面，一旦小牛使上性子，便由我上前制服，因为小牛听我的；另一方面，我也是怕小牛有什么闪失。

那时的耕牛，不会轻易被杀，除非老了、病了，不能再犁田耕作了，迫不得已才会将其杀掉。

那时，随意宰杀耕牛是一种犯法行为，是要受到法律制裁的。

即使是对病牛、老牛的宰杀，也必须打报告，申请准杀证，有了准杀证才可以宰杀。

　　我们家看的那头老黄牛，与我们有六年的交情，后来因为老了，走不动了，生产队才决定将其宰杀。我们兄弟几个听说要宰杀老黄牛，个个都依依不舍，母亲还为此流下了眼泪。

23. 最忆浇水、挖土事

现在的年轻人不知道什么叫自留地，城里年轻人不知道，农村里的年轻人知道的也不多。

有人说，那个时代，一切都是大锅饭，哪来的自留地。

其实，那时的农村，每家每户都有自留地，只不过，不同的地区、不同的村庄，自留地的多少不一样。

什么叫自留地，说白了，就是生产队根据全队每家每户的人口状况，分给一定的土地。这些土地不是良田肥地，而是旱土荒地，或是田头地角的一些空坪隙地。

政策规定，不但要给家家户户分配一些已有的自留地，而且还要允许农户在不侵犯集体利益的前提下，开荒拓展自留地。

给农户一些自留地，不但可以弥补集体经济某些方面的缺失和不足，调动农户的积极性，解决农户日常生活中吃蔬菜、瓜果及一些五谷杂粮等问题，而且也是防止抛荒，珍惜每一寸土地的好办法。

总之，就是给农户一个有度的自由空间。

其实每家每户的自留地并不多，也不均等。多的农户家庭有五六分地，少的农户家庭也有一二分地。农户在自留地里种什么，怎么种，什么时候种都是农户自己说了算。

一般来说，蔬菜需要水，且需要常打理，相对来说，五谷杂粮在生产期需要的水要少一些，且也不必常打理。在田头地角或屋前房后土地肥沃、靠近水的地方种蔬菜，而在山坡土坎等离水塘小溪较远、相对贫瘠的地方，种五谷杂粮，如红薯、高粱、玉米、花生、黄豆、绿豆等。

我们家五口人，大约有三分旱土，分成八块，其中有五块是在田头地角，其他五块分布在三个山头。靠田头地角等接近水源的旱土，用来种蔬菜，随便那么一侍弄，蔬菜自给自足有余。在我的记忆中，那些年，我们家就从来没有缺过蔬菜，吃不完还往城里亲戚家送。

另外五块旱地由于离池塘小溪等有水源的地方较远，我们便在这些土地上种上红薯、豆子、高粱等五谷杂粮。

村人一般都是利用空闲时间侍弄自己家的自留地，上工之前，或下工以后，都不会因为自留地里的事耽误集体的事。

在自留地里劳作是辛苦的！就拿给作物浇水来说吧。

自打我懂事那时候起，就与自留地里的劳作分不开。如果说挖土、种植、施肥、拔草是有时间段的，给蔬菜浇水却几乎是每天必做的。除了阴雨天，但凡晴天，母亲都要叫我给自留地的蔬菜浇水，不是清晨，就是黄昏。倘若是临水的自留地里的蔬菜，我就用一柄长把粪勺，从水沟里或水塘里舀水；如果不是临水的自留地，那就得挑着水桶，一担一担地从水沟或水塘里挑水，浇灌。

最艰难的是给红薯、麦子、高粱等旱土作物浇水，虽然红薯、麦子、高粱等旱土作物无须天天浇水，一般来说，是几天浇一次。但是，这些自留地都是在远离水源的山坡上，距离远不说，还不好走，好不容易挑上一担水，一路上扬扬洒洒，到了目的地，就剩下半担了。加之都是泥土路，洒出去的掉在地面上，湿湿滑滑，一不小心，"哧溜"就摔了个大跟斗，我因此常常摔得像只泥猴子似的，还鼻青脸肿的。除此以外，还要挖土、施肥、除草等，哪一项都不是好干的，可我都得去干。以挖土为例，南方不比北方，北方翻土可靠牛、驴拉着犁翻，而我们南方翻土，得靠人一锄头一锄头地挖。

有人认为，挖土是个粗活，翻开来就行，其实，挖土是个细活，挖浅了不行，挖浅了影响植物的生长和收获。当然，挖得太深也不行，挖得太深，会翻出生土，也不利于农作物生长；挖得不深不浅，恰到好处，才有利于作物生长。翻土时还要敲碎大土块，并捡出杂草与碎石。在清理整平以后，还要均匀地刨出一个一个坑来，然后，又得从远处挑上一担又一担的土肥往坑里放，作为农作物的底肥，接下来才是往一个一个坑里播种。

无论是挖土还是浇灌，摸黑是常有的事，肩膀被磨破了皮，脚丫被扎出了血，全身上下被汗水湿透，饥渴难耐等费劲吃苦的事，都可以咬咬牙挺过去，唯独受不了的是夕阳西下，黑幕降临，荒山野岭的那种孤独，那种苦闷，以及民间传说中的那鬼呀、怪呀、精呀、妖呀等与现场的联想。如果突遇电闪雷鸣、风狂雨骤，一个十来岁的孩子，更是恐惧。

当然，每当自留地里有了一定的收获，那种喜悦也是不言而喻的。

24. 赶 圩

（1）卖泥鳅

有人认为，那时农村生活很清苦，圩场很少，赶圩是一件奢侈的事。

其实，那个年代到处都有圩场，且圩场还很红火，每逢圩日，赶圩的人摩肩接踵，熙熙攘攘。

那时，我虽然很小，却时不时地跟着母亲到圩上走一走。

在离我们资家大屋西北方向大约四五里路的地方，有一个叫廖田圩的小镇，就是我们常去赶圩的地方。

廖田圩自古以来就是个圩场，要不名字怎么还带着一个"圩"字呢！

那时，廖田圩只有一条古建街，傍山而建，全长约四百多米。说是古建街，只能说明这条街的历史悠久。如果与其他古建街相比，不怕你笑话，那实在有辱"古建街"这三个字。因为这条街没有一幢奢华的砖木结构的房子，大部分房子都是土木结构，也就是说大部分的房子都是用土砖垒起来的。传说中，也没什么大户人家在这里居住过。

街心路面是大小、形状不同的砂石板或青石板铺成，已被行人踩磨得溜光水滑且凹凸不平，足可见其沧桑与悠久。

街道两边全是铺面，经营布匹、农资和日常生活用品油、盐、酱、醋等，而在此居住的，大部分人都是一个生产队的农户，生产、经商两不误。

赶圩的人大多是附近十里八村的农民。

说实在的，那时没有假货，也没有伪劣产品，有的是好、次等档次不同的产品。而且尤以农副产品最多，包括米、面、蔬菜、瓜果、鱼、肉以及简单加过工的农产品。

那时的圩日没有如今这么频繁，不是三天一圩，而是五天一圩，圩场日的确定，圩场与圩场之间是错开的。如果我没记错的话，那时的廖田圩应该是农历有四、有九日子。

有些农户喜欢赶圩，逢圩必赶，有些农户不大喜欢赶圩，一年半载也不会到圩上走一走。

当然，这要看到圩上干什么。

有些逢圩必赶的人，是因为要将自家生产自给过剩，或自给虽不过剩，却因缺乏现金而将一些小东小西，一般来说也就是一些土特产，通过拿到市场上卖出去后换几个小钱，再买回诸如油、盐、酱、醋、布匹、鞋袜等一些日常生活用品。

有些逢圩必赶的人，是一些专门从事贩卖小商品的人，他们东家买进，西家卖出，从中赚点小差价。不过这种行为不能过分张扬，因为严格起来，这种行为叫投机倒把行为。按当时的规矩，投机倒把是一种违法行为，政府是要严厉管制的。因为倒买倒卖迎合了一些投机取巧、好吃懒做的人的自私心理，助长了一些人的资产阶级思想。

当然，也有一些人纯属是到圩上看热闹、图新鲜的，他们大多是年轻人。在这些人当中，有的极少或从来就没到圩上去过，不知道圩上是个什么样子，于是便相约类似的几个人，要走进圩场见识见识。其中有一些年轻女性，平时很少去圩场，逮着一个机会进圩场，不卖东西，也不买东西（如果身上有几个钱，即便要买，除非买点零食、针头线脑、皮筋、发卡什么的），这里瞧瞧，那里看看，到了快吃中饭的时间才意犹未尽、依依不舍离开圩场往回走。

我第一次赶圩，是到圩上卖泥鳅。

那时候，稻田里泥鳅很多，我经常与小伙伴一道到稻田里捉泥鳅，有时一捉就是一两斤，捉来的泥鳅除了自己吃，剩余的就是拿到圩场上卖掉。大多数情况下，都是母亲赶圩时把泥鳅卖掉，有时也由邻居代劳。这一次，母亲要开会，左邻右舍又没谁赶圩，没办法，母亲只好叫我去，免得时间久了，泥鳅死在容器里。

听人说，赶圩得赶早，去晚了圩就散了。

因为是第一次赶圩，心里特别激动，天还没亮就起床了，用水抹了把脸，怀揣一根生黄瓜就上路了。

与我同行的还有两个年龄相仿的小伙伴，一个道校，一个云生，两个人都是与我一同摸鱼捉泥鳅的老手。

迎着晨风，我们一路上高高兴兴地往圩场里赶，走了大约个把小时，就到了圩场，这时，圩场里已是人山人海。

我们几个人找了个空地儿蹲了下来，各自跟前放着装泥鳅的木桶。

不一会儿，就有人来到我跟前，往我的木桶里瞧了瞧。

"泥鳅多少钱一斤？"来人问我。

见有人来看泥鳅，我心里自然很高兴，听到问我泥鳅多少钱一斤，却一时懵了。我摸了摸后脑勺，往左右两边的道校、云生各看了一眼，自言自语，又像是问他们俩："多少钱一斤？"

道校和云生见我看着他们，他们也拿着眼睛看着我，不约而同地摇了摇头。

来人见状，苦笑着也摇了摇头，才说："两角钱一斤，卖不卖？"

"这个……"我拿不定主意。

道校和云生见我拿不定主意，他俩自然也拿不定主意，不敢表态。

来人见状，又问："你们大人呢？"

我回答："没来，就我们自己。"

来人笑了一下，走了。

那人一走，我连忙对道校说："道校，你去问问别的卖泥鳅的，看看他们卖多少钱一斤？"

道校答应一声走了。

不一会儿，道校又屁颠屁颠地跑了回来。

"多少钱一斤？"我迫不及待地问。

"有喊一毛八分一斤，也有喊两毛一斤的。"道校答道。

掌握了市场行情，我们便理直气壮了。

过了一会儿，前面问价的那人又来了，这时我们不等他问便主动地说："老叔，我们这泥鳅两毛钱一斤。"

那人笑了，说："好，我都要。"

听说来人都要，我们三个心里可高兴了。

"一共多少斤？"来人问。

"不——不知道。"云生说。

来人看了看云生，又看了看我和道校，我和道校两个都摇了摇头。

"有称吗？有称就称一称。"来人又问。

我说："没有称。"

来人长叹一声："唉！哪有像你们这样做买卖的。"说着，便从旁边一位卖花生的老大爷那里借了一杆秤，分别将我们三个人的泥鳅连同木桶称了称。然后将泥鳅倒入自己的木桶中，接着又分别称了我们三个人的木桶，除去木桶的重量，剩下的就是泥鳅的重量。

　　我在学校里算术成绩较好，心算快，称完木桶，在我心中，每个人多少钱就有了答案。来人掏出一把钱，按照我提供的答案如数找给我们三个，当找给道校时，只有一元整钱，不好找零，不过还好，道校身上还有零钱可补。

　　我们卖掉了泥鳅，每人买了五分钱一盒的豆子糖，见时间还早，便在市场上逛了逛，然后才往回走，可刚走出圩场不远，那买泥鳅的人追了上来，他一边追一边冲着我们大喊："你们几个小孩别走。"

　　见那人追赶，我心里想，难道我们做错了什么事？他找麻烦来了？

　　就在我们诚惶诚恐、心里七上八下的时候，那人来到我们跟前，从怀里掏出两分钱递给道校，说："你多找了我两分钱，一开始我没发现，走到路上，心里一盘算，感觉不对，才来找你们，对不起了。"说完还朝我们鞠了一躬才走。

　　道校拿着两分钱，看了云生一眼，又看了我一眼，感叹道："没想到。"

　　云生努了努嘴，不以为意，说："做生意嘛，就该这样。"

　　晚上，我把卖泥鳅的钱如数交给母亲，把豆子糖分给了弟弟、妹妹。母亲很高兴，夸我"懂事，有出息，能为母亲代劳"。

　　这事过去了半个多世纪，但我却记忆犹新，仿佛就在昨天。

　　那一年，我十三岁，道校、云生都是十二岁。

（2）买茶油

有一句俗话叫："人生一世，柴、米、油、盐、酱、醋、茶。"说的是人的一生中，这七样东西，一样都不可少，少了一样，便缺了生活味道。可大千世界，不是所有的人一辈子都能满足这七样东西，在有些人的生活中，不是缺这样便是缺那样，再努力也是枉然。但是，对于大多数人来说，即便是缺一样两样，甚至缺更多也得过。

那时，我们家就经常出现缺食用油、断食用油的事。一断油，母亲就会买点肥肉，熬些油出来。如果一时间没钱买肉，那也只有吃缺油的菜。只有到过年时，考虑到要烹、煎、油炸一些食品，才想方设法弄几斤植物油——茶油。

那时的茶油很贵。

我们村没有茶山，没有茶树，当然没有茶油。村民要买茶油，需去附近的圩场，可我们那个廖田圩也很稀少。正是因为稀少，所以其价格很昂贵。

如果要想买到比廖田圩上便宜的茶油，便要步行到耒阳县境内的太和圩。

那个时候村民们手里的现金是有限的，如果直接用现金买茶油，有些不现实。于是社员们便用自己生产后有剩余，且太和圩上比较稀少而那里的乡民们需要的农产品——黄豆。虽然，黄豆并不是我们生产队的主要农产品，但是，家家户户都可以收获一定数量的黄豆。社员们除了有组织地将生产队集体的田埂、田坎点播黄豆，并有选择地在自留地里也种一些黄豆。

　　那时，社员们将田埂做得很精致，也很实在，每年插秧之前，糊上新泥的田埂经过一段时间的风吹日晒，稀泥渐渐地变得干涸中带着柔软。这时，社员们便用豆钻棍每隔三四十公分往泥里插一个豆眼，播两粒黄豆，盖上细沙。为了充分发挥时间和空间的作用，鉴于黄豆的生长期长且冠幅大，需要阳光和水分多等原因，社员们在种黄豆时，两株黄豆之间再种上一株绿豆，当绿豆开花结果收获时，黄豆正长叶扩冠，等到黄豆收割，也是晚稻收割时。

　　社员们用镰刀将已经落叶只剩下豆节的豆秆砍下，挑到晒谷坪上进行几天的暴晒，然后用棍杆扑打豆秆，将豆子从豆节中打落出来，晒上一定时间，等晒干了才分给每家每户。

　　社员们将分到的和自己家里收获的黄豆，除了一部分到市场上交易以外，剩下的便是做豆腐，做豆浆，或做豆豉。

　　那一年，我十三岁，在收获了黄豆以后，母亲叫我将生产队分给的一部分黄豆挑到耒阳县太和圩去换茶油，说是四斤黄豆换一斤，在此之前，生产队里已经有人在那里做过这样的交易。

　　考虑到自己是第一次去太和圩赶圩，人生地不熟，人小不懂事，又不懂茶油交易的行情，母亲叫我跟村里处事老到、经验丰富的功叔一同前往。

　　太和圩离我们资家大屋有三十多公里，我们要赶到太和圩，途中需要七个多小时。那时，我们村到太和圩没有交通车，完全靠两条腿。所以，我和功叔先一天晚上便启程往太和圩。

那一天，天色阴沉，细雨霏霏，寒风刺骨，且伸手不见五指，我长这么大，从来没走过这么远的路，也从没走过这样的夜路。虽然二十斤黄豆不算重，但作为一个十二三岁的孩子，也是够吃力的了。我跟着功叔一路上跌跌撞撞，不知摔了多少跤，加上又冷又饿，我伤心地哭了几次。

经过一个通宵的艰难跋涉，第二天早上八点多，我们赶到了太和圩。此时此刻，正是赶圩人流的高峰期。

功叔拉着我找一块空地坐了下来。

我顾不得寒冷与饥饿，拉开布袋口，露出黄澄澄的黄豆，也学着功叔的口吻吆喝着："黄豆、黄豆！四元钱一斤！"

也许是当地缺黄豆的原因，不一会儿，便有人上来看货问价，但没有说买。

又过了一会儿，又来了一人，他说他就是这个街上的，愿意用茶油换豆子。

我正待回答，功叔立即帮我回复："可以，可以。"并提起摆在地上装黄豆的袋子，紧随那人，我一见功叔起身，我也立即提袋跟着。

我和功叔俩人一前一后，跟着那人进到街边一个房间，那人从里间提出一桶茶油，足有二十斤，功叔要五斤，我也要五斤，因为讲好的是四斤黄豆换一斤油，我带的二十斤黄豆正好换五斤油。

那人见我俩没有装油的工具，便从自己家里拿出两个铁皮油桶，每个桶里注入了五斤茶油。

于是，我和功叔俩人每人提着五斤茶油，高高兴兴地回到了家里。奶奶和母亲见我换回的茶油清亮、绵长、香味扑鼻，高兴得不得了。

春节说到就到，我们家开始用我换回的茶油炸豆腐、炸红薯片、炸猪肉、炸糯米粑粑。按照传统习惯，母亲将油炸的第一锅豆腐稍作冷却后，用小碗装上几块，端到奶奶跟前，让奶奶最先尝一尝。

奶奶吃完后，母亲才允许我们姊妹几个每人一块。不用说，我们也吃得津津有味，吃了一块还想吃第二块。

然而，半个小时后，奶奶说肚子不舒服，又过了一会儿便上吐下泻，紧接着，我们兄弟姊妹几个肚子也不舒服，也上吐下泻。母亲见状，急得不得了，立即叫来赤脚医生泉清。泉清给我们每人吃了一片止泻药。还好，我们吃的油炸豆腐不多，很快就止住了泻，不吐了。

在了解了我们吃的食品以后，泉清认为我们是吃油炸豆腐造成的，是炸豆腐的茶油有问题。

我心里想，这茶油是我与功叔一同去太和圩用黄豆换的，而且是同一家的茶油，不但是同一家的，还是同一个油桶里倒出来的，功叔家油炸豆腐怎样呢？

我带着这个疑问到了功叔家。

功叔告诉我，他们家里的人吃了没问题。

我纳闷，问题出在哪儿呢？

第二天，一个满口耒阳话、提着一桶茶油的人来到我们村，到处打听到他们家用豆子换茶油的人。

村民们得知这个消息，知道是来找功叔和我的，便立即引领那人到了功叔家。

那人一见功叔的面，如释重负，说："嗨，终于找到你们了，弄得这一顿好找。"

母亲得知是我用黄豆换茶油的人来了，也领着我到了功叔家，生气地对那人说："你还好意思来找我们，你不来找我们，我们还要去找你呢。"

那人笑呵呵地说："我来了，就是为了免得你们耽误出工去找我。是这样的，你们上次用黄豆换我家的茶油，我给你装茶油的油桶，有一个原本是装桐油的，是我没留神，给拿错了。我们队长知道这事，狠狠地骂了我一通，责令我想办法找到你们，向你们赔礼道歉。今天，我特意给你们送来一桶茶油，并向你们说声'对不起'。"

我说："难怪我们一家人吃了你的茶油烹炸的豆腐，上吐下泻。"

"对不起，对不起，实在对不起了。"来人一个劲地赔礼道歉。

这时，生产队长旺叔也过来了。

旺叔见来人态度诚恳，笑着说道："这事虽然没对人造成多大的损害，但你们也应该吸取教训，做事需谨慎细心才是。"

"是是是，您批评得对，我们队长也是这样批评我的。"来人一个劲地称是。

我心中虽然有些怨气，却不知道怎样发落。见旺叔这么一说，也只好作罢。

母亲是个节俭之人，望着装得满满的一盆油炸豆腐，长叹一声，说："只可惜了这些豆腐和这几斤茶油。"

来人从衣服口袋里掏出一叠钱，硬往母亲手里塞，说："这是赔你们的豆腐钱，还有你们看医生、买药的钱，不知够不够。"

母亲将茶油收下，却死活不肯收那人递过来的现金，说："看你，我就这么说说，哪能要你们赔呢。"

旺叔也说："这点小事，不要你们赔，你们有这个态度，我们非常高兴，你回去，给你们生产队长捎句话，一是感谢他及全队社员；二是建议我们两个生产队建立长期的黄豆换茶油买卖合作关系。多走动走动、互相学习、互相帮助。"

来人一听，立即笑逐颜开："这个建议好！我一定带到，并积极促成这事。"

果然，打那以后的数年间，由两个生产队集体出面，每年都要进行黄豆换茶油的活动，通过这个活动，既方便了群众，又加深了两个生产队社员之间的感情。

现在想来，这一趟夜路，我虽然吃了不少苦，但从生产队集体这个角度上考量，却又是值得的。

25. 生病与就医

人吃五谷杂粮，免不了有个三痛两病的，大人是这样，孩子也是这样。

那时候，我们生长在农村里的孩子也经常生病，用现在的说法叫生病，可那时不叫生病，叫"不舒服"，很"轻描淡写"的；或者虽叫生病，却不似今天的一些父母，一见自己孩子哪儿不舒服，如临大敌。那个时代的农村，父母之所以对儿女的小毛病轻描淡写，是因为有代代相传的一些土方土法对付，可以说，这些土方土法信手拈来，且行之有效。如果在使用了土方土法后还未见效，那才真叫生病了。对于我们这些农村的孩子来说，从小就接受这些土方土法，耳濡目染，对这些土方土法也会有一定的了解，并且也能自主地使用。

一旦自身有了某些不适，不用父母动手，也会学着父母教给的方法，如法炮制。

还别说，农村里一些传统的土办法还真管用。

嘴唇生泡，口腔溃疡，小便赤黄，大便郁结等，上火了怎么办？

我会按照母亲的嘱咐，用菜刀从老土墙上刮下一层土，用水泡着，待土沉淀下来，滤出老砖土上面的水，一口气喝下去，两三次就好了。再不然，我会到野外采摘蒿叶，或到田埂上挖掘车前草等，用蒿叶榨汁或用车前草榨汁，一天三次，连续喝上几天，必定见效。这些都是清凉解火的好方子。

脚趾或手指受伤出血了，怎么办？

儿时的我们除了隆冬和初春，一天到晚都是光着脚在大地上行走，碰伤脚趾头是常有的事，当我们从事砍柴、割草、杀禾等劳动时，也免不了会砍伤手指。如今，我的左手食指上就有三条疤痕，其中有两条是砍柴割伤，有一条是杀禾时碰伤的。那么类似脚趾头、手指受伤，血流不止，如何止血。母亲告诉我的土方子也多了去，即使她不在场，我也会按照她教的方法，用烟丝或蜘蛛茧堵在伤口上，不用说，效果真的挺好。

有人也许会问，你独自一人在野地干活，前不着村后不着店，碰伤了脚趾，或划破了手指且血流不止怎么办？其实那也有办法，母亲告诉我，那就是用自己的尿尿在伤口上，也一样可以止血。

生疮长疖，且灌满了脓血，有办法吗？

小时候，我们淘气，也贪吃。夏天来临，我们经常会趁人不备，偷摘毛桃等一些不成熟的果子吃，加之天气炎热，热毒上身，时不时地会在头上或身上其他地方，长出一些大小不等的疖子。而且，无论是小疖子，还是大疖子，都有一个脓包，那脓包透明透亮、黄澄澄的，划破后一挤，便是一股浓浓的、黏黏的带脓的血水，又腥又臭。

一个还好说一点，有时，同时长几个出来，就像是母芋身上长出无数个小芋。那个疼啊，疼得我们喊爹叫娘，睡不着觉，吃饭不香。为了减轻我们的痛苦，母亲会哄着我们，用针挑开脓包，挤出脓水，再用米汤洗净疮口，然后从水塘或水田里捞出一种叫水浮叶的叶子，贴在疖子上。

嗨，还别说，母亲这招还真管用，疼痛减轻了，我们也不哭不闹了。原来那水浮叶清凉解毒，贴上去就舒服了。

再以后，身上长了疖子，不用母亲动手，自己也会如法炮制。

就连孩子受到惊吓，夜哭，村人都有自己的土办法。

有些土方土法虽然带有迷信色彩，但在那个年代也只能如此，比如，弟弟或妹妹夜哭，母亲就会叫我用黄纸写上这么一段话：天皇皇，地皇皇，我家有个夜哭郎，过路君子念一遍，一觉睡到大天亮。然后将写好的黄纸贴在大路旁的树上或墙上，让路人朗读。如果弟弟、妹妹不闹夜了，母亲就认为这是因为路人读了黄纸的话带来的效果。如果弟弟、妹妹老从睡梦中惊哭，母亲就会认为这是他（她）们白天玩耍时受到惊吓，导致失魂落魄。为了让孩子睡个安稳觉，母亲就会在晚上领着我去"喊魂"，我们来到弟弟妹妹白天受到惊吓的地方或受到惊吓的方向，朝天拜了三拜，再从地上抓上一把草用衣服包着，然后往回走，她在前，我在后,她喊一句"××回来吧",我就跟在后面应答一句"回来了"。就这样一喊一答回到家中，母亲再用自己的衣服在弟弟或妹妹身上绕三圈，算是魂已归身，弟弟或妹妹再不会从睡梦中惊吓醒。

当然，仅有这些土方土法给孩子治病疗伤还是不够的，要想使孩子不生病、少生病、有了伤病好得更快，还得有医生，还得有医院。

可那时候一个公社才一个卫生院，卫生院里才一两名医生。

人才缺乏，设备设施差，就医看病，困难重重。

不过还好，后来有了合作医疗，有了赤脚医生。

什么叫合作医疗？合作医疗就是在农民自愿互助的基础上，依靠集体经济，在防病治病上实行互济互助的一种福利性质的医疗保障制度。在保障农民获得基本卫生服务，缓解农民因病致贫和因病返贫方面，合作医疗发挥了重要作用。

其实，那时入合作医疗，每家每户交的钱并不多，大人多少钱，小孩多少钱，到年底结算时，生产队从其收入中一次性扣了。

当然，这得本人愿意，本人不愿意，是不会强行的。不过，似乎没有人不愿意。

对于确实交不起合作医疗费的农户，如那些老弱病残或没有劳动能力的人，生产队会从集体收入中代缴。

与合作医疗一并出现，也是孩子们最受欢迎的另一件事，就是赤脚医生。

所谓赤脚医生，顾名思义，就是在农村为农户行医看病，经常赤脚行走在田野上的医生。

赤脚医生没有固定编制，一个大队一到两名不等，但不是谁都可以当赤脚医生，能当赤脚医生的要么是医药世家；要么是经医护专业短期培训的人员；要么是农民公认的有一定医护能力的自学成才者；要么是部队退伍回乡的连队卫生员。当然他们必须是经人民公社批准和指派的医护人员，受公社卫生院直接领导和医护指导。

赤脚医生亦农亦医，忙时务农，闲时行医，或白天务农，晚上行医，或有人求医时行医，无人求医时务农，他们被农民称为赤脚天使。

说白了，赤脚医生本来就是行走在农村大地上的农民，只不过他比别人多一种知识和技能，即看病行医、救死扶伤的知识和技能。

正是因为赤脚医生本身就是农民，所以对农民的酸甜苦辣、喜怒哀乐非常清楚，对农民的艰难困苦非常同情，对农民生活环境及生活方式比较了解，尤为重要的是他们的家就在当地农村，方便农民看病治病。

有了赤脚医生，农民不需要排队挂号，不需要看脸色行事，不需要昂贵的检查费用，而且可以随叫随到，且态度好，服务也周到。

我十三岁那年夏季的一天，我在水稻田里用铁耙耙泥，一不小心，一个耙齿扎进了脚背，我忍着巨大的疼痛，拔出耙齿，伤口血流如注，怎么也止不住。有人立即告诉了正在割稻的赤脚医生九林叔，九林叔二话不说，爬上田埂，背起药箱赶到我身边，三下五下，就把血止住，并包扎起来，然后把我背回家中。

因伤口感染我发烧不止，为了让我早日康复，他三天两头不请自来，给我打针送药，在他精心医治下，我的伤口很快得到痊愈。

现在想想，如果那时没有九林叔这位赤脚医生，也许我的脚都会废掉。

难怪一些上了年纪的农民，至今还在怀念那时的赤脚医生。

26. 一起来栽树

很小的时候，我就有一种植树情结，这不仅是因为我儿时的那个年代重视植树造林，而且也是因为儿时对绿色的追求和对果树成熟的期盼。

我们资家大屋属丘陵地区，说有山又无山，说无山又有山。是山山不高，是岭岭不峻。除对门岭上有几棵枣树，后山上有几棵灌木，其他地方光秃秃的，许多地方还是砂石裸露、寸草不生。

那时，村民们做梦都想把村周围的山山岭岭栽上树，使家乡绿起来。

儿时的我们又何尝不是如此，想象着哪一天一觉醒来，杂草变成了树木，荒山变成了果园。所以，每年春冬两季，生产队干部组织村民们植树造林活动，我们这些孩子们都是积极的参与者和实践者。

那时候，我们参加生产队的植树是记工分的，有底分的按底分记，是半天的按半天算，是一整天的按一整天算，比如，我的底分是五分，可我只参加了一下午的植树，那么，生产队就会给我记二分。因为五分的底分，早上上工是全天的五分之一，上午

和下午各占五分之二。如果是没有底分的孩子也参加了植树，其记分也是按参加植树的同龄人的底分执行。

在植树的过程中，我们这些孩子都是干一些力所能及的事，如浇浇水、递递苗、跑跑腿，稍大一点的孩子，也会举起锄头挖挖土。

除了参加生产队的植树造林，我们还主动利用房前屋后的空坪隙地和自留地里的边边角角，栽种一些自己喜欢的树苗，尤其是果树苗。

我们家房前屋后的空坪隙地不多，自留地剩余的边边角角也很少。

那一年，我在房后栽了几株桃树，桃树的成活率高，成长也快，在我们全家人的精心料理下，三年后，原本不到一米的小树竟长成了两米多高的大树。

看着一天不同一天的大桃树，我们全家人心里美滋滋的，只等着结桃子。

这一天终于来了，桃芽儿悄悄地爬上了树枝，不两天就开出艳艳的花朵来，桃花在阳光的照射下，放出绚丽的光彩。

又过了几天，脱落的花瓣下露出毛茸茸的小颗粒，满树的小颗粒沐浴着春风一天天地长大。一开始像枣儿般大，接下来像核桃般大，最后竟长成有小孩的拳头般大，其颜色也由青慢慢地转红，红得就像孩子们粉嫩的笑脸。

我摘下来一个，轻轻地咬了一口，脆生生、甜蜜蜜。

"我们的桃子熟了！"我举着桃子兴奋地大喊，一边喊一边跑。我要将这个好消息告诉母亲，告诉队长旺叔，告诉村子里的每一个人。

因为植树，有了甜蜜的收获，心里自然高兴。

其实，学校每年也组织我们植树，不过学校的植树是义务的，没有任何报酬。

然而，不管有报酬没报酬，我们都是开心的。

为了改造荒山，栽种更多的树木，以绿化家乡，绿化祖国。县区有林场，公社有林场，大队也有林场。

当时，我们红星大队的林场就设在三个生产队的边界，这地方原本也是光秃秃的荒山一座。之所以选址在此，一是因为这里地处全大队中心位置，二是因为这里好做示范。意思就是说，如果能在这样鸟不拉屎的地方植树造林，那么全大队的任何一个地方都会不成问题。全大队六个生产队，每个生产队抽一名社员，为了让抽调到这里的人安心工作，大队还专门为他们盖了几间茅房，让他们住在林场、吃在林场、干在林场。

还别说，经过林场人几年的艰苦奋战，原本满地砂石的荒山，几年后变成了绿茵茵的满山小树林。

旺叔说，植树造林要重视，保林护林也不得轻视，对已有的树木不能毁，也不能损。

我们村的后山是一块祖坟地，曾几何时，山上古木参天、动物成群，只因某一年一声炸雷劈向一棵古树，引发山林火灾，烧毁了半山树林，幸好扑救及时，另一半山的树木才安然无恙。

那些年，有人因缺柴、缺煤烧火做饭，瞅准时机，偷偷进山砍柴，尤其是一些放牛的孩子趁人不备，放牛进山，伤苗损树。

于是，生产队立下规矩，对损树伤林的人进行严厉的惩罚，并强调，生产队的干部一定要以身作则，模范带头。

然而，一些人我行我素，无视规矩的存在。

一次，一头老水牛进了山，还没来得及吃草啃叶，就被人逮住，村民们一看，这不是队长旺叔家看养的老水牛吗？

社员们拭目以待：队长敢拿自己开刀吗？

晚上记工分时刻，全队社员到禾坪上集合开会，旺叔大声宣布："今天，我们家看养的老水牛犯了规矩，进了后山，是我们看管不力，现我认罚工分二十，以儆效尤。"

散会后，旺叔之儿云生嗔怪道："你故意放牛进山，自罚二十工分，是想起一个带头作用，有这个必要吗？"

旺叔说："我必须这样做，否则谁会信服我。"

原来，这是旺叔故意使出的一招：放牛禁山。

自此，后山再无人敢损林毁树，更无哪一个放牛娃敢放牛进山。

不几年的工夫，那满山的树木便郁郁葱葱。

27. 弄鱼在山乡

我们村算不上江南水乡，没有河湖港汊，却有的是山塘水坝。

这些山塘水坝，既没有烟波浩渺的水面，也没有奔腾不息的激流，面积大小不等。最大的面积有三十几亩，最小的面积只有半分地。有的小鱼塘特小，一头水牛进去打一个滚，里面的水就只剩下一半，慌得那水中的小鱼小虾，跳上跳下，只恨爹娘少给它们一双翅膀，不然就飞出去了。

虽然，我们不是生活在河湖港汊的水乡，但我们从小就喜欢吃鱼，当然也喜欢弄鱼。

那时候，乡民们栽种农作物，很少使用农药化肥，因此野生的小鱼小虾特多。一般情况下，大鱼都是放养的，小鱼小虾都是野生的，不说山塘水坝，就连水稻田里，随处都见小鱼小虾。

村人喜欢吃鱼，鱼是村人餐桌上一道普通菜，当然也是一道有面子的菜，弄鱼也因此成了村人一项正常的活动。由于山塘水坝都是生产队集体的，只要你不偷弄集体放养的鱼，仅仅弄些野生的小鱼小虾，你想去任何一口山塘、任何一个水坝、任何一丘稻田，谁也不会干涉你。

也许是传统习惯吧，我们在山塘、水坝弄鱼有自己一套独特的办法。

那时候，所有山塘水坝都是集体所有，什么地方可养鱼，养什么鱼，什么时候投放鱼苗，都由生产队统筹安排，由生产队统一管理。

每年春季，生产队都要派专人与生产鱼苗的地方联系好，请对方送鱼苗上门。偶遇挑着担子走村串寨卖鱼苗的，队长也会将其留下，买下他们的鱼苗，就地放养。

那卖鱼苗挑着的鱼苗盆是用木片专门打造的，如木制洗脸盆一般高，却比洗脸盆大得多，而且，洗脸盆是口大底小，鱼苗盆则是口小底大。之所以如此，乃是因为鱼苗商人需挑着鱼苗担走村串寨，水不会洒出来。如果盆上罩一层网，鱼苗也不会因此跳出来。鱼盆上方用弯曲的竹片交叉，做成一米二左右的提把，提把上端再用棕绳栓成一个空结，卖鱼苗的用扁担往两个空结上一穿，挑着即走。

其鱼苗大小不等，是根据鱼苗种类的不同而定，草鱼苗、雄鱼苗稍大，鲤鱼苗和链鱼苗很小，但不论大小，买卖时都得一条一条地计数。为了计数方便，得用白瓷碗从鱼盆里连同水与鱼苗一碗一碗地舀出来，舀出一碗计数一碗，如果用其他颜色或有花纹的瓷碗则看不清。

　　因为放养鱼苗多少不等，多的几千尾，少的也要上百尾。为了避免买卖鱼苗时计数的枯燥，当然也为了旁人监看，卖鱼苗的数鱼苗时会带着腔调，朗朗上口。比方说，从鱼苗盆里舀出来的第一碗里有鱼苗七尾，数起来便是这样的：一个一双，两个两双，三个三双，四个四双缺一个。数完连水带鱼苗倒入水塘中。如果第二碗里有六尾鱼苗，接着第一碗的数字，数道：四个四双，五个五双，六个六双多一个。如此循环下去，一直到十双，每十双为一个轮回。

　　此时此刻，对于我们这些孩子来说，是激动人心的时刻，我们会守在鱼苗盆旁，听卖鱼人拿腔拿调的声音，倘若遇到有漏网的鱼苗，又是意外之喜，我们就会用一双小手连水带鱼苗，小心翼翼地捧起来，看鱼苗在手心里摇头晃脑游弋的样子。

　　鱼苗放下水去后，无须投放任何饲料，也无须割草，而是任其自由自在地生长，如同野生的一般。那时，生产队放养鱼苗，都是为了社员们逢年过节有鱼吃，从未有人想过要拿到市场上交易。正是那时的水好、泥好，鱼是在纯自然环境中生长的，所以那时的鱼特别好吃，就连鱼的内脏，母亲也舍不得扔掉，放点醪糟，放点调料，煮成一个好菜酒糟鱼肠。别看这一道带有泥浆色、泥浆味的荤菜，我们却特别喜欢吃，菜吃完了，还要把碗舔净。

　　不过，在我们这些小孩心里，抓鱼就不仅仅是为了吃，而且还是一种乐趣。

（1）撒网捕鱼

提到撒网捕鱼，人们脑海里马上就会出现这样一个画面，在烟雨蒙蒙的江面上，漂浮着一叶孤舟，一位渔翁，头戴斗笠、身穿蓑衣、伫立船头，一出手，一张大网从天而降，落入水中。

画面到此为止，再下来，渔翁会不会捕到鱼，捕多少鱼，许多人都不会再往下想，大家需要的就是这个画面。

可我们村里人想到撒网捕鱼，不是这样，我们想到的是能否捕到鱼？可以捕多少鱼？是大鱼还是小鱼？都是些什么鱼？等等。其实村人撒网捕鱼用不着船，也没有船。如果是在小池小溪捕鱼，站在水岸，便可撒网。如果是在水深水域稍宽的山塘水坝捕鱼，便用两根长短一般的杉树，等距离分开，两头各捆一扇门板，中间置一个大木盆，村民们将这叫渔排。

打鱼前，打鱼人将渔排抬进水塘，木板上各站一个人，一人用长竹篙撑排，另一人撒网，网上来的鱼便放在中间的鱼盆里。

逢年过节，或谁家红白喜事，生产队就会安排几张这样的渔排下水捞鱼。

渔排上打鱼是个技术活，满池塘水，鱼在哪儿聚齐，撑排人得会看，看清了，将渔排尽量往鱼儿扎堆的地方撑。

执网人力气要大，力气太小，渔网撒不出去，同时还要有技巧。会撒的，渔网撒出去后，不但撒得开，而且还是圆圈；不会撒的，渔网撒出去后，是一团乱麻。

那时，我们村有两个人网撒得好，一个是石匠艾廷叔，一个是瓦匠确廷叔，他们两家都有自己的渔网，只要有需求撒网捕鱼，生产队都会安排他们两个，至于撑排人，则由他们自己选。一般情况下，他们都会选自己的兄弟，最后由生产队长批准通过。不过，如果在水域面积很小的鱼塘捕鱼，就不需要结排，捕鱼人提着渔网在水塘边转悠，瞅准了什么地方有鱼，便以迅雷不及掩耳之势，迅速将网撒下去。有人说，撒网捕鱼是成年人的事，小孩子是撒不起网的。这话要是放在当下或别的村庄，可能是这样的，但是如放在过去我们资家大屋，就不是这个样子了。无论是结排撒网捕鱼，还是水岸撒网捕鱼，都是我们那时的孩子们最激动人心的时候，一大帮十来岁左右的孩子伫立水塘岸边，两只眼睛紧盯着捕鱼人手里的网，紧张的心情难以言状，我们会为捕到一条鱼而雀跃欢呼，也会为漏网一条鱼而扼腕长叹。为了满足孩子们的好奇心，锻炼孩子们的胆量，艾廷叔和确廷叔还会在卸下鱼后，将我们抱进鱼盆，然后撑起渔排在水中游荡。而为了培养自家的孩子能早日撒网捕鱼，便专门制作一种分量轻、面积小的小网，让他们的儿子先在陆地上练习撒网，看是否提得起、撒得开、对得准。他们的儿子们倒也争气，子承父业，很快就学会了撒网捕鱼，两个人的大儿子都是不到十五岁便出道了，村里的其他孩子也随之仿效。

（2）赶筝赶鱼

赶筝是捕鱼的普通工具，男女老少均可使用，只是大小不同而已。那时，我们村子里家家户户都离不开这个捕鱼工具，也是我们这些孩子最喜欢使用的捕鱼工具。

赶筝由两部分组成，一部分是筝网，另一部分是赶筒。筝网是用来网鱼的，由两根有柔韧度的竹片或树枝弯成弓状，再交叉相置，然后铺上尼龙网，底部与三方网壁固定好。另一方去网壁，作为网口。赶筒是用来赶鱼的，由三根竹棍，即两根腰棍、一根底棍做成，固定成三角形。赶筝大小不一，大的一平方米左右，小的也有半个平方米。

用赶筝赶鱼时，执筝人必须提起筝网悄悄地下到水里，左手执筝网，将网口对准鱼儿集中的方向，右手执赶筒，将鱼从右至左往筝网里面赶。

一般说来，赶筝赶鱼是赶那些流水口的上水鱼，以及浅水池塘和水田里的鱼。

赶筝赶的鱼比较杂，鲤鱼、鲇鱼、鳅鱼、虾子等。

赶筝赶鱼讲究的是一个"快"字，赶筒一到筝网门口，就必须立即提筝，否则被赶进筝网里的鱼，又会跑出来。

那时，我家也有一方赶筝，赶筝不大，我使用很顺手，每逢下雨天，我就会头戴斗笠，身穿蓑衣，迎着风雨，提着赶筝出去。

因为那时野生的鱼和虾多，所以我从未空手回家。

因为方便，每逢来客，母亲便吩咐我去弄鱼，可以毫不夸张地说，我的赶筝几乎成了家里餐桌上的一个菜碗。

（3）搬筝弄鱼

确切地说，搬筝不是孩子们弄鱼的工具，因为其笨重，搬动它，非成年人不可，且不是每个成年人都喜欢摆弄它，所以，在我们村拥有搬筝的家庭很少，用搬筝捕鱼的人也很少。但我伯父家就有一方搬筝，伯父就是喜欢使用搬筝捕鱼的人，并由此带着我，让我跟他学搬筝捕鱼。

搬筝也是由两部分组成，一根筝杆，一张筝网。搬筝的筝网很大，有二三个平方米，或四五个平方米不等，呈正方形。一根筝杆至少也有四五米长，一般都是笔直的楠竹或杉树。

制作筝网的网料，使用的是经过特制的植物水泡过的麻绳，后来有了尼龙，便改用尼龙绳。所织成的网，其网眼很大，与捕鱼的捕网、拦鱼的拦网的网眼一样大。

有了四方四正的网，再用人工弯曲的两根竹子交叉成十字架，作为网架，将网的四角分别绑在交叉的两根竹子脚，再用一粗绳于竹子交叉处拴牢，并连接筝杆的杆梢，为便于起筝，再用一粗绳拉牢杆梢，执于手中。

用搬筝弄鱼，讲究的是个"动"字，一般是在大雨过后，当水库泄洪放水和山塘溢口溢水，河水暴涨，泥沙俱下，鱼龙混杂之时，你就会见到，烟雨中，搬鱼人头戴斗笠，身穿蓑衣，腰挎鱼篓，肩扛搬筝，走河蹿溪。

见有鱼的地方，搬筝人就会选择一个合适位置，将筝放入湍急的水中，筝杆底端抵住岸边一个硬实的地方，并用脚踏住，避免滑动。固定后，每隔五分钟或十分钟左右便拉动粗绳起筝。

搬筝捕鱼时，搬鱼人无须下水，临水而立即可。但搬鱼人必须是有力气的壮年汉子，因为搬筝太大太重，一般女子是搬不动的。

用搬筝捕鱼不可总在一个地方，一上午可能要换几个地方，搬鱼人将又大又重的搬筝，搬来搬去，其搬筝一名，也可能由此而来。

用搬筝捕鱼，一般情况下都不是小鱼小虾，都是有些分量，有时可以捕到几斤甚至十来斤重的大鱼。看到鱼儿在筝网里蹦蹦跳跳，我们的心也随之激烈地跳动。

模仿是孩子们的天性，那时候，我因为小，没力气使用搬筝，但我喜欢跟着伯父去捕鱼，学习伯父用搬筝捕鱼的方式方法，伯父也耐心教我，后来，我们几个孩子自己动手，用破旧的渔网制做小搬筝，同样也能捕到鱼。

（4）定筝定鱼

定筝是老人和女孩子经常使用的弄鱼工具。当然，一些男孩子也会参与其中。

定筝是搬筝的缩小版，一根筝棍，用竹棍制成，竹棍长二米三米不等。一张筝网，一般在四五十公分左右，与搬筝结构不同的是，定筝有两根绳子连着筝架的四个角，捕鱼前，在四个角的绳子上各捏上一团饵料，然后放入水中。由此可见，定筝是靠鱼饵吸引鱼儿进网。

用定筝捕鱼时，是把定筝放在比较平静的水塘边，每隔十五或二十分钟起网一次。一人可以放定筝数张，无须下水，只需在水塘沿岸来来回回，重复一些动作即可。

用定筝捕的鱼大多是小鱼小虾。与搬筝不同的是，定筝捕鱼时，讲究的是一个"静"字。捕鱼人要安静，不得大声喧哗，水面也要安静，不得搅动水面。否则，便会吓跑鱼虾。对于老者，这些都不是问题，但是对于我们这些孩子来说，就很难做到，孩子们是好动的，唱唱跳跳、吵吵嚷嚷、打打闹闹，是常有的事。而且，一人定鱼，往往会有一帮孩子跟着看热闹，一些调皮的小伙伴甚至故意往定筝旁扔石头，借以吓走小鱼小虾，你想安静也安静不下来。

那时候我家里就有八张定筝，一般情况下，都是我使用。

为了保证安静有鱼，我总是悄无声息地扛着定筝到一些离村子较远的山塘水库，避免让一些小伙伴打扰自己，有时候，我还一边捕鱼，一边看书，捕鱼看书两不误。

由于捕上来的都是小鱼小虾，捕鱼人只需带着一个水桶，水桶里放一些水，将捕上来的小鱼小虾放进水桶里，以保证小鱼小虾在制作菜肴之前，处于鲜活状态。定鱼需要耐心，由于定的鱼都是小鱼小虾，其成效不是很明显，机会好的话，一上午，十方定筹弄上两三斤小鱼小虾一点不成问题。

（5）豁口装鱼

所谓水口装鱼，就是利用水塘、水田出水口流水，鱼儿顺着流水跑出时，村民们用筬箕、米筛或竹片编制的竹篓拦截在出水口，当鱼虾顺水而下进入筬箕等装鱼工具里时，捕鱼人只需提着水桶等从筬箕里捡鱼便可。

用这种方法捕鱼，是那时我们这些孩子最喜欢的一种方式方法，因为简单省事。

不过装鱼也要讲究技巧，不同的出水口使用不一样的工具。如果是落差小的流水，则用筬箕，筬箕口需紧贴流水口，并用泥巴密封，筬箕的屁股需低于水平面并固定好，当鱼虾乘水而下进入筬箕后，水出而鱼虾留。筬箕的主要功能是用来装土装肥等等，用它拦水装鱼是副业。进入筬箕的鱼虾，有的会从筬箕里跳出来，会装鱼的就会扯一把草放在筬箕里，这样，顺水进入筬箕里的鱼，就会用草挡住而跳不出来，同时还避免暴晒致死，避免被猫偷吃，当然，水口装鱼，需定时捡鱼。

如果出水口落差大或呈瀑布状，则可用米筛接装，如果出水湍急且流量大，则可用专门接装鱼的工具——竹毫，竹毫是篾匠用竹片编织的、专门用来装鱼的，其口大肚小尾巴尖，小鱼小虾进入竹毫以后，进得出不得，人们要想取到进入毫里的鱼虾，需将毫尾的绳子解开。

那时候，但凡有水的地方就有鱼虾，所以，有时候我们会为占住一个好的出水口而高兴。一张竹毫一放就是数月，每天可定时取鱼。如今，回到乡下，再也没人干装鱼这种事，最关键的问题是有水无鱼了。

（6）围田圈鱼

那时，野生鱼虾多，一个水氹或一丘田的某个低洼地方就会积聚不少鱼虾。如果用其他渔具捕捉这些鱼虾都不合适，有一种办法却非常合适，那就是围田圈鱼。所谓"围田圈鱼"，就是用泥巴堆成线形将有鱼的地方围堵起来，然后用水桶或脸盆将水舀干，舀到只剩少量的水，少到连稍大点的鱼的背都遮不住，或者干脆一点水都不剩，所有的鱼虾全躺在泥上面挣扎，乱蹦乱跳，弄鱼的人提着鱼篓从泥面上一条一条往鱼篓里捡就是了。围田圈鱼是我们那时孩子的拿手好戏。一般情况下，成年人不会围田圈鱼，一是因为成年人事多，时间紧，不会因为几条小鱼小虾而浪费大量的时间；二是因为这种捕鱼的方法太简单，成年人不屑于此。当然，这种弄鱼的办法是一种很笨的办法，如果机会好，一时半会儿弄一餐饭的鱼一点也不成问题；有时候却会得不偿失，忙了半天什么都得不到。

那时没有人用电电鱼，也没有人用农药毒鱼，更没有人用雷管炸鱼，要弄到鱼，只有用传统的办法。

在城里人看来，吃鱼是一件很奢侈的事情，但在我们乡下，吃鱼却是一件极普通的事情。那时，如果你家突然来了客人，要在你家里吃饭，而你又是好客之人，你本想好好招待一下客人，无奈你的村庄离城镇市场相距甚远，一时买不到肉，又不便杀鸡，那么，你一定会在吃鱼方面动心思。

那一日，从县城来了一男一女两个人，自称是县花鼓剧团的，要招我去当演员，特派他们俩来考察我。他们一大早就坐了一程火车，又步行十几里山路，才到了我家。

此时正值盛夏时节，天气炎热，客人到了我家时，已是中午时分，母亲见状，先让客人喝了一碗井水兑醪糟。然后悄悄对我说："人家那么远跑来，一定要留人家在这里吃午饭。"

我点了点头，却又问道："可惜没有好菜呀。"

母亲说道："你去弄几条鱼来，叫你三弟去摸几个螺蛳，我去借几个鸡蛋。"说完便走了出去。紧接着，我与三弟也按照母亲的吩咐分别出了门。

半个小时后，我提着桶回家，鱼篓里已有斤把小鲫鱼。母亲已煮好米饭，正煎荷包蛋。不一会儿，三弟也提着两三斤螺蛳回了家。

不一会儿，母亲将弄好的四菜一汤端上了桌。四个炒菜是苦瓜炒小鱼，西红柿炒鸡蛋，辣椒炒螺蛳肉，清炒丝瓜，另加一个酸豆角汤。

母亲诚恳地说："对不起了两位，我们乡下离圩场太远了，一时买不到肉，这都是临时弄来的土菜，请将就一点。"

那男演员说："别说了！这些个菜太好吃了，特别是这小鱼。"其实，母亲心里有数，在当时那个毫无提前准备的条件下，能弄上这几个菜，里子不差，面子也过得去。

事后，母亲问我是用什么办法在这么短的时间内弄到鱼的，我告诉母亲，我是用围田圈鱼的办法弄到鱼的。

28. 在文宣队的日子里

为了宣传党的方针、政策和路线，宣传马列主义、毛泽东思想；为了丰富农民的文化生活，改变农民陈旧的、落后的生活习惯和观念；为了占领社会主义的舆论阵地，调动广大农民群众建设社会主义的积极性，各级党组织非常重视群众的文化娱乐活动，不但组织电影队送电影下乡，还层层组织文艺宣传队深入到农民群众之中进行文艺演出，县区有，公社有，大队有。

按照当时的状况，文艺宣传队人员的组成来自两个方面，一方面是农民中的旧艺人，另一方面是一些喜欢说说唱唱、蹦蹦跳跳，有这方面爱好和才能的人。从年龄上讲，有老有少，以青少年为主；从性别上讲，有男有女；从表演形式上讲，都是农民群众喜闻乐见的，如唱歌、跳舞、相声、快板、表演唱、三句半、乐器独奏或合奏等。队员们忙时务农，闲时排练演出；或白天务农，晚上排练演出。当时我们生产队有两个人参加了大队文艺宣传队，一个是我，因为我喜欢吹笛子，加之我又是一名学生，年龄小，有些演出需要我们这样的小孩子；还有一个是张光生，光生是一名插队的下乡知青，有文艺细胞，会唱京剧，会拉二胡，很活跃。

　　为了减轻大队的经费负担，要求被抽调的人自带一件乐器，同时规定，在排练演出期间，由所在生产队进行误工补贴。误多少工，补多少工分，以解决宣传队员的后顾之忧。

　　尽管那时社员们生活清苦，物资贫乏，却也追求一些精神上的享受，积极参与和主动投入一些自娱自乐的文化艺术活动，能够进大队宣传队参加文艺演出，自然是令人羡慕的事情。

　　然而，要带着一件乐器加入宣传队，却又是一件令人望而生畏的事，需知要买一根笛子或一把二胡、一只唢呐，需要不少钞票，而村民要多挣一分钱，却并非易事。

　　当然，仅仅因为钱不够买不了自己的乐器，就放弃自己的爱好，是不是太可惜了。

　　于是，我们尝试着自己动手，制作自己认为可以制作成功的简单乐器。

　　我喜欢吹笛子，便尝试着自己制作一根竹笛。

　　竹笛看似很简单，但要真正做成，却并不是一件容易的事。

　　我从光生那儿借来一根竹笛，先熟悉其构造，然后再寻找制做笛子的竹子。

　　虽然，在远方的山林里，竹子到处都有，但要真正找到一根适合做笛子的竹子却非常非常难。

　　我砍了一根竹子，不行。

　　又砍了一根竹子，又不行。

再砍了一根竹子，还是不行。

当砍到第六根竹子时，大小终于差不多了，可是在取孔时，其间距很难把准，一连又做了几根，到了第九根，总算八九不离十了。做出来后，试着这么一吹，嗨！还别说，有点像那么回事，不但吹出声音来了，而且有板有眼，有腔有调。

光生想做鱼鼓，可他没有鱼鼓做样儿，要想做成鱼鼓，难度很大。但村子里有一位叫枣爷的老艺人，祖传有一个鱼鼓，却不轻易示人。

光生有心要借，便从城里买了几个包子和馒头作为见面礼，登门拜访。

在当时我们那个地方的农村，包子、馒头都是稀罕之物，枣爷听说来人要借祖传的鱼鼓，有些犹豫，后听说仅仅是用来示范，又听说是参加大队文艺宣传队排练演出，便同意了。

做鱼鼓有两项关键的材料，一是鼓皮，二是鼓筒。鼓皮是猪油皮制作的，大块的猪油皮必定要从大猪身上裁取，鼓筒是用大楠竹筒做的，而且是风干的楠竹。

那个时候，我们村的人饲养的猪都不是很大，要想从屠宰的大猪身上获取猪油皮，必须到城里的屠宰场。为此，光生特意请假回城，在屠宰场蹲了两天，才用钱买了一块猪油皮。

至于楠竹筒，我们村更没有，光生便跑到盛产楠竹的村子，左寻右访找到了一截可以用来做鱼鼓的楠竹筒。

村民听说光生要制作鱼鼓，都当作一件稀罕事。因为鱼鼓是乐器，是个有讲究的细活，只有专门的手艺人才能做，别的人只能从商店里买那些专门的艺人做的成品。所以，大家都盼着我们早日做成，以开开眼界，小伙伴们尤其是如此。

为了促使我们成功，一些小伙伴还悄悄地从家里拿来可用的物件捐献给我们。

见大家如此热心，我们非常高兴，而且充满了信心。

在经过鼓捣——失败——再鼓捣——再失败几个轮回后，终于成功了。

然而，我和光生心里都明白，这个鱼鼓不可能与正规厂家制作的相比，可它毕竟是我们花了心血做成的，也是这个村的人做的第一把，所以试拍时，村民都争相观看。

我和光生进了大队文艺宣传队后，不分前台后台，有活就干，本来嘛，一个小小的文艺宣传队，总共就十来个人，哪里会有专门的后台和专门的前台。如果按照现在对文艺演出专业人才的标准来衡量，我们算什么，什么也不是，但是我们接地气，农民群众喜欢看。记得我和光生搞了一个表演唱《双喜临门》，说的是一对老夫妻，一个听到女儿生了孩子的消息兴高采烈，一个听说自己看护的集体母牛下了崽而喜出望外，并因为在去看望产妇和母牛的途中闹出一些误会。由于是由我们两个十来岁的孩子演的一对老夫妻，无论从扮相还是动作都滑稽可笑，但凡那个时代看过的人至今提到此事，仍记忆犹新。

那个年代，农民最辛苦的时段是"双抢"时节，所谓"双抢"，就是一方面要抢种，另一方面要抢收，而且必须同时进行种晚稻、收早稻。时间上有一个硬性规定，就是插完晚稻过八一，因为按气候、节令，如果不在八一之前抢插完晚稻，就会影响晚稻的成长，以致影响收成。由于时间紧迫，禾坪上就会堆积大量来不及翻晒或来不及入仓的谷子。为了看护好这些谷子，避免被偷，同时也避免被雨水淋湿或冲刷，造成霉烂变质，生产队会在离村庄较远的禾坪边搭建一个人字形稻草盖的棚子，每夜派人轮流看守，看守人每晚还可得工分四分。在光生没下乡插队之前，一户出一人，两人搭档，轮流守护。光生插队后，考虑到自己一人在岭上守谷和在家里睡觉都是一样，便要求不计报酬，义务守谷，其他人轮流。后见我虽比他小六岁，却与他投缘，又主动要求队长派我与他一同守谷。当然，由于我还是一个孩子，我只能每晚得二个工分。

每当夜深人静、月朗星稀的时候，我们俩会面对着高高的谷堆，背靠着打谷的石碑，数星星、看月亮、说过去、聊未来。有时也会一唱一和，我吹笛，他拉琴，那悠扬的琴声在原野上回荡，那清亮的笛声在夜空中飘扬，音乐驱散了我们一天的疲惫，歌声带给了我们对未来的期盼。

此时此刻，没有烦恼，没有忧愁，没有争吵，没有埋怨。

不久，光生光荣参军，留下我一人独守谷堆，唯有星星相伴，明月相望。虽然，我们也有书信来往，但见面的机会毕竟太少。他见我自制的笛子音色不好，临走前，他还曾送给我一支短笛。

五年后，也就是一九七四年十二月，我也应征入伍，但与他不在一个部队，据说他是在西南边陲，而我是在东北边防。

一九七九年二月，中越边境爆发战争，我被作为战斗骨干调入云南参战。

一次战斗空隙间，我所在的部队于路边休息，一支兄弟部队从我们跟前匆匆路过，正在我闭目养神的时候，一个熟悉的声音在我的耳边划过："快点跟上，快点跟上。"

我的脑海一闪而过，是光生，是光生，我一骨碌从地上爬起来，朝着那个站在路边正指挥部队前行的军人大喊了一声："光生哥！"

光生也听出了我的声音，迅速回头，一刹那，我们心潮澎湃，四目相对后，然后同时起步，扑向对方，紧紧地拥抱在一起。

谁也没有想到，我们就这样在战场上相见了。这时他已是一个步兵营长，而我则是团里一名宣传干事。

然而，谁又能想到，我们这一次匆匆相见竟成了永别，战争结束后，我抽空去他那个部队找他，却被告知他牺牲在战场。

也就是我们分别的那天晚上，他率领全营端掉了敌人的电台，可在返回的途中，不幸踩踏上了一颗地雷，在疏散好战友后，排雷时，地雷爆炸，他牺牲了。

听说其遗体就埋在蒙自烈士陵园，我立即赶到蒙自烈士陵园。经过一番寻找，终于找到了他的墓地，我伫立在他的墓碑前，说不出一句话来，唯有泪水顺着脸颊不停地流淌，脑海里全是他的音容笑貌和家乡禾坪上为生产队看守稻谷的情景。

自打这次开始，无论多忙，也无论多远，隔三岔五我都要去坟前看望他一次，而且每次我都要在他的墓前用他赠送我的竹笛，深情地吹上一曲《边疆的泉水清又纯》，以表达我对他的怀念之情。

我相信，九泉之下，他一定听到了我的笛声，也一定会回忆起插队我们资家大屋时，与社员们同甘共苦的日日夜夜，以及我俩在禾坪上看守稻谷的时时刻刻。

29. 吃红薯与栽红薯

可以说，我是吃红薯长大的。红薯虽然是杂粮，但那个时候却是我们小半年的粮食。

那时候，我们的主粮稻谷不够吃，为了饱肚子，便以红薯来弥补。早餐是米汤煮红薯，中餐是米饭闷红薯，晚餐是清水炖红薯，这种吃法要吃好几个月，到了第二年春天，红薯没有了，我们还要接着吃年前冬天晒干的红薯干。

我身边的许多同龄朋友说："红薯吃腻了，现在一想到红薯就想吐。"

的确，与米饭、白面相比，偶尔吃一餐红薯，一点关系也没有。如果长时间地天天吃红薯，就肯定不行。虽然，网络上有许许多多关于吃红薯有益处的言论。但是对于一个吃过多年红薯，因为吃红薯吃伤了肠胃的人来说，再不想吃红薯，是完全可以理解的。

也许我是个特别恋旧的人，虽然我也曾因为长年吃红薯吃坏了胃，但我对红薯一直情有独钟。如今，我不但每年要隔三岔五地买些红薯吃，而且还要利用闲暇时间，在郊区找一小块空地，栽种一些红薯，以此来满足自己的嗜好。我不但喜欢吃原汁原味的红薯，而且还喜欢吃红薯加工出来的食品，例如：红薯干、红薯粉皮等，就连过去从来不曾吃过只是用来喂猪的红薯叶，我也照吃不误，时不时地来上一顿。

当然，我不会每天每餐离不开红薯。

而每当我吃红薯时，脑海里总是会浮现出儿时与红薯有关的点点滴滴，尤其是栽种红薯过程中的酸甜苦辣。如果说，那时因为天天吃红薯犯愁的话，而更犯愁的是栽种红薯，有些事，至今想起来，还有些发怵和后怕。

我们家当时的农村户口是六人，分得的旱土有三分地左右，分布在老祠堂坪等三个山头，其中老祠堂坪最多，共有三块，一块独立的，另两块紧挨着，呈 L 状，我们家乡叫奢拔勾。考虑到红薯的实用性，母亲将所有旱土都栽上红薯。

老祠堂坪原本是我们老资氏祠堂因年久失修倒塌而成为的一个废墟，其残砖碎瓦被人捡的捡，挖的挖，留在那里弄不走的便是肥沃的土地。

老祠堂坪的位置是在一个山窝窝里，三面环山，一面环田，其不远处有一水库。也就是说这里被翻过来的旱土，除了靠老天爷下雨以外，没有其他水源，要保证这里种植的东西成活，那就必须到水库里挑水浇灌。

要想红薯长得好，获得满意的收成，除了品种以外，在栽种方面也有一些讲究。

无论是沙土还是粘土，翻土要深，土翻的深，红薯生长才能有大的空间，栽种红薯的穴要大，底肥也要足，这样长出来的红薯个头才能大，这是基础，必须花大力气，下大功夫。

母亲一向看好老祠堂坪的三块土，由于这几块土是废墟瓦砾中开辟出来的泥土，自然少不了一些断砖碎瓦。如果不用心，不但挖不深挖不透，而且还会损毁锄头、耙头。如果发现泥土里有断砖碎瓦不收拾，会严重地影响红薯的成长。所以她反复叮嘱我，挖老祠堂坪的三块土要特别用心。

一个初夏的星期天中午，我按照母亲的嘱咐，下了上午工后，没吃中饭就直接走进老祠堂坪挖土。此时虽是初夏，但中午的阳光却是火辣辣的，加之三面环山，山谷里一丝风儿也没有，闷热难耐。又因为是正午时分，人们都回家吃午饭去了，四周看不到一个人，唯有知了在树上喋喋不休。孤独与寂寞、担心与害怕向我袭来。还没动锄，全身的衣服就已经被汗水湿透。虽然闷热，我却打了几个寒战，但我顾不了这些，一个劲地挥舞起锄头，一锄一锄地挖下去，想以此驱散心中的孤独与寂寞、担心与害怕。

正在我聚精会神翻土时，一阵阵"沙、沙、沙"的声音从不远处传来，我被惊出一身冷汗，以为碰到了传说中的"红毛罗刹鬼"或者什么野兽。我本能地握紧锄头，故意大咳一声，以此来给自己壮胆，却不敢回头。当"沙、沙、沙"的声音继续响起时，我壮起胆，扭过身子，寻着"沙、沙、沙"的声音望去，顿时眼前一亮，意想不到的一幕出现在我的眼前，只见一只足有三斤重的乌龟正在陡峭的沙砾上攀爬。

我扔掉锄头，迅速跑上前去，一把抓起那只老乌龟。乌龟见有人捉住它，立即将头缩了进去，再也不想出来。

无意之中捡到这么大一只乌龟，我兴奋不已，恨不能立即就回到家里，把这好消息告诉母亲。可土还没挖完，我还不能就此回家，我得将剩下的土挖完才能回家。

于是我将乌龟用一块大石头压住，继续干自己的事。

可是，待我挖完土，搬开石头，准备抱着乌龟回家时，却发现乌龟早已不在。

我一时急了，到手的乌龟不能就这样让它跑了。我顾不了暑热难挡，连忙翻捡那一堆石块，翻着翻着，功夫不负有心人，只见那乌龟钻进另一块大石头底下，四只脚还在费力地往后蹬呢。

我喜出望外，捉住那只乌龟，用茅草拧成绳，将它绑了个结结实实。

当我将老乌龟带回家中交给母亲时，母亲惊喜之余告诉我，说大队小学秦老师患了一种怪病，正需要一只老乌龟做药引。

"您的意思是将这只老乌龟送给秦老师？"我有些舍不得。

"这种老乌龟难找啊，送给秦老师，兴许能治好秦老师的老病呢。"

听母亲这么一说，我毫不犹豫地提着乌龟就往大队小学跑。

不久，母亲告诉我，说秦老师因为有我那只老乌龟做药引，多年的老病竟然好了。

老祠堂坪的土挖完后，接下来是打穴、施肥。施肥也是一件很辛苦的事，那里没有用化肥的习惯，用的是农家土杂肥。事先得从家里挑来一担一担的猪粪、牛粪、草木灰，或用草皮沤制出来的家肥，放在土边上的一块平地上，用土盖好，经过一段时间发酵，到了栽苗的这一天再用细沙拌搅。搅拌好后再往每个穴里放一把。那时我人小手小，放一把不够，就放两把。我力气小，一担份量很少，放不了几个穴，可一块土几十上百个穴，要几十担肥料才能满足。施肥完结，紧接是栽苗。

红薯是靠扦插成活的，为了获得扦插的红薯苗，母亲前一年就选留了一些好的红薯，作为种薯放在地窖里。等到第二年春天，便从地窖里拿出种薯埋在土里，种薯发芽并长出藤蔓后，再摘下藤蔓，用剪刀按五寸左右或四个疙瘩连在一起的藤蔓剪成一截一截的，并去除进土的两根母叶，留住露出土面的另外两根母叶。

栽完苗紧接着便是浇水。第一次浇水，叫过根水，必须浇透，只有浇透，才能有活的希望，否则就会被旱死。

如果老天不下雨，连续晴天，那就得天天浇，连续浇上一个星期，甚至时间更长，一直浇到插下的红薯苗长出新叶。

如果水源近还好，倘若水源远，那就真够吃力的了。由于我家那些旱土都是远离水源，且在水源的高处，挑上一担水走到红薯地，得爬坡越坎，一个来回二十多分钟。那时，弟弟、妹妹还小，能挑水浇红薯的只有母亲和我，母亲的事多，浇水的主要任务自然而然地便落到我的肩上。可我那时并未成年，只是一个孩子。为了给红薯苗浇水，我往往是天不亮就得摸着出去，干到太阳出山要上学了，才急急忙忙往回赶。黄昏又得继续干，一直干到点灯时分，看不清道了才能摸着黑回家吃晚饭。

那时，自己个子矮小，大水桶挑不动，只能用小水桶挑，即使是小水桶，满桶水也挑不动，半桶水又觉太费时，加上不老到，一担水，一路上晃晃悠悠，一边晃一边洒，到了目的地所剩无几。又由于沿途洒水，路面湿滑，常常连人带桶从高处滚落低处，湿了衣裤是小事，还常被摔得鼻青脸肿。此时此刻，如果母亲在身边，尚能从母亲那儿得到安慰。如果母亲不在身边，一肚子苦水不知向何处吐，只得独自承受，擦掉泪水，咬紧牙关，默默地又干起来。

好不容易待到红薯藤长到满土的时候，又要进行一次翻藤和松根。之所以要对红薯翻藤，是为了避免红薯在成长过程中，其藤蔓会衍生一些新的根系，从而影响肥力和水分到不了母根，造成减产。之所以要松根，是为了避免土壤板结，影响红薯生长发育，进而减少产量。

到了挖红薯的季节，又是最忙的时候，不但挖红薯费劲费时，挖了红薯还必须一担一担地挑回家，就连红薯藤也不能抛弃，也要一根不漏地弄回家喂猪，好在此时此刻，有了收获的喜悦，再辛苦也不会觉得累。

30. 别说我不会酿米酒

本来，酿酒没小孩什么事，可我们家是特例。

农村人喜欢喝酒，农村里的成年男人尤其喜欢喝酒。可那时，很少有烈性瓶装酒，就是有，一般人也舍不得买。当然，为了治病，一些药酒还是会在可能的情况下，买一些的，比如，虎骨追风酒、国公酒、五加皮酒等，但这些药酒不会用来招待客人的，招待客人的是米酒。过年过节饮的酒也是米酒，米酒也叫甜酒，是用糯米酿制或高粱米酿制。每当来客，即便是没有任何下酒菜，也要向客人倒上一碗米酒，如果没有酒，凉水兑米糟也要来上一碗。

用糯米酿酒或用高粱米酿酒，是我们那个地方的一项传统工艺。因为工艺不复杂，所以每家每户都有人会做，只不过质量有高有低而已。

自打自己记事时候起，正常情况下，每家每户每年至少要做两次酒。一次是春节之前，另一次是春插之前。

春节之前做，以供节日里自饮和上门拜年的客人饮。那时，登门拜年的有两种客人，第一种是亲戚和朋友，第二种是同一个村子里的人。按照传统习俗，不论是哪一种拜年的，只要进了屋，都要敬上一碗酒、两个鸡蛋。

春插之前做，是因为春插是农忙季节，为了抢季节，大人小孩白天黑夜都很忙，尤其是成年男女。为了解乏，男人每天至少要喝上一两碗酒，即早上一次，晚上一次。再者，春插也是一件大事，一件喜庆的事，不是说一年之计在于春嘛，春天这个头开好了，预示着这一年有一个好兆头。

除此之外，就是红白喜事，如婚、丧、嫁、娶、寿庆等，因为这些红白喜事是要办筵席的。办筵席就得有酒，不是说无酒不成席嘛。

为了保证社员们有糯米做酒，生产队每年都要选择几丘好田用来种糯稻。

糯稻比粘稻要难种植，它苗高，容易倒伏，又容易遭虫灾，尤其是稻飞虱，最喜欢吃糯稻的叶子。

糯稻收割后，经过几次翻晒，达到了理想的干度，便按人口分给社员。

社员们将分得的糯谷，除了一小部分做糯饭或糯米粑粑吃，剩下的全用来做酒，做出来的酒叫糯米酒，也叫甜酒或水酒，不少地方叫醪糟，还有称糊子酒的。

如果糯米不够，那么就用糯高粱替代，我们那地方叫粟米酒。

那时候，生产队集体要种高粱，家家户户在自留地里也要种高粱。

我们种的高粱不是粘高粱，而是糯高粱，之所以家家户户都要种一些糯高粱，目的就是弥补糯米的不足，自酿高粱酒。

做甜酒的流程很简单，工艺也不复杂，但要做好酒，那还是有讲究的。

绝大多数情况下，做酒是男子汉的事，但也有不少女子也会做酒，我母亲就会做酒。由于父亲在城里工作，做酒的事，母亲责无旁贷，所以我从小就跟着母亲做酒。十三岁那年，母亲让我独立做酒，她在一旁看着。

做酒之前，我就精选了颗粒饱满、劲道可口的糯米，那时没有碾米机，脱了壳的糯米，却保留了一层皮，这种保留米皮的米，叫糙米。母亲说，若论做糊子酒，还是糙糯米好。

选好糯米后，稍微浸泡一下，再挑到水塘里淘干净。

那时候水塘里的水是可以直饮的。

糯米淘好后，接下来便是蒸煮。如果多的话，就用一个木甑蒸，少的话就用一个锅蒸。由于我这次是尝试独立自做，做得少，便用一个鼎锅蒸，蒸成八分熟以后，我便用竹编的箩筐装起来，凉十来分钟，又挑到水塘里稍稍浸泡一下，浸泡的同时轻轻地用手进行搅拌，将那些凝结在一起的一团一团的糯米饭搅匀搅散，然后趁着糯饭还有适当的温度，倒进一个瓦缸里，撒下一些捣成粉末的酒药，一边撒一边搅拌，将之拌匀。

此时此刻，有两个关键，第一个关键是酒药质量的好坏，酒药是用米伴随几味草药粉末，做成汤圆般大小，晒干以后，贮存起来，做酒时，便将之揉碎，揉成粉末，均匀地搅拌在糯饭里。好的酒药做出来的酒又香又甜，差的酒药做出来的酒又酸又涩。

还有，就是酒药与糯米是有比例的，如果比例过高，即酒药下的太多，那么酿出来的酒就会显得老烈。如果比例过低，即酒药下的太少，那么酿出来的酒就会变酸。

第二个关键是在搅拌过程中要搅拌均匀，如果拌得不匀，那就会酸的酸，甜的甜，我将酒药与糯饭搅拌均匀，并在中间留一个酒窝，又一层一层拍实，最后再在面上撒一层酒药。封闭后，再根据气候的不同，用稻草、蓑衣和棉絮包裹起来，保证其温度不低于二十度。

几天后，我打开其包裹着的棉絮，揭开缸盖，这时，酒缸的酒窝里已是满满的一窝酒，整个房间芳香四溢，酒气扑鼻。

如果你在现场，一定会情不自禁地伸出你的右手食指，从酒缸里挖出一把酒糟放在嘴里，尝一尝这酒的味道。

接下来便是用一个竹片编织的酒漏插进酒窝，这种酒漏实际上就是酒的过滤器，将酒与糟分离，滤出酒，留下糟。

那时候，村民们都很勤俭，酿出的酒，能吃的人吃，实在不能吃了便喂猪。一般来说，酒是用来招待客人的，糟却留给自己吃。

招待客人的酒，有时用酒壶烫一下，烫过的酒喝下以后，心里暖烘烘的，有时不烫，如果客人需要，则还要兑一点水，让人喝了以后，有一种凉飕飕的感觉。这种喝法，不会醉人，仅仅是解决口渴的问题。不喝酒的人，喝多了也不行，不知不觉中醉了，后发制人。

我喜欢吃米糟，而且我吃米糟，还有一个习惯，就是放在粥里，早上喝热粥，弄上一把，晚上喝凉粥时也弄上一把。有时下工归来，煮饭煮菜尚要一会儿，便先用凉水冲上一碗，一仰脖，连水带糟一口气便进了肚子，即解渴又解饿。

如果家中没有酒了，只有米糟，用米糟招待客人，也是常有的事。

新叔，是我们大队的副支书，资格比较老，在社员心中威信比较高。

一个盛夏的深夜，我大哥陪他去各生产队检查夜间治虫工作。

当走到最后一个生产队时，已是凌晨一点多，队长克俭知道他们有些饥渴，便用泉水兑米糟，让他们每人一碗。由于其米糟老、烈，便在他们两人的碗里各放了些糖精。放了糖精的米糟甜甜的，这种甜味把酸味盖住了，容易进口，然而喝下去以后，却特别醉人。对于喝酒的人来说，像这种米糟，根本算不上什么，可对于我大哥这个不会喝酒的人来说，这种酒，劲特别大。

那天晚上，我大哥一回到家里便醉了，醉得一塌糊涂，直到第二天中午才醒来。有人问他是跟谁喝的酒，他如实地告诉了问话的人。

新叔酒量大，当然没事，回到家里，倒头便睡，清晨起来又出工去了。

然而，就是我大哥这么不经意的一句大实话，可把新叔害惨了。

问我大哥话的人因为与新叔有矛盾，便写了一张大字报悄悄地贴在大厅屋门口，说大队副支书资某新贪吃贪喝，侵占群众利益。顷刻间，不但我们生产队的社员知道了这件事，全大队的社员也知道了这件事，尽管新叔多次出面解释，但仍然说服不了群众。

很快，公社也知道了这件事。

公社党委责成新叔在群众大会上作出深刻检讨，并接受社员的批判和斗争。

由于我大哥那时还不是大队干部，也不是生产队干部，所以，他没有受到任何影响。

现在回想起来，唉！不就是二两米糟，至于吗！？

31. 豆腐味道

除了做酒，还有一件事，也是那时的孩子们喜欢掺和的一件事，那就是做豆腐。

其实，做豆腐是辛苦的，不但主灶的成年人辛苦，参与的孩子们虽然只是打打下手、做做杂事、跑跑腿，却也不轻松。例如：磨磨豆子、烧烧火、看着鸡鸭、看着狗、挑挑井水、刷刷锅。

那个时候，村民们不是很富有，只有过年，才会家家户户做豆腐。人口多的家庭，会做上三套（一套为六到八斤豆子），人口少的，至少也会做一套，一般的人家都做两套。做出来的豆腐除了做油炸豆腐，就是做豆腐乳。

由于那时候很少有专门的豆腐店，即使有，也是在圩镇上，离我们村子很远，且要做的人多，忙不过来，所以，过年时的豆腐，绝大多数是各家自己做。

由于做豆腐是个力气活，在我们资家大屋村，绝大多数都是成年男子做豆腐，一般的男子对做豆腐的工艺和流程，都能说出个子丑寅卯来。而那些缺乏男劳力的家庭，则会请求别人帮忙，或端着豆子到别人家里做，或邀请会做的男子到家中帮助自己做。

　　我是很小就跟着伯父学做豆腐的。一开始，不懂事，伯父操盘做豆腐，我们跟着玩，耳濡目染，也能说出个一二三来。稍懂事后，伯父见我有心学做豆腐，便言传身教，我虚心好学，一边打杂，一边学习。

　　那时，我们家过年要做两套豆腐。事先，母亲就将黄豆用清水浸泡好，到了要做的那一天，才把浸泡好的豆子捞出来，换成新的清水，接着便是用石磨连豆带水磨浆。

　　每次磨浆，都是我与母亲推磨，母亲一手转磨，一手用勺子不停地往磨眼里放豆子，我则用车杆子套在石磨的扶手上，推着石磨打转，由于个子矮，还不得不借助凳子垫高自己。

　　豆浆磨好了，接着是煮浆、榨浆。煮浆得用一口大锅，将大铁锅架在柴火灶上，将磨好的豆浆倒进大锅里，每每这个时间，母亲就叫我往灶膛里添柴加火。

　　榨浆则是将煮好的渣浆用一个布袋装起来，然后放在一个特制的木桶里揉榨。这个桶之所以是特制的，是因桶身很高，中间有一层带数个孔眼的隔板，这个隔板可以取下来，所以这个桶叫榨浆桶，除了榨豆腐浆，别无他用。榨浆时，需要榨浆的人使劲地搓揉，将豆渣里的浆完全榨出来，让渣和浆分离，这个活一般是我做的。

　　榨完浆，又要把浆再煮一次，当煮到一定程度后，再冲进两个木桶里，这叫冲浆。冲浆之前，需用卤水对木桶内壁刷一次，这叫点浆，这是做豆腐的关键点。为了检验卤水放的是否合适、恰当，点浆人会用竹刷上的一根竹签扦进豆浆里，如果竹签不歪，说明成功。如果竹签是歪的，就说明还要补卤。

豆浆在木桶稍凉后便开始起皮，这个皮叫豆腐皮，是我们儿时的喜爱之物。母亲知道我们爱吃，一有皮就捞上来，放在木桶的扶手上凉着，等攒够了五块，才分发到我们兄妹五人手中，有时则给我们每人一小碗豆浆。为了吃到豆腐皮，我们常常守在木桶旁边，撅起小嘴使劲地往桶里的豆浆面上吹，目的是想让豆浆表面冷快一点，多产生一块豆皮。成了块，叫豆花，也叫豆脑。我那时很喜欢喝豆脑，这个时候总要缠着母亲来一碗，母亲知道我喜欢吃甜的，在装豆脑时，总要多放些糖。

接下来是将豆花装箱，并用石头压箱，这种木箱是特制的，是专门用来压豆腐的，箱内及箱盖都刻有方框的线条，方便切割和计算。

经过几个小时的重压，豆花里的水被压出，木箱里的豆腐形成了一整板，接下来便是根据需要将豆腐划成块状。到此为止，制作豆腐的整个流程才算完结。

现如今，村人们都不自己磨豆腐了，要吃豆腐就到圩镇上去买，或者，拿着豆子到豆腐店定制，所以，如今的孩子们不但不会参与做豆腐，对怎么做豆腐可能是一概不知。

32. 那一次换房墙

也许是因为太穷的原因，在那个年代，我们村竟然没有一栋像样的砖瓦房，清一色的全是土砖房。

土砖砌成的房屋自然不牢固。

用土砖砌的房，开始几年还可以，不走样，也不会变形。然而，随着时间的推移，长时间的日晒雨淋，加之土砖结构的不坚固、不稳定，以及砖与砖之间用泥勾的缝黏合性差，十几二十年后，其墙体便开始倾斜，或开裂，或鼓突。如果是直接遭到暴雨袭击，或因屋顶漏雨冲刷的墙体，那么就会更加破损，甚至倒塌。所以，一般情况下，凡土砖砌的房屋，到了一定的时候就要进行修缮。

在农村，修缮房屋是一个家庭的一项重大事情，一个人一辈子能经历一两次，是难以忘怀的。我的童年就经历过一次房屋修缮。

那时，自己虽未成年，无须为此作太多的付出和担当，但其中的艰辛是有体会的。

修缮房屋有两种方式：一种方式是将旧房拆除，连同屋基重新构建；另一种方式是在保持屋顶不动与其整体结构不变的前提下，换墙垛。

我家的住房是祖屋，土木结构，坡屋顶，土墙青瓦，上下两层。依山而建，一条窄窄的泻水道从房子底下通过。每逢下大雨，从山上直泻而下的山水，全部涌进那条窄窄的泻水道。可因水道太窄，山水便通过墙缝直往屋里涌，于是屋里便成了水塘，水面上漂浮着鞋子、脸盆、脚盆、木桶等漂浮物，鸡们、猫们便诚惶诚恐地爬上了楼梯。

每当这个时候，我们兄弟姊妹便会齐心协力，提桶的提桶，端盆的端盆，往屋外泼水。

因受雨水、山洪的侵袭，砖墙渐渐地倾斜，屋顶不断地漏雨，如不及时修补，随时都有倒塌的可能。

这一年冬天，在母亲的张罗下，我们便开始修缮房屋了。

修缮房屋虽然不像盖新房那样复杂，但却一点也不省事。

那一年，奶奶九十八岁，我们兄妹五人都还没长大成人，典型的上有老下有小。

如果仅凭母亲一人就能将旧房修缮好，那可是大错而特错的事。

在父亲没有参与的情况下，母亲之所以敢承担修缮土房的责任，是因为我虽没长大，但因为涉世过早，可以承担起一个男子汉在家庭中的地位和作用。修缮过程中，从挑泥制砖，到挑砖上墙等一些力气活，除了母亲，主要是我。因为弟弟、妹妹太小，重的力气活做不了。

当然，当时的生产队也是我们家修缮房屋的依靠力量。

其实，在那个时候，不论谁家修缮房屋，都离不开生产队的支持和帮助。

为了支持和帮助我家修缮房屋，生产队队委会专门进行了研究和安排。

首先是同意我们选择制土砖的稻田。

因为是用土砖砌墙，制砖是修缮房屋之前一道十分重要的工序。

伯父告诉我，要想制成坚固耐用的土砖，选泥是重点。一般来说，要选择那些黏性比较强的黏土，而非那些砂性强的砂土。如要选择黏性较强的黏土，那就非水稻田不可，砂性强的旱土是不行的。

许多情况下，制砖的时间一般选在无雨且艳阳高照的秋冬两季，这个时间段制出来的砖才会干得快，干得透。同时，也因为此时此刻，一些水稻田闲着且已经干涸。

在确定修补的房屋需要多少土砖时，就开挖一块多大的泥土，其形状一定是圆形，之所以要成为圆形，是便于水牛踩拌。

稻田是生产队集体的，使用任何一丘稻田里的泥土，必须经过生产队队长批准同意，在得到批准同意后才开始实施。

接下来便是开挖田泥，我用了整整一上午时间，挖出了约两分地的田泥。

当田泥被翻过来后，我又按照伯父的嘱咐，在田泥上铺上一层薄薄的稻草，再洒上一些水，然后便牵上一队水牛，在翻开的田泥里转着圈地反复踩踏。通过这种踩踏，一是将稻草揉进田泥里，二是增加田泥的黏合力和柔韧度。

通过水牛踩踏过的田泥达到一定的程度后，接下来便是制砖。

制砖的工具是砖架，还有一只水桶。

砖架是用木板按照传统的长方形规格做成的，即长 × 宽 × 高，内径是三厘米、六厘米、九厘米。制砖前，要选择一块平地，并在平地上撒上一层干沙。如果平地有草就更好。制砖时，先将砖架置放在一块平整的地上放稳，然后将挑上来经过水牛踩踏的田泥铺满砖架，或踏进一只脚，或用拳头将四角塞满，再用沾水的手抹平泥面，最后双手抓住砖架两头的粗绳，轻轻往上一提，一个土砖便制成了。

要保证做出来的土砖平整光滑和方正，还有两点很重要，一是在往上提砖架时，需要身正力匀，上下垂直用力；二是要时不时地用带泥浆的泥水抹洗砖架，保持砖架光滑。

为了保证砖的质量，伯父专门负责制砖，而我则专门负责挑泥，整整的两天时间，扁担把我的衣服磨破了，也磨破了我肩上的皮。

做好的土砖经过一段时间风吹日晒后，可以搬动了，就用菜刀一个一个地对其修整，然后垒成一垛一垛。垒垛时，需注意砖与砖之间保持一定的空隙，便于通风。

又通过一段时间的风干，土砖已经干透，达到了理想的硬度，便可以上墙了。

生产队安排松爹等四名有修缮房屋经验的社员帮助我们拆墙、砌墙。

松爹等人在看了要修缮的墙垛以后，便从生产队借来一些木料，先用木料将楼撑住，再用木料撑住屋顶，并揭开房垛上屋顶的部分青瓦，然后才开始拆墙垛。

那时，左右隔壁邻居的房屋都是紧密相连、共墙共垛，整个村子都是这样。不像今天，紧挨着的两家邻居，也是各砌各的墙垛。所以，那时修缮旧房都要涉及两家，两家之中，如果有一家不同意，那么修缮房屋也就成为一句空话。

不过，就我所知，在我们资家大屋，共墙垛的邻居之间只要有一方提出要换墙，另一方就会全力支持、配合，并且责无旁贷地积极参与进来，同心协力把墙换好。

与我们家右边共墙的是球哥一家，母亲与球哥一商量换墙的事，球哥二话没说，立马同意，不但同意，还积极承担起相应的任务。

公共房墙拆除以后，紧邻的两家无遮无拦，真的应验了那句话：砌上墙是两家，拆了墙是一家。

　　为了方便两家各自的生活起居，松爹等几位师傅加班加点，两天就将墙砌到了二楼。可就在这时，已经晴了好几十天的天空突然变脸，气温由二十来度降到几度，暖暖的南风变成了呼啸的北风，明媚的阳光不见了，迎来的是无休无止的霏霏细雨。

　　可是，我们的墙垛还没砌上去，房顶的瓦揭开后还没盖上，那呼啸的北风直往屋里刮，霏霏细雨一个劲儿地往屋里飘。

　　母亲那个急哟！奶奶那个急哟！我心里那个急哟！

　　其实队长旺叔更急，邻居球哥更急。

　　队长旺叔立即派人将几张稻谷板桶围挡送到我们家，让松爹师徒四人立即上房，用围挡盖住屋顶。

　　屋顶虽然被盖住了，但由于北风呼啸，吹得那围挡呼呼啦啦，上下翻飞。如果不及时砌上墙垛，盖好屋顶，一旦大雪纷飞，寒潮来袭，恐怕过年也过不好。

　　队长旺叔见状，又立即组织一部分社员，日夜加班，砌墙的砌墙，盖瓦的盖瓦，仅仅两天工夫，就将墙垛换好，屋顶盖好。

　　"好啊！冻不死我了。"奶奶激动地说。

　　"多亏了队里的人们帮忙，我们可以安心过年了。"母亲感叹地说。

　　八年后，我离开家乡走进了军营。

　　再次进入祖屋时，已是二十年后的一个下午，烟雨朦胧中，展现在眼前的是断壁残垣、破败不堪。

俗话说："人杰地灵。"在我参军后的第二年，奶奶就去世了，几个弟弟、妹妹也先后考上学校参加了工作，母亲也在第六个年头进了城里。

毕竟是土砖砌成的，加之无人打理，土房很快便成了眼前的这种样子。

下　辑

1. 玩 球

说到玩球，如今的孩子们会玩乒乓球、篮球、排球、足球、羽毛球、网球等等，不少的孩子不但会玩，还懂得一些球的有关知识。然而，我们那个时代的孩子，尤其是农村里的孩子，叫得出名且能够玩的只有篮球、乒乓球，还有就是皮球，其他球，别说玩，连名字也没听说过。

（1）玩乒乓球

严格地说，我不会打乒乓球，充其量，懂得一点打乒乓球的皮毛，实际上，连打乒乓球的门槛也没进入。

但是，我从小就喜欢玩乒乓球。

玩乒乓球离不开球、球桌、球拍、球网。可是，别说在当时的穷乡僻壤里，就是在当时农村小学校，要想这几件正正规规的装备也很难。

记得在大队小学读小学时，同学们打乒乓球，没有像样的规范的球桌，球桌是用六张课桌拼起来的。既然没有规范的球桌，那么球网也是没有的。体育老师在课桌中间的两边，各用一块红砖头支撑起一根竹棍，竹棍横放，再不然就用一块成人巴掌宽的木板立在中间充当球网。不过球拍和球都是商店里购买的。

　　仅仅在学校玩一玩乒乓球，算不上是一个真正的乒乓球爱好者，如果能在回到家以后千方百计、因陋就简地玩，那才真正是乒乓球的爱好者。

　　在我们生产队，与我们一般大小的男孩、女孩几十个，会玩乒乓球的不多，但迷恋乒乓球的不少。一些小伙伴不但在学校利用一切机会玩，而且会在回到家里后，也想尽一切办法玩个痛快。

　　在村子里玩乒乓球，同样得具备一定的条件，能有一个摆得下乒乓球桌的场地，还有球、球桌、球网、球拍，这几样东西必不可少。如果要花钱购置这几样东西，那个时候，别说一个农村孩子，就是一个城里的成年人，也是很难做到。当然，作为一个学校、一个单位、一个部门，为丰富干部职工的业余文化生活，再困难也会千方百计地挤出一定的经费来做这件事。

　　好在乒乓球便宜，家家户户都买得起。一段时间里，我们的书包里，几乎都有一个乒乓球，一有时间，我们便掏出来把玩，或往空中抛，或往墙上砸，或往地上拍。后来，我们不满足这种玩法，书包里又多了一块与球拍大小差不多的木板。如果有场地，有球桌而没球拍，我们就用这块木板当球拍。如果既没场地，又没球桌，我们就用木板玩扣球、玩颠球、玩抽球。

　　乒乓球是两人之间或四人之间互相击打的一项运动。

要玩乒乓球，首要的问题是解决球桌和一个能容纳球桌的场地。一个乡间小村，哪里来的球桌，哪里会有一个能容纳两张乒乓球桌专供玩乒乓球的场地。在如今孩子们的眼中，没有球桌，没有场地，便玩不起乒乓球。可我们那个时代，要想玩得开心，没有条件，创造条件也要玩。没球桌，没场地，那就因陋就简，用什么东西替代也行。

见过大队小学用课桌拼起来做球桌，于是，我们也想用饭桌拼接做球桌。可一般情况下，每家每户只有一张饭桌，如果用饭桌拼接代替乒乓球桌，那就至少得有两张饭桌，可那时一个家庭有一张饭桌就不错了，有两张饭桌的家庭几乎没有。再者，我们那时尚小，个头高不出桌面多少，要抬着饭桌进进出出也很不方便，而且，各家的饭桌大小、高低不一，拼在一起，打不了球。

那就用门板试试，有人提议。

这是个好建议，虽然，门板的长度不如两个乒乓球桌的长度，但比拼在一起的两个饭桌长。

那时候，我们农村家家户户的房门都是两扇木门，结构一样，只是大、小不同而已，取门、上门难度都不大。

我至今记得，我们第一次用门板当乒乓球桌玩乒乓球，是在云生家。那天是星期六，放学放得早，放学路上我们几个人就相约，先不回家吃饭，先到云生家玩一会儿乒乓球。

当我们到了云生家时，云生的爸爸上工去了，我们可高兴了。

云生家的房屋不是很大，所以门也不大、不厚。我们几个人齐动手，顷刻间便把两扇木门卸了下来，拼接在厅屋中间的两张长条凳上。没有球网，云生又找出四块砖头，在门两边的中间部位各叠放两块，然后在上面横放一根扁担，扁担两头均搁在砖头上。

"谁带了乒乓球？"我话音未落，其他几个人几乎是同一时间从各自的书包里拿出自己的乒乓球。

"可还是不行，没有球拍，怎么玩。"道校用衣袖擦了一把流出来的鼻涕后说道。

这时，只见道开不慌不忙地从柴火堆里捡出一块长条木板，说："将它砍成两截，不就是两块乒乓球拍吗？"

我一看，这木板才三指宽，怎么砍也砍不成一个乒乓球拍，我摇摇头。

云生说："将就点吧。"然后拿起柴刀将木板砍成了两截，应付一下当天的玩兴。

这一天，由于人多，我们实行淘汰制。

大家排着队，轮流上阵，实行五分制，谁输谁下，谁赢谁留。

打这后，我们便经常在放学后到云生家里玩乒乓球。

再后来，我们几乎每个人都有了自制的球拍。有的用废弃的水车车叶改制的，有的用木板仿制，算是像模像样了。

（2）玩篮球

我是在大队小学读的一二年级，由于受诸多条件的限制，学校设备设施极为简陋，不但没有篮球，也没有篮球架。所以不知道篮球是个什么玩意儿。

我第一次见到篮球，是在进入公社完全小学读书以后。那是三年级上学期的一节体育课，操场上，体育老师安排女生跳绳，男生玩篮球。当时老师并未拿着篮球进操场，而是安排我进入他的办公室去拿。

由于我过去从未见过篮球，不知道篮球是什么样子。当我进入体育老师办公室找了一遍后，发现角落里堆放着大、中、小三种不同的球，却不知道哪个是篮球。我心里想，房子里虽然有大、中、小三种球，但皮球我认识，那中号和小号的都是皮球，从未见过的那个大的，应该也是皮球吧。于是，我抱着大皮球来到操场，怯怯地递给老师，说道："老师，我没找到篮球，只找到一个大皮球。"

"你抱的不就是篮球吗？！"老师微笑着从我手里接过篮球，同学们哄堂大笑。

这一节课，老师简单地给我们讲了篮球的基本知识。

也许孩童时代对什么都新鲜，对什么都好奇，从此，我便迷上了篮球，一下课就老想着玩篮球。可是，当时学校设备设施很简陋，全校几百个学生就一个篮球，且没有专门的篮球场，篮球场就是在全校师生做广播体操的操场上。操场是用黄泥筑就，雨天不能使用，在操场的一头有一棵老槐树，槐树底下立着两根木柱，木柱上端钉着几块木板，木板上安装有一个篮筐。

一到课间休息，许多男生便都往体育老师办公室跑，都想第一个抢到篮球。可由于我们低年级学生年龄小、个子小，根本抢不到篮球，篮球都被高年级的男同学抢走了。我们只能站在操场的一边，看人家怎么运球，怎么投篮。

好不容易等到放学了，同学们都要回家了，我心里想，这一下总该可以到体育老师那儿抱出篮球玩一会儿了。谁知有我这种想法的同学不只我一个，等我放学后跑到老师办公室抱篮球时，那篮球早已被人抱走。

大树是我们学校的高个子，他比我高两个年级，我读四年级时，他已是六年级的学生。六年级是我们学校最高年级的班，而他又是班里最高的学生，正是因为他高，所以他最爱打篮球。而且他对篮球悟性很好，篮球玩得最好。只要他在球场上出现，其他喜欢玩篮球的人就相形见绌。所以，尽管大家都不知道篮球怎么个玩法，但观看他玩球的人自然很多。不仅男同学喜欢看，女同学也喜欢看。大家喜欢看他投篮的样子，也喜欢看他运球的样子，还喜欢看他抱球的样子。

由于我与他是一个村子里长大的，我对他除了有一种浓浓的乡情外，还有一种骄傲和自豪，所以每一次他在球场出现，我都会在一旁呐喊助威。也许他与我一样，有那么一种浓浓的乡情吧，每次玩球只要见到我站在旁边，总要将到手的篮球递给我，让我玩几下。有时候，看到有人从我手里抢走篮球，他会第一个冲上去，从别人手中夺过来再归还于我。

他知道我喜欢玩篮球，回到家里，便用铁丝围成一个圈，插在他家房门左边的墙上，代替篮筐。因铁丝太软，不稳固，他又用木条做成一个四方筐，钉在墙上。没有篮球，便用吹鼓的猪尿泡或臭皮柚子代替。

一有空闲时间，便叫我到他家练习投篮。

不久，大树从他舅舅那里要来一个旧篮球，他舅舅原本在一所中学当体育老师，家里有许多被淘汰的篮球。有了篮球，村里的小伙伴都往大树跟前凑。为了能从大树那儿得到篮球玩一会儿，有的小伙伴会从家中拿来零食送给大树，大树倒也大方，不管谁向他讨要篮球玩，他都会尽量满足。

遗憾的是，大树他舅舅给了他篮球却没有同时给他一个打气筒，几天后那篮球玩着玩着便没了气。我们几个小伙伴对着那打气筒针眼轮流吹，腮帮子吹破了，也没把篮球吹起来，此时此刻我们的心情就如同这个没了气的篮球，一点精神也没有。

也许小时候喜欢玩篮球，长大后，打篮球便成了自己的业余爱好，多次参加过篮球比赛，并先后担任过中学校篮球队副队长和单位篮球队队长。

（3）玩皮球

说起皮球，现在的孩子们可能不知道皮球是什么样子，即使知道，也是一知半解。

　　记得小时候读书，语文课本里有一篇课文，题目叫《皮球浮上来了》，说的是几个小孩一起玩皮球，玩着玩着，皮球掉进了树洞里。

　　怎样才能将皮球从树洞里拿出来呢？大家想了很多办法，都不理想。这时，一个小孩说出了自己的想法："水，用水。"

　　就在大家还在云里雾里时，那个小孩提了一桶水，往树洞里一倒，那皮球便随着水位的上升浮了上来。

　　不知道现在的小学语文课本中还有没有这一篇，如果有，那么，但凡读过这一篇课文的，会通过课文里的文字，对皮球有一个粗略的感知；如果没有读过，那就恐怕对皮球的点滴感知都失去了。

　　不过，在一些幼儿园里，尚有小皮球供孩子们玩耍，然而一旦他们走出幼儿园大门，他们就远离了皮球等玩具，从此便与书本为伍，一直到初中、高中或大学。

　　即便是幼儿园的孩子，他们要玩的东西太多了，谁还会玩皮球呢？再者，哪个商店还在出售皮球呢？"皮球"二字对于现在的一些孩子们来说，那是已经很遥远的事情了。

　　我们小时候的农村没有幼儿园，不会像今天的孩子们一样，可以在幼儿园尽情地玩耍，我们只能是玩一玩泥巴、玩一玩石头，能有一件称心的玩具，那可是很开心的事了，尽管皮球是一件简

单的玩具，但我们还是喜欢得很。

我们那时之所以喜欢玩皮球，一是因为供我们小孩子玩的东西太少；二是因为玩皮球简单；三是因为皮球价格便宜，一般的家庭买得起。

皮球有大有小，小的比乒乓球大一点，大的比排球小，中等的也有苹果那么大。当时，我们一般都喜欢玩小的或中等的，因为小的或中等的皮球，拍起来好把握。

对，皮球主要是用来拍着玩的。

　　往往是几个小伙伴在一起轮流拍皮球，看谁拍的个数多，拍的个数多的是赢者，拍的个数最少的是输者。会拍的，一口气拍几十几百个算不了什么。不会拍的，费尽九牛二虎之力，也拍不了几个。如果男生女生在一起玩，由于女生有耐心，又细心，一般情况下，女生比男生拍的个数多。那时，翻开女生的书包，大多女生的书包里都有一个小皮球。所以，相比之下，女生更喜欢拍皮球，课余饭后，几个女生一凑，就拍开了，大家一边拍皮球，一边唱着拍皮球的民谣，还一边说说笑笑。

　　毛妹子是我们生产队当时小伙伴中最会玩皮球的，她一口气可以拍五百多个，我们都败在她的手下。

　　在我们男生眼里，皮球不仅仅是用来拍的，有时候，我们男生还拿着皮球抛，看谁抛得远。女孩子自知力气不如男孩子，不敢跟男孩子比抛球。可当球抛出去后，就会不分男女跟着球一窝蜂地往前追，不顾一切拼命地抢，那场面有点像外国人抢橄榄球，轰轰烈烈，无拘无束。

2．玩　钓

（1）钓鱼

我从小就喜欢钓鱼。不过，一开始，我只能看别人钓鱼。

还在我三四岁时，就会坐在垂钓人的身边，静静地看别人如何钓鱼，看别人钓鱼的工具，看别人钓鱼的动作，看别人钓鱼的表情，看别人钓鱼的收获。

我会跟垂钓人一样，死死地盯住水面上的浮标，眼睛一眨不眨，会因为浮标沉浮而慌乱和紧张，也会因为鱼上了钩而高兴和激动，还会因为钓到的鱼儿又跑了而惋惜和遗憾。

有时，垂钓人因为吃饭、上厕所或别的什么事暂时离开一会儿，从而吩咐我帮他看钓。我会因为将上了钩的鱼钓上来，从而得到垂钓人的赞扬和鼓励；也会因为方法不当，将上了钩的鱼放跑了，从而遭到垂钓人的呵斥和责骂。

有时，由于观看别人垂钓太过专注、太过入神，常常忘记了时间，以至于忘记了吃饭，忘记了回家，也因此而遭到母亲的教训与责备。

我多么想有一根属于自己的钓竿啊！

　　那时候，村人的钓鱼工具都是自制的，谁都不曾想过可以到渔具店里买。其实，那个时候没有专门买钓具的商店，商店里也买不到钓具。远离城镇，远离大海大湖、大江大河的小山村尤其如此。

　　那时候，村人的钓鱼工具其实很简单，就是一根竹竿拴上线，绑个浮标，挂个小钩就可以了。不似如今的钓鱼工具千奇百怪、花样繁多。有机会到渔具店浏览一下，各种钓竿琳琅满目，各种钓钩目不暇接，还有许许多多钓鱼的辅助工具，几乎是令鱼儿们匪夷所思、防不胜防。

　　心动不如行动。

　　我拥有人生中的第一根钓竿就是自己亲手做的。

　　记不清是哪一年了，也就是自己七八岁左右吧。那是一个春光明媚的日子，上午，在学校听了语文老师讲《小猫钓鱼》的课文，放学路上，我就一边走一边想，人家小猫都有自己的钓鱼竿，我为什么不能有呢？

　　我回到家里，将书包一丢，不吃饭，翻箱倒柜，找出一些做钓竿的材料：一根竹棍、半截高粱秸、一根麻线、一颗大头针。

　　竹棍是从做豆角墩的旧材料中找到的，在成年人眼里，这种竹棍是不适合用来做钓竿的，又短又细又不直，但在我们小孩的眼里，有这么长这么粗的棍子就可以了。没有专门的钓鱼线，我就用母亲纳鞋底的麻线代替，其实，我也不知道专门的钓鱼线是什么。没有专门的浮标，就用一截一寸来长高粱秸代替，用麻线将高粱秸捆绑起来，算是有了浮标。最后就是制作鱼钩。那时，村人不知道鱼钩可以从商店里买，也不知道商店卖的鱼钩是什么样子，村人祖传下来制作鱼钩的方法，是用一根纳鞋底的针，在油灯上烧红以后，用钳刀或剪子将其弯成钩。可自己那时还小，没那个力气弄弯一根针，当然也是怕弄不好，扎破手指，好在父亲废弃的纸堆中有一份材料纸是用大头针别住的，于是我取下了这枚大头针，这大头针的材质不是钢，而是铁，有柔韧度，用不着放到油灯上烧红，就可以将之弯成钩，就这样，我的第一根鱼竿做成了。

随着年龄的增大，我又有了自制的第二根、第三根等多根钓鱼竿，其质量也越来越好。

然而，好的钓鱼竿还需要有好的钓鱼技巧、好的钓鱼心态。

鱼儿能不能咬钩，很大程度上取决于鱼饵，我们那个时候钓鱼的鱼饵很简单，要么是蚯蚓，要么是蛆，要不米饭粒也行。

蚯蚓好说，农村的泥土里到处都有。但是蚯蚓也是有选择的，在我们那个地方，泥土里的蚯蚓有三种：一种是青蚯蚓，一种是泥本色，还有一种是黑色的。最好的是草青色蚯蚓，特香，又有柔韧度，鱼儿特别喜欢吃，我们一般都用青蚯蚓做鱼饵。

至于用蛆做鱼饵，一般都是成年人使用。那时，我们家家户户都有一个旱厕，旱厕里的蛆有的是。成人们用粪勺子从旱厕里连粪与蛆掏出来一勺子，然后再用草木灰进行搅拌，钓鱼时，把蛆挂上鱼钩即可。为了吸引更多的鱼儿咬钩，还会时不时地将用草木灰拌好的蛆作为打窝的饵料。

我们村远离大海大湖、大江大河，有的只是山塘水坝、小渠小溪，所以，我们钓鱼自然没有那种浩浩荡荡、扬扬洒洒的派头，有的只是那种和风细雨、平心静气的兴情。

虽然，我们村山塘水坝不少，但令我们小伙伴流连忘返垂钓的地方，一个是门前塘和马桶塘。这两口塘大小差不多，只有一亩多地，但因为就在村子前面，无须走很远的路。另一个是村子左前方的思笔塘。思笔塘水域较为宽阔，大约有四十来亩的面积，但由于视野开阔，水好鱼多，加之离村子近，所以也是我们小伙伴们经常光顾的地方。

这三口塘里的鱼，大多是野生鱼或因为暴雨发大水时上游池塘里跑出来的鱼，且大多是我们小伙伴们喜欢钓的鲤鱼和鲫鱼。

其实，我们那时钓鱼的目的，不仅仅是为了能钓上鱼，而且也是为了好玩。所以我们在钓鱼的过程中，远不如成年人沉得住气，有的孩子在钓鱼的过程中，东一榔头、西一棒子，坐不住、静不下、闹不停，如同课文里说的小猫，一会儿捉蜻蜓，一会儿追青蛙，鱼咬钩了，也不知道扬竿子。一旦别人鱼咬钩，又围观起哄，咋咋呼呼，甚至恶作剧，向浮漂扔石块，借以赶走鱼群；更有甚者，见别人有事离开钓鱼地，便悄悄地拉起人家的钓竿，在鱼钩上挂上烂布、破鞋。

尽管如此，被玩弄的小伙伴也不会因此而大打出手，最多玩笑地骂几句、挥几拳。同为村中小伙伴，相互间被别人玩弄和玩弄别人，都避免不了。

我那时虽然小，对于钓鱼只当是玩事，但却是认真的。按如今垂钓者的说法，钓鱼是一件修身养性的事，垂钓者，要全神贯注、精力集中、一心一意。我虽不懂什么修身养性，但我在钓鱼时，喜欢安静，不喜欢咋咋呼呼、高声喧哗；我讨厌那种咋咋呼呼、高声喧哗的人。我钓鱼时，不会在乎钓上的鱼多与少、大与小，不会因为钓到很多的鱼、很大的鱼而兴高采烈、洋洋得意，也不会因为没钓到鱼或钓到的是小鱼而闷闷不乐、垂头丧气。

母亲一向不赞成我钓鱼，因为毕竟是在水塘边的玩事，稍不小心就会有掉进水里被溺死的可能，所以每次我钓鱼归家，无论手中有无用狗尾巴草串起来的鱼，她都要数落我几句。

当然，我也是非常小心的，生怕有些许闪失，更何况每次钓鱼，都不只我独自一人，我们有一帮爱好钓鱼的小伙伴，小伙伴之间能够互相照应。

时至今日，每当我出去钓鱼时，脑海中时不时地总会浮现小时钓鱼的情景。

（2）钓蛙

前不久到乡下老家吃喜酒，闲暇之余，便与一发小一同到曾经劳作过的田野上走走。此时此刻，正值万物勃发、禾苗孕穗，又是雨后天晴、软风习习。我们一边走一边聊着，孩童时的一幕幕历历在目，恍如昨日。

当走上一座小石桥时，我突然想起儿时在石桥上钓青蛙的情景。于是惊讶地发现，我俩一路走来，两里多路的田间小道竟没碰到一只青蛙，甚至连一只蝌蚪也没发现，也不见其他小动物，非常安静，且安静得出奇。除了我俩的说话声和脚步声，别无其他声音，死一般的静谧，死一般的沉寂。

想儿时，随便从什么田埂上走过，那都是热闹非常，飞的、跳的、爬的、游的、叫的、唱的、喊的、闹的。

同样是这一段路程，同样是这个时段，出现的情形为何会大相径庭。

我把心中的疑团告诉发小，发小一听，先不回答我，而是哈哈一笑。那笑声中带着几分苦涩，带着几分无奈。

笑完，发小告诉我："这种现象有好些年了，不仅仅是我们这里，所有乡村都是这样。"

"为什么会这样呢？"我问。

"唉！化肥、农药闹的呗。"发小长叹一声后说。

"哦，这个我听说过。"我点头道。

"你是知道的，我们小时候见到的那种情景，是因为农村种庄稼使用的是农家肥料，不是化学肥料，也不用农药治病、治虫，而是用石灰、草木灰等土方土法治病、治虫。哪像现在，不使用农药化肥便种不下庄稼、蔬菜。正是因为长期使用这种农药、化肥，田野里的许多生物都遭受到了灭顶之灾。一些过去随处可见的动物再也不见了踪影，比如说青蛙、泥鳅等。"发小说完，感叹地摇了摇头。

我们农村孩子是光着屁股在田野里滚大的，对田野里飞的、爬的、游的等一些动物不但熟悉，而且还有一种特别的亲近感。还在我们五六岁左右的年纪时，我们就光着脚丫在田野里捞蝌蚪，稍大一点就追青蛙、捉蜻蜓、抓蚱蜢，摔倒了爬起来，爬起来又摔倒，满身的泥水，就像泥猴子似的。

在一个阳光明媚的早晨，我背着书包高高兴兴地上学去，踏着早晨的露水，走在石板铺成的路上，也许是因为受到惊吓的缘故，一只只蹲在路两旁的小青蛙纷纷跳进稻田里，我一时兴起，忘记上学的时间，便尝试钓小青蛙。与其说是钓青蛙，倒不如说是逗小青蛙。

我从稻田田埂上拔下一根已经结了穗的稗子，去掉稗衣，留下稗秆，撸掉一部分稗穗，留下穗尖上的些许颗粒，够小青蛙一口吞下就行，然后蹑手蹑脚地进入到一条田埂上，瞅准了有小青蛙的地方，便将有稗穗的一头轻轻地垂下去，垂到小青蛙的身边。

也许是小青蛙不懂事，或许是小青蛙嘴太馋，见身旁有响声，以为是自己可以吃的小动物，于是便奋不顾身地扑上去，张开嘴巴一口咬住那把稗穗。我见青蛙上了钩，连忙一抬手，抓住稗秆用力往后一甩。也许知道自己上当了，小青蛙连忙松口，却被重重地摔在稻田里，幸好稻田里有水，小青蛙并未被摔死，只是被摔晕了头，待同行的小伙伴光脚丫下田捉它时，它一翻身钻进水里不见了。

其实，我心里都明白，这样钓，是钓不上青蛙的，即便是钓上了，又因太小，玩一阵，又将它放了。

到后来，自己又大了几岁，懂的事也多了一些，感觉以前那种用稗穗钓蛙的办法只是好玩，于是便尝试着用成年人钓蛙的办法。

我找了一根竹棍，一头拴着一根从母亲针线箩里偷来的麻线，要去田间钓蛙时，便事先用那根麻线捆住一小块沾了水的旧棉花，再不然就捉一只蚱蜢捆在上面。伯父告诉我，蛙族有一个特点，大的吃小的，如果你用一团湿透了的旧棉絮在它眼前晃悠，它以为是比自己小的同类，如果你用蚱蜢当诱饵，那正是它的最爱，由于贪吃，它根本不会顾及其中的陷阱和危险。

那是某年暑期的一个中午，几个小伙伴一溜儿跟在我的身后，我们手持钓蛙棍一路前行，寻找钓蛙的最佳位置。

当我们来到一棵大苦楝树下时，只见几只不大不小的青蛙，在树底下的水田里乘凉，一副懒洋洋的样子，惬意极了。我朝后面的小伙伴打了个手势，示意不要喧哗，然后举起钓竿将绑着旧棉絮的诱饵放了下去，放在一只青蛙跟前。我满以为那青蛙会一口将诱饵吞下，可谁知那青蛙一动不动。我一看急了，寻思是不是青蛙发现不了，便从一小伙伴中换过一根捆绑有炸蜢的钓竿，将那炸蜢直接放在青蛙头上，不想那青蛙往旁边挪了一下，然后回过头，认清了眼前上下晃动的炸蜢，便猛得一下扑向炸蜢，张开大嘴，一口吞下，我看得真切，立即挥动钓竿，将青蛙钓了上来。

几个小伙伴见状，立刻围了过来，想抓住那只青蛙，不想那青蛙一松口，紧接着又一蹦，蹿出包围圈迅速逃走了。到手的青蛙逃走了，大家气得七窍生烟。

成人们也钓蛙，不过与我们小伙伴不同，他们钓的是泥蛙，而且钓蛙不是玩，而是为了吃蛙肉。他们用的钓竿很直很长，且又有柔韧度，常常钓蛙的人都会在腰际的左边挂一个鱼篓，鱼篓口上再用细密的渔网缝制一个长长的网兜。一旦钓上泥蛙，便右手撑竿，左手用鱼篓上的网兜接住钓竿上的泥蛙，并顺手将泥蛙撸下。为了能准确地吸引泥蛙，钓蛙人还会用细竹加工成一个牙签般长的口哨，一路走一路吹着口哨。泥蛙们听到这个声音，以为是同伴在呼唤自己，便纷纷地从泥洞中或石缝里跳出来，它们压根也不会想到，这会是一个圈套，是人们要让它们成为盘中餐，成为餐桌上的美味佳肴。

然而，尽管如此，田野里处处都有青蛙、泥蛙，春天到了，蛙鼓齐鸣，犹如天地间的一首交响曲，催人奋进！

3. 玩 绳

在农村，尤其是在我们小时候的农村，一根绳索，或者一根线头，也会被我们的小伙伴们玩出个千种花样、万般机巧，如跳绳、跳皮筋、手线、打电话等。

（1）跳绳

跳绳是一项经久不衰的活动，我们那个时候的小孩子跳，现在的小孩子也跳，我想将来的小孩子也会跳。

跳绳也是一项比较广泛的活动，城市里的孩子们跳，农村里的孩子们也跳；几岁的孩子们跳，十几岁的孩子们也跳；孩子们在学校里跳，放学回家了还要跳；中国人跳，外国人也跳。

跳绳跳到极致还可进入世界吉尼斯大赛。

只不过，跳绳的目的有所区别，有的是比赛拿名次，有的则纯属于好玩，绝大多数的孩子们是后者。那个年代的我们，就是为了好玩。

跳绳之所以经久不衰，还能上吉尼斯大全，是因为通过这项活动，能锻炼身体，强壮体质，提高反应能力；促进相互默契，增进彼此团结。

我们那时之所以能深爱跳绳，是因为其玩具简单，且不受场地限制，一根粗细、长短合适的绳子，一块几米见方的平地，便可玩出百般花样。

如今，无论是农村还是城市，跳绳用的绳子，都是从商店里买来的，专门用来跳绳的绳子。可我们小时候用来跳绳的绳子都是因陋就简、就地取材。

放学路上，扯一把稻草搓成一根草绳，用不了三五分钟，又快又简便，成本又低；跳完了，觉得还可用便保存下来，下一次再用，如果觉得不好使，扔掉就是。下一次跳，再搓一根，在农村，稻草随处可见。

放牛山上，扯一根藤蔓，又软又柔，也是一种很好的跳绳工具。山坡上，藤蔓有的是。

再不然，就用一根废弃的、难作他用的旧麻绳，或者用一块破布搓成麻花状也行。

跳绳的方式有好几种。

第一种是一人执绳一人跳，即执绳者自己晃绳，自己跳，没有其他参与者，有时甚至没有观众。这种情况下，跳绳者想跳就跳，想跳什么花样就跳什么花样，想在什么地方跳就在什么地方跳，自由自在，不受他人干扰，也无须他人指点，其灵活性、自由度较大，但因为缺乏他人参与，形不成氛围。所以大多数情况下，我们都会相邀几个甚至十几个小伙伴，一个接一个轮流跳，跳的过程中不能出现失误，一旦出现失误便自行终止。这样一轮下来，以跳的次数多少排序。跳的次数最多的排第一名，依此类推，次数最少的排在最后，这是我们那时参与最多的跳绳方式。

第二种是一人执绳双人跳，也就是说一人独自晃绳，另一人参与进来，俩人共同跳。考量的是两个人的默契程度和配合状态。搭档的选择，有互选，也有抽签确定。搭档选择的如何，决定比赛的名次。

第三种是双人晃绳一人或多人跳。由两个人各执跳绳的一端，同时往一边用力晃动，其他人（或一人，或两人，或数人）伴着晃动的绳索进行跳动。这种跳绳的方式要求很高，首先，两个晃绳的人要配合默契，晃动的方向、力度、频率必须高度一致，如果不一致，则影响跳绳的人跳绳；其次，参与跳绳的人的动作要高度一致，如果不一致，有先有后，有高有低，就会影响整个参与跳绳的人，造成乱绳、死绳。

双人晃绳多人跳是我们小时候经常玩的一种。

六生人不高也不胖，却人称"秤坨"。他跳绳不精，却又总喜欢找人跳，每次又总是他坏大家的事。也许是他方法不对头，常常是跳了几下就跳不起来，身子老是往下沉，不是踩住绳子，就是被绳子绊住，不是自己摔跟头就是绊了别人摔跟头。因此，谁也不想跟他一起跳，一见他掺和进来，大家就散伙。

六生见大伙不理他，气得直翻白眼。

其实，我也不会跳，但我会晃绳，我会根据不同的人不同的跳绳习惯晃动绳子。无论跟谁搭档，我都会很好配合对方，更会很好地配合跳绳的人。如果是多人跳，我会适当把握节奏，照顾快、慢的人，所以，大家都喜欢跟我玩。

（2）跳皮筋

我小时候不会跳皮筋，但我喜欢看女孩子们跳皮筋。

可以说，跳皮筋是女孩子独有的娱乐活动。

那一年回老家过年，刚进村，便见村头枫树下，阳光透过树叶，照射在一群女孩子身上，她们一边唱着歌谣，一边在两根橡皮筋上欢快地荡来荡去。那一张张稚气的脸庞，绽放出灿烂如花的笑容，歌声、笑声、尖叫声在树林中荡漾。

看到这里，我不由得想起当年农村女孩子跳橡皮筋的那些事儿。

那时候，我们村我这个年龄层的女孩子有几十个，女孩子们在一起玩耍，除了踢毽子就是跳皮筋，只要有人招呼，大家就会尽量地参与。

不过，也有个别女孩子不喜欢参加集体活动，却喜欢独自一人玩耍。

小玉妹一家住在村东头，她家门前有一个小禾坪。禾坪旁边有两棵树干有小碗口粗的大叶女贞，两棵女贞树干底部离地面十多二十公分高的地方，常年挂着两根皮筋。

这两根橡皮筋便是玉妹用三十多根扎头发用的小橡皮筋一根一根连接起来的。

那时，女孩们都喜欢将自己的头发梳成两根小辫子，而用来扎小辫子的，便是一分钱可以买十根的橡皮筋。

小玉妹父母生了八个孩子。说来也巧，八个孩子都是女孩，小玉妹排行第八，又称满妹。

八个姑娘，加上她们的母亲，九个人，十八根发辫，十八根橡皮筋。一分钱，十根橡皮筋，说起来不是很贵，可小玉妹家需要的量大，不是今天这个断一根，就是明天那个断一根，一个月下来，那就需要不少橡皮筋，要买这些橡皮筋，也是要一些钱的，于是，父亲规定以旧换新，以免浪费。

小玉妹是满妹，不是满崽，父母对满崽自然要娇贵一些，可对满妹就是另外一回事，这也难怪，农村里旧的风俗就是这个样子的，重男轻女。

小玉妹想要钱买许多橡皮筋，父母不同意。

后来小玉妹想了一个招，父亲不是要以旧换新吗，她就隔三岔五弄断一根，然后再一根接一根地连接起来，等到形成一定的长度时，便拴在门前的小树上，而且长期固定，自己想跳即跳。

一开始，只有小玉妹一人跳，后来其他姐姐也参与一起跳。

也许正是因为有其姐姐作伴，小玉妹很少与村里其他小姐妹一起玩。

可是，村里的其他女孩子却不想让那两根橡皮筋闲着，有空也去那两根橡皮筋上跳来荡去。

小玉妹倒也乐意。

一、二、三、四、五、六、七

马兰开花二十一

二五六、二五七、二八、二九、三十一

三五六、三五七、三八、三九、四十一

四五六、四五七、四八、四九、五十一

五五六、五五七、五八、五九、六十一

……

九五六、九五七、九八、九九、一百一

这是当时那些女孩子们跳橡皮筋时经常哼哼的一首民谣。

其实民谣很多，远不止这一首，且不同的地方有不同地方的民谣，不同时期又有不同时期的民谣，如今的女孩子跳起皮筋，自然有今天的民谣。

这些民谣节奏感强，朗朗上口，易记易唱。

几十年后的今天，当我见到有小女孩跳皮筋的时候，我的记忆深处一定会再次呈现儿时跳橡皮筋的那一幕：

在一个夕阳西下的黄昏，一群扎着两条小辫、穿着极普通的碎花布衣服的十来岁左右的小姑娘，一边哼着民谣，一边在皮筋上荡来荡去。一只老母鸡领着几只小鸡仔，四处悠闲地寻觅着自己的食物；几条小花狗或小黄狗，在人群中窜来窜去、你来我往、蹦蹦跳跳地撒着欢儿。想一想，这画面是不是特别优美？

有人说，跳皮筋是女孩的专利，其实不然。记得有一年春节，小玉妹家来了一个远房亲戚，那远房亲戚身边跟着一个与我差不多大的小男孩。那男孩见小玉妹家门前的两棵树上挂着两条皮筋，便不由自主地跳了起来。那娴熟的动作、优美的姿势、动听的歌谣，不仅令我们这些男孩子惊叹，也令小玉妹等女孩子佩服。

（3）玩指线

用一根纳鞋底的麻线，首尾相连，打一个结，这就是我们小时候做指线的工具。玩手线，是我们小时候玩的游戏中最随意、最简单、最经济的一种游戏。

玩指线不限时间、不限地点、不限场合，课前饭后，坐着站着，一分钟可以玩，十分钟也可玩。

指线的玩法极其简单，绕来绕去就在那一尺来长的麻线上，一根麻线值不了几个钱，再穷的家庭也不会穷得拿不出一根麻线。所以，在那个时候，只要你喜欢玩指线，身上就会揣着一根麻线，不显山不露水，随时随地，想玩就玩。

当然，一个人是玩不了指线的，必须得两个人，而且，两个人必须配合默契，如不默契，也玩不好。

一人先伸出双掌，掌掌相对，先将指线缠绕在双掌食指与无名指之间的四指上，然后用左手的中指拨出右掌上的指线，用右手的中指挑出左掌上的指线。此时，其线形似裤裆，接下来便由另一人拆线变形，如此互动，你来我往，你成我拆，以变应变，将手指上的麻线折成各种不同的形状。会玩的，几个回合下不来，不会玩的，只一个回合，便走进死胡同。

由于指线是局限在两个人之间玩的，虽缺乏众人参与的那种轰轰烈烈的气派和热热闹闹的场面，却是静中有乐，乐中有静。

有人说，玩这种游戏，要分输赢，有输有赢，才有乐趣，其实不然。

虽然指线是两个人玩，不分输赢，却因为是一种游戏，在玩的过程中，相互间开心就行，快乐就行。

道校与毛妹子是邻居，且是同年出生，又是同班同学，经常在一起玩耍。

毛妹子喜欢玩指线，一时间着了迷，一有空就想玩，却又缺乏伙伴，由此便自然想到了邻居家的道校。一开始，道校不会玩，也没兴趣玩。毛妹子叫他与自己一道玩指线，他总是躲躲闪闪，或找些理由推三阻四，实在推不了，便也应付一下。可他不懂怎么玩，面对毛妹子勾出的线形，他不知道往下怎么进行，因此，经常与毛妹子发生口角。

"真没想到，你这么笨啊！"毛妹子笑着对道校嗔怪道。

道校红着脸："我不是没学过这些吗，我说我不行，你偏叫我与你一起玩。"

"那你不可以虚心向我学习呀，我可以教你。"毛妹子不谦虚地说。

打这时候起，道校便经常往毛妹子家里跑。

道校虚心学，毛妹子耐心教。

不久，毛妹子与道校两人便配合得天衣无缝，一根细细的麻线在他们两个人的手里被玩得出神入化。

不久，道校也对指线着了迷，身上随时揣着一根指线，一有空就掏出来玩，没有伙伴就四处寻找伙伴，逢人就问："你会玩指线吗？"

如果你有事，或不会玩、不想玩，他就缠着你不放，非叫你答应他不可。为了吸引他人跟自己玩，有时甚至施以小恩小惠，一颗豆子糖、一块红薯干、几粒炒蚕豆等。

上课铃响了第二遍，同学们已经坐好了，老师进了教室，道校还缠着毛妹子不放，非要玩完这一局，毛妹子没办法，只好陪着他玩，不巧被老师发现，抓了个现行，没收了他的指线，弄得毛妹子陪着他又是留校，又是写检讨。

还有一次，他妈妈叫他陪弟弟玩，可他只顾自己低头玩指线，而忽视了弟弟，以至于弟弟不小心摔到水沟里，要不是他弟弟在水沟里大喊大哭，他还不知道，待母亲下工回来，知道此事，收走了他口袋里的指线，还揍了他几下，算是对他的惩罚。

现如今，每每提起这件事，他就要感叹一番，然后说："唉！那时我太痴迷于玩指线了。"

（4）玩电话线

电灯、电话，是我们小时候梦寐以求的一种生活。那时，我们资家大屋很偏僻，别说电灯是个什么样子不知道，就是电话机是个什么样子也不知道。直到有一天新叔当上了大队支部副书记，工作需要，大队给他装了一部电话机，我们才知道电话机是什么样子，但是，这只是知道电话机的形状，至于里面为什么会传出人说话的声音，并不清楚，特别是对于能听见百里、千里之外的人说话，更是不可思议。

小孩子都是好奇的。

谷生是新叔的大儿子，虽然比我小两岁，平时在一起玩的不多。这一回，因为他家里装了电话，出于对电话的好奇，我们与谷生玩的时间多了起来，之所以与谷生玩的时间多了起来，其目的是为了方便到他家里看电话。

我们一到谷生家，就围着电话机转，这里看看，那里瞧瞧，胆子大点的，甚至还伸手摸一摸。

通过到谷生家里看电话，我们当中有人似乎发现这一奥秘，电话里之所以能听到百里、千里之外的人说话的声音，是因为有一根电线连在电话机上。

"通过一根线，便可以听到很远的人说话的声音，看来这电话也不复杂嘛！"说这话的人是比我大两岁的正林，那一年他十三岁。

有祖传木工技术的正林，摸着脑袋琢磨了一会儿后，说："这种电话机，我们也可以试着做一个。"

正林回到家中，把自己在新叔家中见到的电话机和自己想自制电话机的事告诉了比他大五岁的哥哥校林。

校林说："你别逗了，这不可能。"

"这有什么不可能的？"正林说。

这时，站在一旁磨斧头的父亲，在听了自己两个儿子的对话后，说道："校崽，你就给弟弟做一个吧，不就是一个木头电话机吗！"

校林说："我连电话机是什么样子都不知道，怎么做？"

正林说："你不会去新叔家看一下。"

第二天，校林哥真的跑到谷生家里去看了电话机，接着便用斧头和凿子弄出了一个木头电话机，交给弟弟正林。

正林接过哥哥手中的木头电话机，嘴巴撅得老高说："哥，这不是我需要的电话，我不稀罕这个。"说完便把木头电话机丢在一边。

正巧，这天晚上大队放电影，片名是《英雄儿女》，其中有一镜头：志愿军战士王成身背步话机，手握话筒呼唤："我是王成，向我开炮！"不一会儿，便炮火连天，浓烟滚滚。

第二天早上上学的路上，正林与我商量，我们可以做一个像电影里王成手中的电话。

一开始，我不理解，便说："那东西可能是铜，也可能是铁，或许可能是金子、银子，我们从哪儿弄到这些东西？所以我们做不出。"

"我们又不是做真正的电话机，不会用其他东西代替啊，你别着急，让我想想。"

下午，他把我叫到他家，拿出两个一模一样的竹筒，又找出两张牛皮纸，分别蒙住两个竹筒的一头，再用纳鞋底的麻线将牛皮纸扎紧在竹筒上，又用针在皮纸中间扎一个小孔，然后用一根十来米长的纱线，两头分别穿过纸孔，并拴在半根火柴杆上，以防止纱线的脱落。

做完这一切，正林才笑眯眯地对我说："好了！我们可以出去试试效果了。"

我半信半疑地说："这就是电话呀？能听到对方说话的声音吗？"

"能不能，试试就知道了。"正林信心十足。

可是当我们拉开距离，拉直纱线对着竹筒讲话时，对方的声音根本听不到。

正林感到很奇怪，他觉得问题出在线上，他说："看来纱线是不能做电话线的。"

接着，正林又从家里找来一根又粗又长的纳鞋底的麻线，接通两个竹筒，一试，还是不行。

本来，小孩子玩玩而已，一般不会较真，失败了就放弃，可正林不一样，他对我说："我一定要成功。"

他估计，问题还是在连接的线上。

回到家里，他翻箱倒柜，想从母亲的针线箱里找出一种合适的"电话线"来。

他发现有一个小木轱辘，上面一圈一圈缠满了细线，这种线不同于其他线，其他线有细细的绒毛，唯独这种线没有。他心里想，兴许这种线可以做电话线。

于是，他剪下一截，装在两个竹筒上，然后屁颠屁颠地来到我家，抑制不住内心的激动，说："这回应该可以了。"说完便递给我一个竹筒，他自己拿一个，逆向而行，待走到线直走不动了才不得不停下来。接着他把竹筒当话筒，对着话筒悄悄说话，我则把竹筒当听筒，紧贴在耳朵边。

没想到，奇迹发生了，正林说的话，通过竹筒我全听到了。如果没有话筒，正常的，那是听不到的，至少是听不清的。接下来，我说话，正林听，正林也听到了。

事后，我感到很奇怪，问正林怎么知道用这种线相连，就可以听见对方说话的声音，正林告诉我，因为这种线是腈纶线（当时也叫作洋线），有传导的作用，他说他是听到他大哥校林这样讲的。

当时，我有些懵懂，弄不清什么叫传导，现在想来，其实那是通过说话的声音，对竹筒上的薄纸发出震动，再由细线传导到对方竹筒的薄纸上，进而听到对方说话的声音，当然这只能是近距离的，如果是远距离，那也是肯定不行的。

不管怎么说，这次电话的成功，大大提高了全村小伙伴们玩电话的兴趣，一时间，许多小伙伴都制作了类似的电话，有的还用这种电话把两家联系起来，有话便通过竹筒传递。

4. 玩 石

山乡石头多，作为乡村里出生成长的孩子，一定得会玩石头，男孩子尤其是如此，否则算不上是农村汉子。

（1）抛石子

所谓抛石子，就是准备好几颗蚕豆般大小的石子，有条件的能捡到河卵石更好，如果没有河卵石，比较光滑的小石子也行。如果小石子有棱有角不光滑，则可以通过打磨光滑。再不然的话，小螺蛳壳也可以。

玩的场地可以是石板上，也可以是平坦的泥地上。当然，在木桌、木凳子上玩更好。更多的时候是在平地上，一个穿着开裆裤、露着屁股的小孩子坐在地上玩，一群穿着开裆裤、露着屁股的小男孩，或坐于地上，或跪于地上，或撅着屁股趴在地上观看。

那玩石子的孩子先将石子置于地面上，然后抓住其中一个向空中抛去，紧接着迅速将桌面上的石子一把抓住，一粒也不能漏下。抓住桌面上的所有石子后，再翻转手，接住空中下落的那枚。

在整个过程中，有三个决定成败的关键点。

第一是抓石子。在石子抛出后的一刹那，需将置于桌面上的石子一把抓起来。如果全部抓起来了，就成功了一半。如果只抓住一部分石子，还有石子留在桌面上，那么就是失败了。由此就需要从两个方面努力，一方面动作要快，动作慢了就不行；另一方面，出手要准，就是抓石子时要准，不准就会漏抓。只有快、准地抓住了置于桌面上的石子，就为接石子打下了基础。

第二是搁石子。搁放石子时，不要撒开放，而是要堆着放。撒开放，很难一把抓住，只有堆放，才能一把抓住。

第三是接石子。接石子要准，要做到一个"准"，抛石子是前提，就是抛的高度要适当，能高的一定要尽量高一些，以留足时间接石子。如果抛得不高，就会造成接石子的时间过于紧迫、短促，桌面上的石子还没抓住，抛出去的石子已经下落砸向手背。但又不能抛得太高，抛得太高，石子就会在空中形成伞状，从而给接石子带来麻烦。

随着抓石子次数的递进，抛的石子数量也在不断地增加。也就是说，第一次抛一颗石子，成功以后接着便抛两颗，依此类推，三颗、四颗、五颗……直到将手中所有的石子一次性全部抛向空中，再全部接住。如果其中有一次失误，那得就此打住，让对方进行，这样你来我往，越到后面难度越大。

也正是这个原因，许多小伙伴只能抛一颗或两颗，到了第三颗就玩不下去了。

孩子们的手掌本来就很小，能够紧握五颗石子已很困难，如此要抛、要接，其难度更是可想而知了。

但是，正如老话说的，高手在民间，那时候，在我们村的小伙伴中，就有一两个玩抛石子的高手。

雨林是我们村同龄的孩子中唯一一个不愿意上学读书的孩子。因为母亲去世早，从小与父亲相依为命，为了照顾父亲，他放弃了上学的机会，跟着父亲什么粗活、累活、脏活都干，所以从小就练就了一副男子汉的身子骨，脚粗、手大。

他喜欢玩抛石子，因其手大，占了不少优势。

平时，他一个人玩时，专门选高难度的动作，也就是一个人玩抛石子就专门玩抛五子接五子的高难度动作。如果与他对阵，他人能玩的，他能玩，他人不能玩的，他也能玩。

正是因为雨林玩抛石子有绝技，我们都想与他对阵，通过与他对阵，以提高自己抛石子的水平。

（2）掷石块

掷石块，不仅是我们生存的本能，也是我们生活的需要，还是我们小时候的一大玩事。

小时候，我们放牛，如果牛脱了缰绳偷吃稻田里的禾苗或菜地里的蔬菜，追又追不上，赶又赶不走，这时，只要你会投掷石块，顺手捡起地上的小石块（以不伤到牛为前提）准确地向牛掷去。无论石块砸没砸在牛身上，哪怕只是砸在牛跟前，牛儿也会因为被惊吓而立即离开。

　　小时候，我们为家里看鸡、放鸭，当鸡、鸭进入稻田或禾坪上偷吃谷子，或者闯进他人家里偷吃他人家里的饲料，或者天将黑，该进窝的时候而不愿意进窝，职责需要你管教鸡、鸭，而鸡、鸭又欺负你小而不服从你的管教，这时也只要你用小石块（以不伤到鸡、鸭为前提）向它们掷去，鸡、鸭也会因为你掷出去的石块受到惊吓，并因此了解你的意图，服从你的管理，达到你的目的。

　　小时候，我们喜欢摘树上的果子，当我们爬上树，将能够伸手摘到的果子摘下来后，剩下那些伸手摘不到的，便用长竹竿进行敲打，敲到地上后再拾起来。可对于那些长竹竿也够不着的果子，就不得不使用石块了，我们找一些相应的石块，向有果子的树枝投掷，以震动树枝，摇落果子，或者直接向那些果子投掷石块，砸落果子。

　　小时候的乡村，百鸟争鸣，麻雀家族尤盛。而麻雀是吃谷粒的，稻田里成熟的稻子或禾坪上晾晒的谷粒经常遭麻雀偷吃，有时撒在地里的种子也会被麻雀翻出来。虽然社员们想了一些办法驱赶雀群，比如扎草人等，但还是防不胜防。一粒粮食一滴汗，社员们辛辛苦苦收回的谷子，不能白白地让麻雀糟蹋，生产队有意地安排我们这些小孩子驱赶麻雀。

　　为了驱赶麻雀，我们除了用棍子、用绳网，就是投掷石块。用石块驱赶麻雀，快，效果好，成本低。黑压压的一大群麻雀飞进成熟的稻田里或晒满稻谷的禾坪上，你只用一块石子掷过去，所有的麻雀都飞了。

既然生活离不开投掷石块，所以，我们很小就有投掷石块的本领。

更何况，投掷石块也是我们很小就喜爱的一种玩事。

乡村有广阔的田野，有取之不尽的石块，所以，相比城里的孩子，我们玩投掷石块有得天独厚的条件。

我们在放牛或砍柴的山上玩；

我们在上学或放学的路上玩；

我们在课前或饭后的空隙玩；

我们在清晨或黄昏的时分玩。

有时候，我们独自一人玩；

有时候，我们相约几个或十几个小伙伴一起玩。

有时候，我们在娱乐中比赛，看谁掷得远、掷得准；

有时候，我们在比赛中娱乐，看谁玩得尽兴，玩得开心。

柳林是我们同龄的孩子中个子最高的。

他特别喜欢玩投掷石块，常常在自家门前的禾坪上用粉笔画上一个一平方米左右的圆圈，然后站在三十米远的地方往圆圈中投掷石块，常常一口气掷一百个。如果其中有八十个击中那个圆圈，便奖励自己一个煨红薯；如果达不到八十个，就罚自己打扫猪圈。

正是因为他的努力，他投掷石块又远又准，同龄的小伙伴中没一人能赶上他。一次，一只乌鸦站在他家窗外一棵高大的槐树上叫个不停，令人十分生厌。他妈妈气得不得了，叫他想办法把乌鸦赶走。

听到母亲这一吩咐，他连忙捡起一块石子，向那树冠掷了过去。他原本是想掷个石子，把乌鸦赶走，谁料老乌鸦不怕死，飞走一会儿又飞回来了，且站得更高，叫得更勤。

母亲又喊："柳崽，还不快把那该死的乌鸦赶走，真晦气！"

柳林重新拾起一块石子，不过这一回不是随手投掷出去，而是对准那乌鸦掷了出去。这一下，只听"噗"的一声，那石子不偏不倚地打在了乌鸦身上，乌鸦一声惨叫，从树上掉了下来。

后来，柳林参军入伍，当了一名步兵战士。由于他在入伍前会投掷石块，到部队后练习甩手榴弹，甩得又准又远。每次全团比赛，他都是第一名。

玩石子玩出了真本事。

5. 玩 水

我们资家大屋远离大江大河，相隔最近的一条耒水河也有七里多路，不过，水沟水渠还是有的。可这些水沟水渠大多一步便可迈过，又窄又浅，且存不住水，有点水都流走了。所以，严格地说，在一个小山村里玩水，是不现实的。

但是，我们村有的是山塘、水库。虽然，这些山塘、水库水域面积不大，最大的也就是三十来亩，连真正意义上的小水库称呼都够不上，然而，不管是叫水库也好，还是叫山塘也罢，却给那时我们这些小屁孩提供了许多玩水的场所，给我们的童年带来了无限的快乐。我们常常在放牛、割草、砍柴的间隙，三人一群，或五人一伙，将衣服一脱，一丝不挂，赤条条纵身一跳，无拘无束、无遮无拦，尽情地玩个痛快。

然而光顾最多的水塘又是思笔塘。

可以说，思笔塘是我们成长的摇篮。我们的童年时代、少年时代都是与思笔塘分不开的，我们喝水在思笔塘，用水在思笔塘，洗衣在思笔塘，玩水在思笔塘，捉鱼在思笔塘，种菜在思笔塘。那里留下过我们太多的喜怒哀乐和太多的酸甜苦辣。我们成长中

太多太多的故事都与之有关，以至于长大后别离故土几十年，最令我们魂牵梦萦的地方之一便是思笔塘。

思笔塘是我们村与思笔塘村共有的。它位于我们资家大屋的左侧，思笔塘村的正前方，准确地说，我们离思笔塘二百米左右。而思笔塘村则是依塘而建，村民们出门即在塘边，也许正是这个原因，才与思笔塘村村名相叠。

思笔塘水域面积约三十亩，三方来水，其中两方来自思笔塘村的田垄，但垄不长，且水源不足；其中一方水源来自我们大屋村，我们村虽只一方水源，却是主要水源，因为我们的田垄长、田垄宽。

思笔塘的出水口只有一个，也就是说从思笔塘内流出的水，只有一个口子，但只经过思笔塘村的稻田，如果单从灌溉这方面说，思笔塘村是思笔塘池塘水主要的受益方，一旦出现旱情，塘水流经的稻田便可以缓解旱情。

思笔塘四周的驳岸全是用石块垒建的，由于那时垒建驳岸没有水泥，石块与石块之间均有缝隙，缝隙中生活着大量的石螺和小鱼小虾，我们小时候就常常从这些缝隙中摸石螺、鱼虾。村人戏称，思笔塘就是我们的一个荤菜碗。

其实，思笔塘还是我们的一个蔬菜碗。

水塘周边大部分土地都被村民用来种各种蔬菜。夏天，有辣椒、茄子、南瓜、丝瓜、豆角、黄瓜等；冬天，有萝卜、白菜、香菜、芹菜、葱、蒜等。因为靠近水源，浇水施肥方便，所以这里的蔬菜长得特别好。

我们小时候之所以喜欢在思笔塘内戏水、玩水，除了离我们居住的村子近以外，还因为思笔塘不同于其他水塘的奇特地形地貌。

就正常的水塘、水库来说，是中间深周边浅，而思笔塘则恰恰相反，它是中间浅周边深，浅的地方是一块形似一只大乌龟的比较硬实的泥巴地，村人称之为"洲"。平时，洲在水下，看不见。只有当水降到一定程度，才慢慢地露出洲的形状。水满时，一个成人站在洲上，也只能是水过肚脐。由于洲上的泥与洲边的泥硬实程度不同，无论是水下还是水上，人在洲上，泥掩足。洲的周边则比较深，而且以比较稀的塘泥为主，一脚下去，泥过大腿。

正是这种奇特的地形地貌，为我们儿时玩水提供了良好的条件，也为我们的安全起到了一定保护作用。所以我们儿时玩水都是在思笔塘的洲中间进行，也就是说是在水塘中间的洲上进行。

（1）狗刨及其他

作为当时我们这些农村孩子而言，学会"狗刨"是游泳的基础。那时，我们虽然认识"游泳"两个字，却不知道什么叫蝶泳，什么叫蛙泳，什么叫自由泳，在我们幼小的心里，"游泳"就是"狗刨"，我们的话叫"打刨峭"。

一般说来，初学"狗刨"的孩子，大多需要成年人在一旁护着，否则就会下沉呛水，我就是在母亲的呵护下，学会"狗刨"的。

夏日来临，几乎每天的黄昏，母亲都要领着我们兄弟姊妹几人到水塘边，为我们洗澡、洗衣。

玩水，是孩子们的天性。

我们一到水塘边就特别兴奋，趴在母亲的脚边，手撑在码头边的石板上，两条腿在水面上胡乱地扑腾。但如果你是在思笔塘学"狗刨"，不需要成年人在旁边护着，只需用两手撑在水下较为硬实的洲地上，两条腿在水面上轮流地不断地扑打，以保证身体不往水下沉，即便是沉下去，也就是到小腿肚的水位，不会有危险。再说，学游泳，免不了会呛水的，呛口水又何妨，只要耐心坚持下去，一段时间后，你就可以放弃手的支撑，划水"狗刨"了。

我是因为有了教训后才恋上思笔塘洲上的。

这是一个火热的夏天，那一天，没有成年人在身旁，只有我们几个年龄在五六岁左右的小伙伴一起玩耍。一开始，我们只是沿着池塘岸边的田埂捉蝴蝶、追蜻蜓、赶蚱蜢，玩着玩着便来到了池塘的码头边。这个码头是由石板搭成的台阶，以方便村人挑水、洗衣、洗菜。台阶由陆岸延伸到水下，由于长期的浸泡，水下的台阶已长着一层薄薄的、滑滑的青苔。

那时我很小，不懂事，对水缺乏一种正确的认识。见到水，既兴奋又好奇，不管三七二十一，光着脚丫子就进入水中，高兴地玩起水来。

见到我兴高采烈的样子，几个胆子大一点的男孩子也跟着我下了水，而几个胆子小的女孩子则站在岸上观望着。

这时，比我高一个头的道开对我说："我会游泳，你会吗？"

说完便"扑通"一声扑进水里，两只胳膊撑在水下的那块石板上，两条腿则在水面上不停地扑腾，溅起的水珠湿了我一身。

我抹了一把脸上的水珠，不服气地说："这个我也会。"接着便模仿他的样子，"狗刨"起来。然而，由于自己个子矮、胳膊短，手掌撑不到水下的那块石板上，下到水里后，人便像秤砣似的往下沉，站在池塘岸边观望的女孩们吓得不知所措，大哭起来。

眼看自己就要沉入水底，一命呜呼，我大喊"救命"。也是命不该绝，正在这时，一个来码头洗衣服的阿姨见状，一把抓住我的胳膊，将我拎了上来，并将我交给我母亲，说："这孩子，想要玩水，得有大人陪伴，否则很危险，再者，要玩水，得找准地方，去思笔塘中间洲上去玩吧。那儿水浅，适合'狗刨'，比较安全。"

我记着那阿姨的话，打那时候起，每年的盛夏季节，我就与一帮小伙伴们成了思笔塘洲中间"狗刨"的常客，每当中午时分和落霞时分，我们就会在思笔塘洲中赤条条地出现。

在经历过多次的呛水后，我不但学会了"狗刨"，而且还学会了"划水"、"量尺"、"踩水"等多种游泳姿势的玩法。

所谓"划水"，按我们村人的说法，胳膊与腿不露出水面，只露脑袋在水面上，胳膊在水里面用力向前划动的同时，脚也在水里使劲地向后蹬，从而使身体悬浮并前行。如果不想使自己身体前行，只保持不下沉，那么，腿不使劲也可做到。所以，相对来说，这个方式，胳膊使的劲比腿使的劲更大。实际上，这种"划水"，近似于真正游泳比赛项目中的"蛙泳"。

"量尺"是村人对"自由泳"的形象说法，就是两只手轮换着一前一后在水面上倒腾，借以推动身体前行。我们人小个子矮，手短腿短，加之姿势不正确，"量尺"是不占优势的。

相对来说，"踩水"的难度要比其他游泳方式大一些，但如果懂得了前几种玩水方式，那就为"踩水"打下了基础。所谓"踩水"，就是胳膊不动，只用两条腿在水下使劲地蹬动，通过腿的蹬动，保持身体不下沉，并让头和手都露出水面。

对于这种"踩"水，如果仅仅满足于一知半解，一般孩子都能做到，若要达到较高的境界和相当的功力，那就不是一般孩子能做到的。

那时候，小伙伴中我最佩服的"踩水"高手是道校，道校可以举起自己的衣服，并保证衣服不沾一滴水的前提下，踩着水横渡三百米宽的思笔塘，且脸不红、心不慌。不似我们，没踩几下便气喘吁吁，身子往下坠。

小伙伴们"踩水"比赛，道校常常得第一。

那时，我们村但凡十来岁的小孩，尤其是小男孩，没有不会这些游泳姿势的。

有了这些游泳的技能，我们便会经常以思笔塘为赛场，自发地组织一些比赛活动，比方说横渡赛、塘边游竞赛等，用不着邀请，小伙伴们都会踊跃报名，积极参与。

（2）我们同时"下闷子"

"下闷子"，是我们乡下的土话，实际上就是憋气潜水。一般人学"下闷子"，开始都会用一只手捏住鼻子往水里钻，其目的是便于憋气，避免水进入鼻腔，待慢慢习惯后，才松开手自动憋气。我学"下闷子"那会儿，一开始也是用手捏住鼻子，不捏住鼻子，就呛水，且身子还老往上浮，为了学会"下闷子"，我不知呛过多少次水。

那时的夏天，我们这些小男孩会每天两次下池塘玩水，中午一次，晚上一次，都是在村旁的思笔塘中进行，而每次玩水，我们都会在一起比赛"下闷子"。

十几二十个小伙伴，齐刷刷地站在水里，选人当监察官，那人一声高喊"一、二、三，开始"，大家屏住呼吸同时往水里钻，直到憋不住了才钻出水面。由于各人体质和心理素质的不同，在水里憋气时间的长短也会千差万别。有的几十秒，有的一分多钟，最多的可以憋两分钟。然而不管多少，最后出水的，憋气时间长，自然是赢家。

可也有人作弊，如果没有"监察官"，有人就会趁大家不在意，装着与大家一同往水里钻的样子，却不入水，在鼻子接触水的那一刻，将鼻子以上的半个头留在水面上。当别人憋不住快出水面时，他才入水，自然他就成了赢者。

还有些人，钻进水里的时间与大家相同，却中途露出水面换气，见其他人还在水下，便又沉下水，用两口气比别人一口气，由此来胜别人一筹。

为了公平，除了聘请一人当监察官来监督大家以外，小伙伴们还会采取互相监督的办法，在一声令下往水下钻之前，你按着我的头，我按住他的头，同时下潜，如果此时此刻有谁徇私舞弊，推迟下潜，或不下潜，就会被发现，从而受到处罚。

那时候，思笔塘的水清澈透明，不但是两个村的村民直饮水，而且也是我们捕鱼捉虾、捞蚌捡石螺的极佳胜地。鱼虾、蚌壳、石螺从不需要放养，都是野生的，自然成长的，而且很多，我们在玩水的过程中，经常会无意踩到鱼虾和蚌壳、石螺。

当我们学会了"下闷子"后，便会潜入水中，将踩到的鱼虾、蚌壳和石螺弄到手中。许多时候，我们会结伴而行，专门"下闷子"抓鱼。由于鱼虾多，石螺多，为便于装鱼虾、装石螺，我们会从各自家里提一只木桶或脸盆，有的还会身系一条澡巾潜入水中，摸到了鱼虾，便放入澡巾内，摸到了石螺、蛤壳便放入浮在水面的木桶或脸盆里。

（3）热热闹闹的"水仗"

当小伙伴们略习水性后，便会在水里放肆起来，"打水仗"便是我们在水中的玩事之一。

参加"打水仗"的孩子们，三五个或十几个，有时甚至几十个，自由选边，人数对等分成两个阵营。开始后，两个队互相向对方泼水，或用手掌从水面上使劲地向对方推水，力气大的，推出去的水带着一股雄风，凛冽有劲，其水珠打在光光溜溜的身上，还有些疼痛。

　　一般情况下，事先约定有关事项，如果事先约定，相互间不得肢体接触，那么就不能肢体接触。如果事先没有约定相关事项，肢体接触是难免的。大家会在水塘中你追我打，有时甚至会往对方头上糊稀泥。不过，双方都不会较真，只是玩玩而已，以不伤及他人身体，不危及他人生命为前提。

　　有时候，一对一，只在两个人之间互相泼洒，渐渐地才不断地有人加入，进而形成两大阵营；有时候，几个人对一个人，俗话说"好汉难敌两双手"，再厉害的高手，要想对付几双手泼出去的水，确实非常困难。除非你有憋气的功夫，否则，你一定会早早地败下阵来。

　　所以当一个人遭到别人用水攻击自己时，就一定要主动应战，用手掌使劲推水泼向对方；这一方面可以用自己推泼出去的水珠阻挡对方推泼过来的水珠，以保护自己，另一方面也是用水珠向对方攻击。

　　一旦开战，双方泼出去的水珠撞在一起，便会形成一道水的屏障，挡住双方的视线，又如一道瀑布，从天而降，水珠滚落，水花四溅。因为混战，参战的小伙伴们避免不了也会呛水，但人人脸上都会洋溢着欢快的笑容。笑声、吼声、号子声，以及水珠滴落的哗哗声，在水塘的上空回荡。

　　这种"水战"，类似于云南傣族的泼水，只不过比那种泼水更狂野一些，傣族泼水是男女老少着装在陆地上进行，而这种

"水战"是一群赤条条、一丝不挂的男孩子在水中进行，狂野之中还带着几分危险，毕竟"水火无情"，倘若玩的过程中，小伙伴仅仅是呛几口水，倒也无伤大雅，如果有人因此而喘不过气来，那是很危险的。好在我们那时从未出现过这种现象，只是出现过由玩笑转而较真的状况，甚至出现相互间的追打行为，但一般都会适可而止，第二天又会和好如初。

6. 玩　泥

农村嘛，离不开泥，村人呱呱坠地就与泥巴打交道，玩泥巴是农村孩子的天性。

那时候，我们村没有水泥路，也没有水泥坪，有的是土路、土坪。唯一的一条石板路，是通往公社所在地和耒水河边的一个轮渡码头，所以孩子们自打会下地走路，就两脚沾泥。稍稍懂事，就知道，自己吃的粮食、蔬菜，都是从泥土里长出来的，喝的泉水是从泥土中涌出来的，吃的果子是从泥土中长出的果树上摘下来的，所闻到的田野的芳香也是从泥土中散发出来的。

作为农村长大的孩子，我深爱着生我养我的那一方土地，无论何时何地，我都不会因为自己是农村里土生土长的而感到自卑和自贱，相反还会因此而感到骄傲与自豪。

正是因为我深爱着生我养我的那一方土地，所以我对土地有一种特别的情感，这种情感不离不弃，陪伴着我整个人生之路。

每当回忆起儿时与小伙伴们玩泥巴时的情景都会激起我心中一圈一圈涟漪，久久不能平静。

（1）别样的泥草宴

农村里的孩子有些野性，有时还有些恶作剧，一些男孩子尤其如此。野性也罢，恶作剧也罢，不少都与泥巴有关。

那时，我们这些十来岁之前的男孩都穿着开裆裤，夏天来临，有些小孩甚至光着屁股，为的是方便尿尿。我们常常站在一排，看谁尿得远。当然，也是为了方便玩泥巴，随时随地，想玩就玩，不用顾忌泥巴脏了衣服和裤子。

还在两三岁的时候，我们就玩起了"过家家"。

城里的孩子也许不知道什么叫"过家家"，可我们农村里的孩子都知道，现在的孩子也许不知道什么叫"过家家"，可过去的孩子谁都知道！

男女几个或十几个孩子凑在一起，有的扮新郎，有的扮新娘，有的扮轿夫，有的扮挑夫，甚至有扮新娘父亲、母亲的。

既然结婚成亲，就要有结婚宴席，从准备宴席入手，小伙伴们既有分工，又有合作。

没有碗筷，有的孩子便会寻来一些瓦片当碗，折断几根树枝当筷，发给每人一双。没有菜肴，有的孩子就会摘上几把野菜或扯上几把小草，再用瓦片把野菜、野草切碎，或者干脆用手掐断野菜、野草，放在大瓦片上。没有米饭，有的孩子就会撮土成堆，以尿相拌，当作米饭，并分成若干个等份，每人一份，既有菜又有饭。

宴席准备妥当，接下来便是迎亲。先是两个"挑夫"，挑着嫁妆，接着便是两个"轿夫"，你搭住我一只手，我搭住你一只手，手手相连，做成花轿，抬着新娘转上一圈，算是接来新娘，拜堂成亲。你一声"老公"，我一声"老婆"，她一声"爸"，他一声"妈"，有答有应，其乐融融。最后，大家以泥当饭，以草当菜，一人手捧一块瓦片，一种大快朵颐、喜气洋洋的样子。有的还模仿成年人"吧唧吧唧"嘴，一副吃相。有的则模仿成年人醉酒，走起路来摇摇晃晃，一种醉态。

有时，围绕谁当新娘谁当新郎，还会发生争执和争吵。

与我同龄的山花妹子，每次与我们一起玩过家家，她总是扮新娘，我总是扮新郎。如果是云生扮新郎，她就不干，以至于我们长大后，当年的那些小伙伴说起这事，还要笑话一阵。

有时一些小伙伴还用便便和泥捉弄同伴，先由一人在泥坑里拉大便，拉完后用泥土覆盖，然后将那个被捉弄的人诳到泥坑旁，指定那个埋便便的地方给他，让他与大家进行徒手挖坑比赛，看谁挖得又快又深。结果可想而知，那个被捉弄的小伙伴两手都是便便，哭笑不得，气得七窍生烟，其他人则哈哈大笑。

（2）泥炮不是炮

我小时候喜欢玩泥炮，喜欢听泥炮爆裂后的那一声清亮的脆响，喜欢闻泥炮爆裂后弥漫在空中的那一阵泥土的芳香，也喜欢小伙伴一起玩泥炮时那一种乐融融的氛围。

泥炮砸的响不响，炸响的泥炮声音好听不好听，首先在于做泥炮的泥巴。

做泥炮的泥巴必须黏性强、柔软有度、韧性好。如果砂性强、柔韧度差，捏不拢，形不成炮。

泥巴的干湿度也必须适当，太干，很难捏，形不成炮，即使捏成炮，也难炸开。太稀，捏不拢，成不了形，自然不能炸响。

有了好的泥巴，还得要有会制做泥炮的人，才能做出好的泥炮。一般说来，会做泥炮的孩子，在弄到好的泥巴以后，会在石板上多拿捏几次，也就是多揉几次，将生泥变成熟泥。

拿捏好泥巴后，才根据自己的需要捏泥炮。捏出来的泥炮，其形状不像炮，形状似饭碗，或似烟灰缸，与炮的形状风马牛不相及。这种形状的泥炮之所以能响，是因为砸出来的声音。为此，在做这种泥炮时，无论什么形状，都必须边厚底薄，只有这样，当你举起泥炮往下砸时，才能从薄处的底部爆裂，从而发出爆炸声。如果底部太厚，就不容易爆裂，不爆裂就不会发出爆裂声。

泥炮往什么地方砸，也很有讲究。会玩泥炮的小伙伴会举起泥炮，找一块平整光滑的石板往下砸，因为只有在平整光滑的石板上砸泥炮，泥炮才能凝气聚风，凝气聚风的泥炮的炸裂声才会响亮清脆。有些小伙伴不懂，泥炮做成后，随便找个地方就往下砸，结果，凡是砸在高低不平的泥土上，或有砂石的地方，或柔软不实的地方，都爆裂不了，即使爆裂了也出不了清脆的声音，或声音很小。

为了让泥炮炸裂发出的声音清脆响亮，在泥炮成形后，一些小伙伴还会用水或口水将泥炮的内壁抹一遍，其目的是密封可能出现的裂缝，因为一旦出现裂缝，砸炮时就会漏气，导致哑炮。

泥炮可大可小，大的，爆裂后所发出的声音很大，小的，爆裂所发出的声音很小。然而，无论大小，都应适可而止。

玩泥炮，也是讲究氛围的。三五人相聚一起，你也做，我也做，互相取长补短。砸炮时，你也砸，我也砸，炸裂声此起彼伏、不绝于耳。

那炸裂的泥屑会四处飞溅，小伙伴的脸上、头上、衣服上到处都是泥渍、泥痕，你望着我笑，我望着你笑。那种开心、快乐，用语言难以形容，直到家人呼唤回家，大家才余兴未尽，依依不舍。

有些小伙伴喜欢恶作剧，泥炮做好后，拿着泥炮悄悄地走到一些同伴的背后，趁同伴不备，将泥炮摔在地上。突如其来的爆裂声会把人家吓一大跳，所爆裂的泥巴还会弄脏人家的衣服，而他则在一旁开怀大笑。

（3）捏泥人

我这里说的捏泥人，不是泥人张那种有艺术讲究的，而是我们儿时小伙伴们的一种玩事。当然，虽说是玩事，其中也包含有一定的艺术因子，或者说是一种朦胧的艺术。

我们将经过揉搓过的好泥巴，按照自己的意愿捏出男人、女人，捏出老牛、小狗，捏出桌子、凳子等各种动物与家具用品。

但是，也不是我们每个小伙伴都会捏泥人，一般来说，会捏泥人的大多是男孩，女孩大多不会。但女孩们也不会闲着，她们会把树叶剪成衣服、裤子、帽子和裙子给泥人穿戴上。

道开是我们男孩中最会捏泥人的，他捏泥人的方法也与众不同。大多数小伙伴捏泥人都是用整一块的泥巴，捏出一个整体的物件。道开则不同，道开先用一小块一小块泥巴捏出物件的某一部件，然后用折断的小树枝将每一部件连接起来，构成一个物件的整体。比如要捏一个泥人，他先捏出这个泥人的头、腿、胳膊等，再用折断的小树枝将头、腿、胳膊连接到身上，最后用小树枝在面部刻上五官，有鼻子有眼的，又在脚上刻画出脚趾，手上刻画出手指，从而形成一个整体的泥人。

捏出来的泥人、动物以及其家具用品，我们一般都很珍惜。特别重要的还要置放一段时间，待风干后，作为一个小摆件放在家里显要位置，有条件的孩子还会将之放在砖窑里，烧成陶器。

我们家祖传泥瓦技术，烧砖窑是我们那个地方十里八乡的独门绝技，只不过到了我们这一代，却因为种种原因而失传了。不过在我很小的时候，我伯父还经常被人邀请去制砖烧窑。一次，我用泥巴制做的几个小泥人，风干后放在茅厕的围墙上，被伯父发现后，觉得有些可爱，便带到当时正要点火的砖窑里烤制。前不久，我回老家翻修房屋，竟发现我捏的几个小泥人，经过伯父放在砖窑烧烤后，还完好无损地蹲在客厅的角落里，正朝我们笑呢。

7. 玩 火

喜欢玩火，是男孩们的一种天性，与生俱来。

儿时的我就喜欢玩火。

玩火本不是好事，但是，由于我们小，不懂事，不知道玩火的危害。

我们只知道玩火是一种乐趣。

当然，父母等长辈是禁止我们小孩玩火的，一旦发现身边有玩火的小孩，是会严厉斥责的。

然而，即使这样，我们还是会偷偷地变换着玩火的方式。

（1）玩不厌的火柴

那时，农村里凭票供应燃煤，用煤是很奢侈的事。烧茶煮水、炒菜煮饭都是用干柴、稻杆和杂草之类，每家每户一个柴火灶。生火、烧火便是我们农村人每天要面临的一件寻常事情，既然要生火、烧火，那就离不开火柴。

加之那时的农村照明使用的是煤油灯，点灯和照明，也离不开火柴。火柴是那时的农村人最寻常使用的物件。

那时的火柴两分钱一盒，一个鸡蛋可以卖五分钱，即一个鸡蛋可以换回两盒半的火柴。

为了防止孩子们偷玩火柴，成人们会将火柴藏匿起来。但由于要经常使用火柴，他们藏匿火柴的地方还是会被孩子们发现。因此，绝大多数小孩玩的火柴，都是他们背着父母悄悄弄到的。

云生没有母亲，只有父亲，很长一段时间内，父亲还担任生产队长，因早出晚归，一心为公，很少顾及云生的生活，家务重担就压在云生稚嫩的肩上，洗衣做饭，担水砍柴，什么事都做。自然，其家里的火柴也不需要对他藏着掖着，他不但随手可取，想用便用，而且衣服兜里还常常揣着一盒火柴。小伙伴们想玩火柴，首先想到的就是他。

记得在一个黑咕隆咚的晚上，我吃完晚饭，又做完家庭作业，感觉有些无聊，见睡觉的时间还早，便想与小伙伴们玩点什么。

母亲正在煤油灯下聚精会神地纳鞋底，弟弟、妹妹已经上床睡觉，趁母亲不备，我悄悄地溜了出来，约好几个小伙伴玩玩火柴。

我们来到云生的窗户底下，扒开窗户纸朝里看，见云生正与他爸一起吃晚饭，不便明喊。按照事先的约定，我学了三声猫叫。

云生听到外面有猫叫声，知道是我们找他玩，三下两下便扒完了碗里仅剩的几口饭，然后碗一推，跑了出来，他爸爸追着喊都没有喊住。

我们一同来到村口那棵大枫树底下坐了下来。

云生知道我们要什么，便从上衣口袋里掏出一盒火柴，摇了摇，说："不多了，每人只能玩两根。"

像每次一样，我们总要讨价还价。

道校说："每个人玩三根。"

云生斩钉截铁地说："不行，我说两根就两根。"

道校清点了一下人数："云生哥，包括你，我们一共才四个人，每人三根，才十五根。"

云生对道校说："你搞清楚没有，我们一共多少人？"

道校站起来，又连数了两遍，说："没错啊，是四个人呀。"

原来，道校数来数去，总是没把自己数进去。

我对道校说："你真笨，还有你自己呢！"

道校恍然大悟，不好意思地说："我数错了。"

云生说："道校，就按你说的，四个人每个人三根，那也不是十五根呀！"

道校才读小学二年级，乘法口诀还不熟练，说："没错呀，三四一十五呀。"

云生一听，又纠正道："三五一十五。"

道校看了看我，我点了点头，因为我比他们高一个年级，我说的话他们信服。我也知道，最终云生会让一步的。果然，云生说："好吧，每个人最多只准玩三根。"

于是，我们每个人轮流划起了火柴。

这是一个令我们心神荡漾的时刻。

随着火柴擦燃那一瞬间所发出的"嗤、嗤"声，我们犹如欣赏一首美妙动听的乐曲。火光映照在我们每个孩子稚嫩的脸上，每一张脸都因激动、兴奋而红扑扑的。

当轮到道校擦燃火柴时，由于过分激动不留神，第一根火柴刚擦燃便掉到了地上，并迅速引燃地上的稻草。眼看着火势就要蔓延开来，点着不远处的稻草垛，大家都惊出一身冷汗。云生急得直喊："快——快找水，用水灭火。"

道校问："这到哪儿去找水？"

的确，这儿离有水的地方还远着呢。

我突然想起尿可以当水灭火，于是便提醒大家："快——快，尿尿，用尿灭火。"

大家听说可以用尿灭火，便纷纷对准正在燃烧的稻草就是一阵猛射，顷刻间，火势便压了下去。

云生长长地吁了一口气："还好！"

几十年过去了，我之所以对这一次玩火柴记忆犹新，就是因为这次玩火柴差一点玩出大祸。

仅仅是玩火柴，小伙伴们是不会满足的。

一些经济条件稍好一点的人家，为了方便晚上走路和干活，会买上一个电筒。那个时候，对电筒这玩意很稀罕，也很新奇。所以这些家庭的孩子会在家长看管不严的情况下，悄悄地拿出电筒，与小伙伴一起玩耍，与其说是玩耍，不如说是炫耀。而有些孩子也不示弱，他们会从家中拿出另外一些既能点火，又能照明的工具来玩耍，例如向日葵秆。

人们在割完向日葵瓜盘以后，会将向日葵秆捆绑在一起，沉入水塘底，数日后捞上来，剥开皮，去掉秆芯，将秆壳散干，散干了的向日葵秆便是点火、照明的好材料。

（2）同样是烧荒

烧荒是获取草木灰的重要途径之一，而草木灰又是种稻子、种蔬菜上好的有机肥料。

满坡荒草，满坡的荆棘、小灌木，仅一根火柴便会瞬间化为灰烬。

每遇这样的烧荒时刻，我们这些旁观的小屁孩就会欢呼雀跃。

也许是潜移默化，我们也模仿起成人，放火烧荒。

那时候，我们放学回家后，大多有自己的家务事做，要么放牛，要么扯猪草，要么拾柴火。然而，无论干什么，一般情况下，我们都会结伴而行，几个或十几个约在一起，一路上嘻嘻哈哈、追追打打，向一个地方进发，每到一个地方，那原本寂静的地方，顿时就会热闹起来。大家一边干活，一边玩耍，说的说，笑的笑，追的追，跑的跑。逮着机会，还有可能玩上一把火。

虽然，我们家乡没有几棵树，更不存在森林，贫瘠的土地上，除了砂石，就是丝茅草和小灌木丛。虽然，老师的教导、父母的叮嘱，使我们懂得爱惜和保护山上的一草一木，并知道，爱护和保护山上的一草一木，是我们的义务和职责。但是，我们毕竟是小孩，玩心大过责任心，瞅准机会，我们便会玩一把烧荒。

我们选择烧荒的地方自然是杂草丛生、荆棘满地的荒坡，我们知道这种地方的一把火，也许损伤不了什么，而且，我们不烧，村人也会烧。

每当我们将茅草点燃，看着火苗发出一阵阵噼里啪啦的声音时，我会拍着小手跳着、喊着、追着。

当然，也不是说我们没闯过祸。有一次，我因为玩火烧荒，把邻居家一块自留地里的芝麻烧掉了。结果，我挨了母亲一顿揍不说，还赔了邻居家的芝麻。

（3）也算烧烤

在与火有关的玩事里，我们玩得更多的是"烧烤"。我这里所说的"烧烤"，不是现今城里人那种美食方式和过程，这是一种既烤着火，温暖了身子，又享受了大自然恩赐的美食，是田园式原生态的。

在那寒风凛冽的隆冬，穿着单薄褴褛的孩子们，捡拾一些枯枝烂叶和杂草，堆成一垛。大家围着火堆，一边烤着火，一边说说笑笑，如果赶上挖红薯、芋头的季节，我们便会从长辈收获过的地里，寻找一些被遗漏的红薯、芋头等，放在火上烧烤，或者埋在灰堆里煨烤。等到烧烤成熟，便赶紧用柴火棍扒拉出来，来不及拍打拍打上面的火灰，来不及剥去附着的外皮，也顾不得烫手、烫嘴，就你一截我一截，你一口我一口，狼吞虎咽、大快朵颐起来。

倘若遇上收割黄豆或泥豆的时节，我们又会将拾来的黄豆或泥豆角，投进刚刚熄灭明火的灰堆里，等待豆子煨熟后"噼啪"作响爆裂的声音，然后用棍子从火堆里扒出，每人分上数粒。大家似获到宝贝般将分得的黄豆装进口袋，想吃就摸出一粒。有的小伙伴舍不得吃完，还要留下一些，待回到家里后，献给爸爸、妈妈或弟弟、妹妹，让爸爸，妈妈或弟弟、妹妹分享自己的劳动成果。当然，也有一些小伙伴在分到豆子后，第一时间就一把丢进嘴中，狼吞虎咽地吃个精光。然后又去火堆里扒拉，看看灰堆里还有没有被遗漏的。运气好的话，也许还真能扒拉出一粒或数粒。不过，这时扒拉出来的豆子，有的已经烧焦，变成了木炭，但即便这样，我们仍会珍惜，抓起来就会往嘴巴里塞。有的在吃完了自己那一份以后，还不满足，又会两眼直勾勾地望着还没吃完的同伙，甚至干脆伸出一只脏兮兮的小手，乞求别人施舍一颗两颗，丝毫也不会觉得如果被人拒绝会是一种难堪。

此时此刻，你望着我挂在脸上被烟熏出的泪痕，笑得合不拢嘴；我看着你留在嘴巴周围的薯皮或豆屑，笑得弯下了腰。大家说说笑笑，开心极了，空气中弥漫着一种沁人心脾、令人垂涎的薯香或豆香，山坡笼罩在一种其情深深、其乐融融的氛围里。

如今想来，那些食物虽然粗俗，却胜过美味佳肴，感觉之中，那种绵绵香味正穿越时空，向着自己飘来。我不由自主深深地吸了一口气，意味深长地咽了咽将要流出来的口水，仿佛又回到了儿时的昨天，当年一幕幕烧烤的情景，一张张稚嫩而又天真的笑脸，一一从眼前掠过。

8. 玩弓箭

弓箭是冷兵器，古时两军对垒离不开弓箭。正是因为它与冲冲杀杀打仗相关联，所以，我们从小就喜欢玩弓箭。

不过，我们那时玩的弓箭都是自制的。

那时我们还小，无法见到古时的弓箭，不知道古时用来制作弓箭的材料是什么。但在我们的想象中，用来射箭的弓应该既有硬度，又有柔韧性。

那么，什么东西既有硬度，又有柔韧性呢？父亲告诉我，只有铁和钢等金属才能达到这个要求。

可是，我们小孩玩的弓箭，仅仅是一种玩具，不需要钢、铁那样的硬度和柔韧度，有一根具备一定硬度和柔韧度的木棍或竹片就可以了。

然而，我们资家大屋附近的山山岭岭，连一棵既有硬度又有柔韧度的树木和竹子也没有。

村中有人告诉我，就在我们常去砍柴的山上，有一种叫棘木树的灌木，可以做弓。

于是，我们便相约几个小伙伴，趁砍柴的机会，从遥远的山上，砍来了棘木条。

砍下的棘木条如同成年人的小拇指一般粗细，如果太粗，我们力气小，弯不成弓状；如果太细，做出来的弓没劲，射不远。

后来我们又从山上砍来一根南竹，破成竹片，用于做弓的材料。

有了做弓的材料，我们便根据各自的爱好和需要，选取棘木或竹片，截取相应的长短，再在两端刻成凹槽，以便扎绑麻绳，避免在拉箭的过程中弦绳脱落。

在制弓的过程中，难度最大的是弯弓。由于我们年龄小，力气不大，要想把那么粗的棘木棍或竹片弯成弓状实属不易。

"道开，你找你爸爸想想办法吧，你爸爸是木匠，他一定有办法。"我说。

"是呀，过去我们做玩具，遇到难处，都是你爸爸帮助解决的。"云生也帮着我对道开说。

道开知道，爸爸对自己的事，有求必应，于是便答应道："好吧，我回去叫我爸帮忙。"

当天晚上，我们几个小伙伴便拿着做弓的材料，相约来到道开家。

那时，我们家家户户都是用煤油灯照明，当道开将我们的请求告诉他爸爸确叔时，确叔也不搭话，只是微笑着看了我们一眼，然后拧亮煤油灯，将我们交给他的棘木棍和竹片一根接着一根地在灯火上炙烤，当炙烤到一定的程度，就将之弯成弓状。

接下来，我们便用家里纳鞋底的麻线绑在弓上，成为弓弦。

当然，有条件的则用牛筋线。可毕竟是玩具，纳鞋底的麻线也不是不可以。

最后一道工序便是制箭。

为了避免箭伤他人和家禽家畜，我们做的箭尽量按照确叔的嘱咐，不带尖尖。于是，我们便找来一些普通木棍和竹棍，并根据弓的大小将这些木棍或竹棍裁成一截一截，并用竹筒装起来。

然而，由于我们做出来的箭，分不出箭头和箭尾，射出去后，其箭不能沿着一条直线前行。确叔告诉我，要想箭射得准、射得远，必须有头有尾，且头重尾轻。确叔给道开做了一支箭，箭杆是高粱秆，箭头是一半寸长的竹节，头重尾轻，射出去后，正是直线前行。

有了箭的小伙伴们自成体系，经常在一起玩耍。有时甚至来一些比赛，比方，比一比看谁射得远。大家站在一条线上，每人轮流射出三箭，用最远的那一箭与别人比赛。一般情况下，弓大的，力气大，就射得远；弓小的，力气小，自然射不远。

仅仅射得远还不够，如果又能射得准，那就是小伙伴们人人钦佩的高手。

为此，大家各自用招加强练习，有的在纸板上画一个圈，将纸板挂在树上，天天对着纸板练；有的在自家门板上画一个圈，天天对着门板射练。

如今，每当看到电视荧屏上体育栏目中的射箭项目，就会联想起小时候玩弓箭的乐趣。

9. 玩鞭炮

我从小就喜欢玩鞭炮，一直到现在，一听到鞭炮声，就有一种莫名其妙的冲动，很想回到童年的那个时代，痛痛快快地玩一把，找回过去那种感觉。然而，那种感觉再也找不到了。

也许有人会说，如果你现在居住在农村，想玩鞭炮，想怎么玩就怎么玩，谁也不会对你说三道四。的确，如果我现在要痛痛快快地放一次鞭炮，条件有的是，主要的是不差钱。

正是因为不差钱，想要买多少鞭炮、买什么样的鞭炮都不成问题。

然而缺失的却是那份童真、那份快乐、那份稚气，还有那种洒脱、那种懵懂、那种胆怯，这些却是任何金钱都买不到的。

那时候的农村很少有烟花礼炮出售，即便是有，一般人买不起，也不会随便去买。想放烟花礼炮，只是一种梦想和奢望。放鞭炮才是我们这些农村孩子实实在在的追求。

然而，即使是在农村，除了红白喜事，一般情况下，是不会放鞭炮的，小孩玩鞭炮，更不可能了。小孩要想玩鞭炮，只有在春节。

春节是中国的传统佳节，放鞭炮是春节中的重要习俗，"炮竹声中辞旧岁"，说的就是要在鞭炮声中告别旧的一年。

小孩之所以盼过年，除了因为过年可以吃好的、穿好的以外，还有就是过年可以玩鞭炮。

那时，我们虽然不富裕，生活很困难，但是，即使再困难的家庭，到了过年的时候，不可能不买一些鞭炮。买的鞭炮，除了用来关财门、开财门、敬菩萨、迎客人以外，还有就是给孩子们玩。只不过，家庭经济条件好一点的，给孩子们玩的鞭炮多一些，家庭经济条件差一点的，给孩子们玩的鞭炮就会少一些。

　　我家五姊妹，兄弟四个，四兄弟之间，上下年龄相差只有两三岁，因此，还在我们很小的时候，每年春节，母亲都要给我们买些鞭炮玩。

　　因为受经济条件限制，母亲只能给我们每人买一包豆腐干子大小的鞭炮，村人俗称"豆干子"，也就是只有一百响的鞭炮。如今，市面上再也见不到这种鞭炮了。这种鞭炮用一张粗纸包着，只有四挂，每挂二十五个。为了避免我们兄弟胡乱燃放，母亲分四次发放给我们，每次一小挂，外加一根香，第一次是在年夜饭以后，第二次是大年初一早上，第三次是初二早上，剩下的最后一次是元宵节。

　　经济条件宽裕一点的家庭给小孩玩的鞭炮不是我们家这个样子，有的比我们多出两倍、三倍，甚至更多。

　　正是母亲给我们的鞭炮很少，我们才如获至宝。年夜饭后，我们就会盼星星盼月亮似的，盼着母亲把我们叫到一起。

　　当我们得到鞭炮以后，急切地要做的一件事，不是立即燃放，而是小心翼翼地将那一挂鞭炮一个一个拆散，再用纸重新包好。这样做的目的是为了方便一个一个地燃放，避免一挂或半挂一次性地燃放完，或者是担心在燃放鞭炮的过程中，因为匆忙而折断引信或拆掉引信。

　　鞭炮拆散以后，我们才会非常珍惜地一个一个地燃放。

　　大年三十的晚上，整个村庄沉浸在非常浓厚的节日氛围里，鞭炮声、欢笑声不绝于耳，而最开心的自然莫过于孩子们。

孩子们穿着新衣服，提着牛皮纸灯笼，一边吃着零食，一边玩着鞭炮。

在玩鞭炮的人群中，也有我们兄妹几个。我们每人都手握一炷燃香，哪儿热闹就往哪儿凑，主要是看人家如何燃放鞭炮，当然，自己偶然也放上一个、两个。

由于个人胆量大小及性格的不同，小伙伴们玩鞭炮的方法也有区别。一般的孩子都是事先将鞭炮放置在适当的地方，再用香火将之点燃，然后迅速远离鞭炮处，避免鞭炮炸裂后，伤及自己的脸和手。

有的小伙伴在放鞭炮时，还随身带着一根竹子，那竹子的一端有用小刀刻镂出的一个小洞，放鞭炮前，先将一个炮竹插在那小洞里，用香火点燃炮竹后，迅速握住竹子的另一端，把即将爆裂的炮竹送上前方。

一些胆子大的小伙伴，则是用右手握住炮竹的尾部，点燃后才不慌不忙地将即将爆裂的炮竹甩向远处。有的则干脆让炮竹在自己手中炸裂，一副无所畏惧的样子。

而有些调皮的小伙伴，则趁人不备，悄悄地将炮竹插在稀泥巴里或者牛粪上，点燃炮竹后，自己迅速躲避，炮竹炸裂后，炸飞的稀泥和牛粪溅向那些来不及躲避的围观者；还有的小伙伴则将点燃的炮竹在爆裂前的一秒投放污水中，炮竹在污水里炸裂，污水溅向围观的人群；有些调皮的小伙伴还会将点燃的炮竹悄悄地投向扎堆的女孩中，吓得那些女孩子们大呼小叫，四处逃窜，而他则在一旁取乐。

有些家庭经济条件好的小伙伴，因为父母给的鞭炮多，他们常常会一次性燃放一挂鞭炮。那时，我们对一次性燃放一挂鞭炮的小伙伴是很羡慕的，也是很稀奇的。

为了满足炮竹燃放欲，小伙伴们的办法是很多的。在今天的人看来，那时的有些办法简直匪夷所思，难以想象。

那时候，每当听到有开挂的鞭炮炸裂声，我们这些孩子们就会蜂拥而至，从燃放过后的鞭炮屑里寻找没有炸裂的爆竹。一旦找到一个，哪怕是引信掉了，也会如获至宝。如果发现了引信还在上面，可以继续燃放，更是喜不自禁。

由于当时的炮竹都是黑硝制成的，我们会将拾到的未炸裂的炮竹从中间折裂，露出里面的黑硝。然后拿出一个有引信的爆竹，将其引信放在裂口处，并用两截折裂的爆竹夹紧其引信，但引信务必露出头。燃放时点燃引信，点燃的引信迅速向前燃烧，当燃烧到被断裂的地方时，引信引燃黑硝，发出"嗤嗤"的声音。"嗤嗤"的声音还没完，又会听到"砰"的一声巨响，被夹住的爆竹发出炸裂的声音。

如果拾到一两个既无引信又未炸响的炮竹，且手头又没有带引信的炮竹，那就将拾到的爆竹折裂后，点燃其断裂处的黑硝，看黑硝燃烧时射向空中的火星。如果拾到许多既无引信又未炸响的爆竹，那就将每个爆竹拦腰折裂，一个挨一个围成一个圈，一层层重叠地摆放在石板上，然后用燃烧的香火点燃其中的一个，任由它们之间互相引射燃放。此时此刻，你所见到的是数个爆竹的黑硝燃烧所放出的那一团耀眼的蓝色火焰，你所听到的是黑硝燃烧时所爆发出的那一种动人心魄的声音，你所闻到的则是弥漫在空中那股浓浓的火药味道。

那时候，我们虽然买不起烟花，然而却买得起另外一种爆竹，即我们所称呼的"雷炮"。

其实，"雷炮"并无特别之处，其结构、式样都与小爆竹一个样，只是比一般爆竹大一些。最大的有成年人的拇指那么大，中等的也有成年人小拇指那么大。当然，燃放起来，由于其体积大，里面的火药多，因此炸裂的声音也大得多，犹如一个响雷在空中炸响，所以村人才称其为"雷炮"。

在那个年代，这种"雷炮"可以一个一个地出售。

像这样的"雷炮"，太小的小孩子不敢玩，其父母也不会让他们玩。敢玩这种"雷炮"的都是一些年龄较大、胆子也较大的孩子。他们除了正常地燃放这种"雷炮"以外，还会玩出一些花样来，一个当两个放。

他们将这种"雷炮"拦腰截断，分为两截，立于地面，黑硝一头朝上。燃放前，先准备好一长条木凳，由一人掌握凳子，将凳子翻转过来，凳面朝下，凳腿朝上。掌握凳子的人左脚立地，右脚踏在高悬一头的凳板上面，两只手抓住凳子的两条腿并悬在立于平地上的那半截"雷炮"之上；另一人则举起香火，点燃立在板凳下面那半截"雷炮"的黑硝。待"雷炮"黑硝被点燃释放火焰时，掌握凳子的人用力将悬起一头的凳子踩下去，压住正在燃烧的"雷炮"，由于凳子的压力，那半截"雷炮"迅速炸裂开来，并发出"轰隆"一声巨响，其响声不小于一个整"雷炮"炸裂的声音。

接着又用同一方法燃放另外半截儿。

我们把这叫作"一炮两响"。

如今的孩子，谁会想到"一炮两响"呢？

10. 玩弹弓

弹弓是最适合我们乡村里的孩子玩耍。

因为乡村里有山有水，山上有飞的，水里有游的。

因为乡村里有树有草，树上有果子，草中有小花。

因为乡村里有天有地，天上有白云，地上有黄土。

玩弹弓就需要乡村这样的空间。

不过，我一开始并不喜欢玩弹弓，甚至说不敢玩弹弓，或者说讨厌玩弹弓。

如果没记错的话，大概在我八岁那年的一天早上，我们兄妹几个正在吃早饭，突然，窗户上传来"啪"的一声响，接着又是一声"咔嚓"，一声"哐当"，把我们兄妹几个都吓了一大跳。

我和母亲赶紧跑到窗户台前一看，只见窗户纸上出现一个大窟窿，一面圆镜被砸碎，一地碎片。我们兄妹平时写作业共用的一瓶蓝墨水，也掉到地上被摔破，墨水溅坏了我一双新布鞋，地上还有一块雀蛋大的小石子。

见此情景，我们兄妹几人都气不打一处来。

我知道，这准是谁家的小孩玩弹弓玩出的祸。

又过了几天，隔壁邻居球叔家里一只老母鸡的一只翅膀折了，据说也是被一个小孩用弹弓打的。

是谁家小孩这么调皮呢？

那天我正在做弹弓，元生在其母亲的陪伴下来到了我家，说是他用弹弓打破了我家的窗户，砸碎了我家的镜子，弄坏了我的新布鞋，特意登门向我们家赔礼道歉。他还说球叔家里那只老母鸡的翅膀也是他用弹弓打折的。

元生和他母亲走后，母亲见我在做弹弓，立马没好气地对我说："不许玩弹弓！"

我开始有些不服气，嘴巴噘得老高，一声也不吭。

母亲见我不服气，继续数落道："你瞧瞧，玩弹弓闯祸，如果你因为玩弹弓闯了祸，我可没工夫跟你到别人家里赔礼道歉。"说完一把抓起我那些做弹弓的材料，使劲地扔了出去。

打那后，我放弃了做弹弓的想法，见了正在玩弹弓的小伙伴也躲得远远的，生怕给自己带来麻烦。

然而，过了不久，我又爱上了玩弹弓。

说起来，这里还有一个小故事。

一天下午，我为生产队放的一头小黄牛不听吆喝，跑到生产队的稻田里吃起青苗来。我连忙上前吆喝，想把它赶离稻田，可是小黄牛根本不把我的吆喝放在眼里，继续大吃大嚼，我一见气就不打一处来，捡起一块石头扔了过去，可力度不够，石头落在小黄牛跟前，小黄牛眼睛眨也不眨。我又捡起一块石头扔了过去，这一次石子落在了小黄牛身上，可还是因为力度不够，只是给了它一些痒痒，它回过头看了我一眼，又低着头大吃大嚼起来。

正在我对小黄牛一筹莫展，急得直掉眼泪时，元生走了过来。

"你别哭，看我的。"元生对我说。说完便从裤袋里掏出一把弹弓，又顺手从地上捡起一块小石子夹在弹袋里，然后使劲一拉，只听"啪"的一声，小石子急速地飞了出去，不偏不倚地打在小黄牛的屁股上。

小黄牛遭到了这么突然一击，吓了一大跳，立即狂奔起来。

"不能让它跑了。"我大喊。

只见元生又捡起一个小石子，用弹弓打了出去。这一次，小石子正好打在小黄牛头上，也许是小黄牛一时懵了，立即停了下来，昂起头，"哞、哞、哞"地叫了几声。

我立即跑上前，掏出牛鼻针插入小黄牛的鼻子，将牛绳紧紧地拽在手心里。

元生说："这下好了，小黄牛跑不了了，我也该走了。"

我用衣袖擦了一把鼻涕，笑着说："元生哥，多谢你，要不是你帮忙，这小黄牛闯的祸还要大。"

元生说："幸亏我随身带着弹弓，要不然我也没办法。"

听到元生说到弹弓，我忘记了母亲的嘱咐，顿时来了兴趣，说："元生哥，我想看看你的弹弓，可以吗？"

元生大大方方地说："这有什么可不可以。"说着便掏出弹弓递给我。

我双手接过弹弓，仔细观看着。

这把弹弓其他地方无特别之处，特别之处在于弹弓把，这是一根杂木做成的把，其丫状是自然长成的。两边枝丫分别刻有龙、凤图形，由于上过桐油，整个弓把身油光水亮，古色古香，乍一看似乎有些年头。

我有些爱不释手，元生哥看出来了。

元生哥说："你别瞧它不起眼，我爸说，这可是我祖上留下

271

来的。"

"真好！真好！"我听出来了,元生哥以为我不喜欢这把弹弓,所以我连忙夸奖说。

元生哥见我夸他的弹弓,就主动说:"你也想玩弹弓？"

我又连忙说:"想——想,做梦都想。"

元生哥以为我要他的弹弓,说:"你想玩弹弓,可以自己做呀。"

我说:"我是想做来着,可——"

元生说:"行,别支支吾吾的,缺什么,到我家里去拿。"

我连忙摆手,说:"不用——不用,我自己想办法,不过——"

"不过什么？"

"不过,我得借你这把弹弓一两天,我好照着它的样子做。"

"好！"元生哥毫不犹豫地答应了我的请求。

我瞒着母亲,悄悄地从山上砍来一根有两个一般大小枝丫的树枝,锯成与元生家的弹弓一般长短的把和枝丫,剥去树皮,用刀片刮干净上面的疙疙瘩瘩,用钢笔在两边的枝丫上各画上一龙一凤。

没有牛皮做弹袋,便找到上次做弹弓时剪过的那双破雨鞋,从上面剪下一小块。

而最难找的是两个橡皮条。做弹弓的橡皮条是有讲究的,首先得有弹性,没有弹性或弹性太小,做的弹弓力度不够,要么子弹飞不远,要么飞出去打不准。当然,弹性太强也不行,弹性太强,拉不动。因为我们那时毕竟只是十岁左右的小孩,拉不动弹力太强的弹弓,所以有两根好橡皮是做一把好弹弓的关键。

按照当时的说法,做弹弓最好的橡皮,是废弃的汽车内胎,实在不行,自行车内胎也行。可那时我们乡下不但没有汽车,而且也没有自行车,上一次要做而没做成的弹弓皮条,是我花了一角钱买了十根女孩扎头发用的小橡皮筋,一边五根拧在一起,可谁知太短,弹力又小,做小弹弓还可以,可要做能飞石打牛屁股的大弹弓就不行。

最后,我还是从元生哥那儿弄了两个橡皮,因为他二叔在公社农机修理站工作,那里有废弃的拖拉机内胎。

有了弹弓,放牛过程中我便轻松了许多,许多时候,我都是用弹弓飞石驱赶闯祸的小黄牛。有时还用弹弓飞石,击打树梢人手摘不到的枣子、枇杷、桃子等。有时则用弹弓飞石,击打大树的小鸟和追赶偷吃鸡食的野猫、野狗。

后来我又做了一把小弹弓送给我的小弟。不过,这一把弹弓的弓把是用铁丝弯制成型后,再用带包皮的铜线缠绕,手感很好,我小弟当宝贝似的,时时刻刻随身带着,就连睡觉也放枕头边,否则就会难以入睡。

11. 玩"枪"

玩"枪"是男孩们的天性，无论过去还是现在，绝大多数的男孩都喜欢玩"枪"。

如果有人问我，小时候最喜欢玩什么，我也会毫不犹豫地回答他，我小时候最喜欢玩的就是"枪"。

当然是玩具枪。

那时候，我们虽然小，但我们有着满满的正能量，我们崇拜英雄，崇拜解放军，所以，我们喜爱看的电影、喜爱看的小人书、喜爱听的故事都是抓特务的，或是打仗的。我们喜爱英雄人物和解放军叔叔挥枪毙敌的那种挺拔高大、威风凛凛的形象。在我们幼小的心灵里，他们就是正义的化身，他们就是胜利的象征。

我们之所以喜欢玩"枪"，就是希望自己长大以后，能像他们那样，端起枪杆上战场，英勇顽强杀敌人。

不过，我们小时候的玩具枪不同于如今的小孩们玩的玩具枪。我们小时候玩的玩具枪基本上是自己动手制作的，或者是在成人的帮助指点下完成制作的，而如今的小孩玩的玩具枪，几乎全是商店里买的，很少有小孩自制玩具枪。

我一朋友告诉我，他的一个小孙子才五岁，因为喜欢玩"枪"，其父母、爷爷奶奶、外公外婆以及其亲戚朋友给他买的、赠送的各种玩具枪，就多达一千来支，有国内玩具市场的，也有国外玩具市场的，各式各样，应有尽有，堆放在一起，占半个屋子。同时，他还告诉我，有些"枪"，他孙子摸都没摸一下，就丢弃在废弃的玩具堆里。

我们小时候，没有卖玩具枪的商店，也没有见过玩具枪。

我们玩的玩具枪虽然是自己制作的，但种类也很多，有长枪、短枪，有纸品的，有木头的，有铁丝的，有打的响的，有打不响的。

我第一次做纸枪，是跟着大哥学的。

我看见大哥经常挥舞着纸枪与他们同龄的人玩"抓特务"的游戏，我便像跟屁虫似的跟在他后面，吵着要他的纸枪玩一会儿。一开始，他死活不肯，母亲见状，就劝他说："你就给弟弟玩一会儿吧。"

大哥见母亲发了话，才勉强答应下来，但他又说："你要玩纸枪可以，但我这把不能给你，你要玩就玩你自己折叠的。我教你怎么折叠纸枪吧。"说完，便叫我找来五张课本大小的废纸，开始折叠起纸枪来。他用三张同样大小的废纸折成枪托和枪匣的部件，一张搓成管状，作为枪管，再把最后一张撕成一半，用其中半张折叠作为枪的准星，最后将几个部件组装起来，就这样，一把纸枪顺利做成。接着，他又将做好的部件拆开，恢复做前的状态，让我学着他的样子制作。

由于他是一边制作一边不厌其烦地向我解说的，加之我是顺着他的折痕重复的，我很快就成功了。

有了自制的纸手枪，我开始在小伙伴中间耀武扬威起来，最喜欢玩的一个动作，就是模仿电影里那些英雄人物的举动，一手叉腰，一手举枪，嘴里大喊："同志们，冲啊！"或者是拿着"枪"顶着小伙伴的腰，严厉地呵道："不许动，举起手来，缴枪不杀！"

后来我又学会了做木头手枪，教会我做木头手枪的则是我的父亲。

那时，父亲在县法院工作，不知是编制有限，还是案件不多，一个上百万人口的县，法院工作人员才十几个人。所以，父亲的工作量很大，长年累月在外面办案，随身携带的是一把油纸雨伞，一个洗得发白的军用帆布旅行袋，还有一件我最稀罕的东西，那就是他腰里别着的一把左轮手枪。那时没有四通八达的公路，也没有说走就走的公交车和客运车，更谈不上专车和出租车了，父亲下乡办案、取证、做调查，靠的就是两条腿。

靠着两条腿，父亲踏遍了衡南县的山山水水，一天行走五六十里甚至一百来里乡间小路是常事。一年三百六十五天，难得回家一两次，偶尔回家，要么是路过家，顺便进家门看看奶奶，要么是为我们兄弟姊妹上交买粮食的钱。

这一天，奶奶得了急病，母亲托人将父亲从城里叫了回来。

他回到家时，正赶上我们吃晚饭，父亲来不及吃饭，将旅行袋一放，便立即赶到奶奶床头探望。

此时此刻，正是我们小伙伴们兴起玩木头手枪的时候。村里的小伙伴们都有了自己的木头手枪，而当时我还只有纸质手枪，做梦我都想有一支自己的木头手枪，而且是自己亲手做的。

见父亲忙着，包丢在一边，我丢下饭碗，趁父亲忙着，便悄悄地去寻找父亲旅行袋里的左轮手枪，其目的是想依照父亲那只真手枪的形状做成自己的木头手枪。

正当我拿着手枪放在一张白纸上照葫芦画瓢的时候，父亲走了过来，他摸着我的头和蔼地问道："你要干什么？"

我嗫嚅地说："我想做一支木头手枪。"

父亲笑了笑，摸着我的头说："行，你去找块木板和锯子过来。"

"你替我做？"我问。

"不，你自己的事自己做，我帮你。"

按照父亲的吩咐，我找来了一块木板和一把锯子。

父亲叫我将他的枪放在木板上，用铅笔在纸上划出枪的轮廓，然后又是锯又是凿，不一会儿，一把左轮手枪形状的木头手枪便做了出来。

看着自己亲手做成的木头手枪，虽然有些粗糙，心里却美滋滋的。

　　为了在小伙伴跟前显摆，我用一根红布条系在枪托上，又用一根绳子作为皮带扎住上衣，再将木头手枪别在腰间。小伙伴们见状，个个伸出大拇指。从此，我就经常用这把木头手枪，与小伙伴们一道玩"抓特务"、"打游击"的游戏，人五人六地模仿起电影和小人书里的英雄人物。

　　不久，木头手枪不吃香，小伙伴圈中又流行能打响的"铁丝手枪"，而这能打响的"铁丝手枪"又是我从城里孩子们那儿带回来的技术。

　　我第一次接触"铁丝手枪"，是在姨妈家。

　　那一天，我跟母亲到了郴州城里的姨妈家，一进门，见表弟与两个小伙伴正在玩着铁丝制成的小"手枪"。我还没来得及上前与表弟打招呼，只听"砰"的一声，似一枚爆竹炸裂的声音在屋内响起，把我们母子俩吓了一大跳，赶紧捂住了耳朵，而表弟与他的小伙伴们则发出一阵爽朗的笑声。

　　这时，姨妈从里屋走了出来，对表弟等嗔怪道："大毛，去外面玩，别吓着你小姨和表兄。"

　　表弟笑着说："没事，妈，这是我制作的铁丝手枪打出的声音。"

　　听说是"铁丝手枪"，还打出了声音，我顿时来了兴趣。

　　那年我十二岁，比表弟大两岁。我心里明白，作为城里人的表弟，肯定比自己见识广，于是我放下身段，指着表弟手中的"铁丝手枪"，非常谦恭地问道："大毛，这——这是你自己做的？"

表弟则非常自豪地说："这还有假，肯定是我自己做的。"

"能让我玩一下吗？"我试探地问。

表弟大度地说："没关系，让你玩几下都可以。"说完便将"铁丝手枪"递到我手中。

我接过表弟递过来的"铁丝手枪"，仔细地端详着，不由得想起了我们乡下的小伙伴玩的一种玩具——火柴枪：用一根铁丝弯成 η 状，一头拴紧一颗手枪子弹头，一头拴紧一颗小铁钉，小铁钉的钉尖对准子弹头的尾部。由于那时制作子弹头的材料都是金属铅，在被铁丝拴住之前，需将子弹头尾部的铅凿出一个小坑，便于将火柴杆上的黑硝刮入其中，接着将钉尖对准子弹头尾部的小坑，然后抓住铁丝，将钉头对准一个硬的物体用力敲击，这时，铁钉在外力的敲击下，其钉尖就会与黑硝发生摩擦，从而发出惊爆声。

眼前的这把铁丝枪之所以能打响，与我们农村里玩的火柴枪的原理是一样的。只不过铁丝枪的枪身是铁丝缠绕成的，枪管后部绑着手枪的弹头，撞针仍然是一根铁钉；只不过铁钉是固定在一根橡皮筋上，拉动橡皮筋就会连动铁钉一起挂在"枪"后面的挂钩上，挂钩连着扳机，扣动扳机，让铁钉和橡皮脱离挂钩，利用橡皮的拉力带着铁钉迅速撞击前面子弹头里的黑硝。同理，黑硝经过铁钉的撞击而发出爆裂声。由于这种爆裂声是从铁丝枪身发出来，所以让我特别感兴趣。

我对表弟说："这个真好玩。"

表弟说："好玩吗？"

"好玩，我——"我很想得到表弟这把铁丝编制的"手枪"，所以，故意拉长声音。

表弟从我的口气中知道了我的想法，便断然地拒绝道："不行，表哥，这把'枪'不能给你。如果你实在想要，我马上给你做一把。"

我还没来得及回话，表弟就翻箱倒柜地找出两根铁丝，一根粗的，一根细的，一颗子弹头，一根铁钉，还有一根橡皮筋。接着又从工具箱内找出一把钳子，他先用钳子将粗铁丝弯成一把手枪的形状，然后又用细铁丝将枪身密密地缠绕起来。不一会儿，一把铁丝手枪便制作成功。

表弟把制作成功的"铁丝手枪"放在我手中，说："你试枪吧。"

听到表弟让我试枪，心里高兴极了。我接过"手枪"，如法炮制在子弹头里刮进火柴黑硝，拉动铁钉，然后扣动扳机，只听"砰"的一声，一声清脆而又响亮、类似鞭炮炸裂的声音在房间内回荡，一股浓浓的火药味在空中蔓延。

我高兴极了，举着手中的"铁丝手枪"大喊："噢，我也有能打响的'手枪'了。"

　　我用一块红布小心翼翼地将"铁丝手枪"包好，心里想，我一定是我们村子里第一个拥有能发出"砰、砰"声音手枪的人，我要好好在小伙伴面前显摆显摆。

　　果不其然，村子里的小伙伴见我手中有能打响的"铁丝手枪"，惊奇、惊羡之余，又纷纷效仿。一时间，村子里到处听到"砰、砰、砰"的声音。在玩"抓特务"、"打游击"的游戏中，小伙伴腰里别的、手中拿的手枪，都由木头的变成了能打响的"铁丝手枪"。

12. 玩　棋

说起玩棋，有人一定会认为这只是成人的事，尤其如象棋、围棋等棋艺复杂的棋，几乎是成人们的天下，未成年人很少涉足。

其实，随着时代的发展，玩棋不再是成人们的专利，一些未成年人也开始涉足棋坛。有些未成年人的棋艺之高超和精湛，甚至令成人们都为之叹服。

本来玩棋只是一种娱乐，或者是一种兴趣和爱好，孩子们玩棋也是因为好玩，所以才玩玩而已。然而，现今有的小孩子，并不就是玩玩而已，而是将其作为一种职业，或者说至少当成一种专业，孜孜不倦。

当然，我们小时候不是这样。

那时候，我们玩棋纯粹是凭兴趣，娱乐娱乐而已，没有名利的驱使，即便在玩的过程中有输赢之分，那也只是玩玩。

我们小时候也玩象棋，个别村民家中也有象棋，虽然档次不高，但却可以随时拿出来玩。

村西头的春社曾经与我是同学，后因治病，辍学一年，便留了级。他有一特别的爱好，就是下象棋。他下起棋来可以不吃不喝，整天蹲在那儿。奇怪的是，他父母根本不责备他，反而还鼓励他。

不过，春社的棋艺也确实了得，不但我们同龄的小伙伴们下不过他，就连村里几个识文断字、懂得下象棋的成年人都是他手下败将。

一次，我钦佩地问他："春社，你下象棋真厉害。"

他不屑地说："我算什么，我的祖爷爷才厉害。"

"你祖爷爷？"

"是啊，我祖爷爷获得过什么象棋赛冠军，奖品就是十斤重的纯铜象棋。"

"什么，纯铜象棋？"

"就是用纯铜打造的棋子。"

"这么说，你家里有纯铜象棋？你见过吗？"

"我不但见过，还摸过呢，那棋子一颗颗锃光瓦亮，放在手里沉甸甸的。"

我这个人好奇心特别浓，听到春社这么说，心里痒痒的，恨不能一睹究竟，便说："春社，你能让我看看吗？"

"那可不行，铜棋是我们的传家宝，不能随便给人看的。"

后来我又多次缠着春社，可任我说破嘴皮，春社就是不肯。

对此，我也曾问过村里的老人，村里的老人也都说，是听说过有这么一回事，但谁也没见过。

不过那时的农村，会玩象棋的孩子并不多。

相对来说，会玩军棋的孩子要多一些，这也许与我们小时候受教育和所接触的一些人事相关。

在那个年代，我们耳濡目染的是政治抱负，我们崇尚的是解放军与英雄人物，我们追求的是敢打敢拼的作风和不怕苦、不怕死的精神，我们向往的是军队生活，长大成为一名身着绿军装的解放军战士，加之军棋的简单性和随意性，所以大部分小伙伴对军棋很感兴趣。

在军棋对局的过程中，只要认识棋子上的每一个字，了解基本的军事长官的大小便可以进行。

军棋对局有两种方式：一种是以棋子背着对方站立的方式，双方都看不见对方棋子的真实身份，只有通过行走吃子时，由裁判判断双方棋子的身份，去小留大；另一种是双方的棋子全部俯卧，谁也看不到棋子的身份，只有在对局时，翻开棋子，才知道棋子的身份。

由于军棋简单易下，加之军棋的制作工艺不复杂，买一盒军棋也无须掏很多的钱，所以，在我们村的小伙伴中，不少男孩都有一盒军棋，课余饭后都会厮杀一阵。

长大后，自己参了军，并提了干，置身于军队中军事长官的序列，算是对军队军官体制和序列有了更进一步的了解。原来，现实的军队军官体制和序列，远比军棋复杂得多。

与城市的小孩相比，在玩棋方面，我们农村小孩还有一些优势。

　　除了城里的小孩会玩的象棋、军棋、跳棋等制式棋以外，生长在农村里的小孩，还会玩一些只有在农村才可以玩的棋，比如，乘三棋、裤裆棋等，这些棋不是制式的，无须制作精美的棋盘和棋子。山顶、岭底、水边、路旁、房前、屋后、树下、井上、田头、地坎，一块石板，或一抹平地，用粉笔、树枝或木炭在上面画几条相应的线条，便是棋盘。再随地捡上几颗石子、几片树叶或掐几截稻草粟杆，便是棋子。下棋人可立可卧，可跪可坐，可以光着屁股，也可以戴着斗笠；可以在放学路上，也可以在砍柴途中；可以无观众，也可以无裁判；你可以赢，我可以输；你可以哭，我可以笑；我可以"挡"，你可以"堵"；你可以"杀"，我可以"斩"。彼来此往，无拘无束，酣畅淋漓，坦坦荡荡。

　　虽然这些棋类上不了台面，也从不被上流社会所看重，甚至不被成年人当一回事，但是对于我们这些生活在农村底层的小伙伴来说，却是一件乐不可支的玩事。

13. 捉迷藏

捉迷藏，又叫躲猫猫，我们那个地方又叫躲壁。

提起捉迷藏，无论是现在的孩子，还是过去的孩子；无论是城里的孩子，还是农村的孩子，都玩过。在几乎每个人的记忆深处，都有抹不去的点点滴滴，每当回忆，就会泛起一些趣事、囧事。

应该说，过去也好，现在也好，城里也好，农村也好，捉迷藏的方式大同小异。

一两个，或三四个不等的一群孩子，分成对立的双方，一方为藏方，另一方为寻方。当然，藏方和寻方不是固定不变，而是根据约定，随时角色互换，开始的藏方会变寻方，开始的寻方会变藏方。

然而，不管是藏方和寻方，都讲究一个灵活，灵活才有趣。也就是说，藏的要隐蔽、巧妙，寻的要细致、机智，关键是双方都要快乐、开心。

躲猫猫无须任何工具，有一个相应的客观环境即可。由于农村里的环境与城里的环境不同，过去的环境与现在的环境不同，此地的环境与彼地的环境不同。因此，作为躲猫猫的双方，需要解决的一个问题就是对客观环境熟悉的问题。如果对客观环境不熟悉，躲亦无法躲，寻亦无法寻。

记不清是哪一年了，一次，我与发小道本躲猫猫。云生、道校等其他发小在一旁观看。

我们躲猫猫的场地是在村里公厅屋，这公厅屋分上厅屋和下厅屋，大门外是台阶。

经过商议，我先躲，他寻。

也就是说，他先站在门外等着，等我在门内找好一个地方躲起来后，发出已经藏好的信息，并通过监察官道校同意，他才能进厅内找寻。

需要特别强调的是，作为躲的一方，在躲的过程中，每换一地方，必须要学一声猫叫，算是向对方发出自己已经藏好的信息，同时也是告诉对方，现在可以开始寻找自己。也许正是因为这是一声猫叫，加上躲藏时手脚灵便轻巧得像一只猫，所以才叫躲猫猫！

寻在明处是动态的，躲在暗处也可以是动态的。

一开始，我躲藏在公厅屋内一个稻草垛内，用稻草将自己遮了起来。当我在草垛中学老猫叫了一声后，道本立即冲了进来，由于他一时不知道老猫叫的声音具体来自哪个角落，先是站在厅屋中间犹豫了一下，然后便盲目地寻找起来。我透过稻草的缝隙往外看，看见道本慌乱、盲目的样子，暗自好笑。

正在我暗喜时，道本来到了稻草堆旁，他拨开我旁边的稻草往里瞧了瞧，幸好没发现我，见到草堆里没有我，便又往别处去了。我见状，便立即偷偷地钻出来，跑到上厅屋的神龛里，与泥菩萨坐在一起，然后又学老猫叫了一声。

道本听到猫叫声，立即跑进了上厅屋，可他不敢走近神龛。

那时候，长辈们为了不让孩子们冒犯神灵，经常教育孩子们，要敬畏菩萨，在菩萨面前不要大声喧哗，更不要随便触碰菩萨，见菩萨要作揖，要下跪，否则就会肚子痛、脑壳痛。

所以，尽管道本听到猫叫的声音来自神龛方向，但他就是不敢近前，而是远远地站在那里，探头探脑，希望从神龛中发现我，或者能让我突然从神龛中钻出来。

正在道本犹豫不决时，道校从后面走上前来，对道本鼓励道："怕什么，走近去看看呀！我给你壮胆。"

道本见道校在身边，胆子自然大起来，他蹑手蹑脚地走近神龛。

眼瞧着自己就要被道本发现，我急中生智，摘下泥菩萨头上的帽子戴在自己头上，加之我那天穿着一块红肚兜，乍看起来，与裹在泥菩萨身上的红布差不多。见菩萨的脸上灰蒙蒙的，我又赶紧从香炉里抓了一把灰抹在脸上，索性与泥菩萨并排坐着，且一动不动，连眼睛也不眨一下。

那时没有电灯，神龛上面有一盏用细细的蜡烛点亮的灯，昏黄的灯光在寒冷的空气中忽大忽小、忽明忽暗。

道本怯怯地往神龛里瞧了一下，见两个菩萨并排坐着，满腹狐疑，但又不敢乱说，一副愣愣的样子。

道校见状，"扑哧"一声笑，眼泪鼻涕一大把，他这一下，把我也逗笑了。

道本发现泥菩萨旁边是我，感觉自己受到了欺骗，连忙指着我的鼻子恨恨地骂道："你这个骗子，你骗我，我不跟你玩了。"

我一听道本说"不跟我玩了"，也急了，连忙钻出神龛，拉着他的手，哄着说："别——别，我们可是好朋友，下面，你躲，我来寻。你怎么躲都行。"

道本听到我说让他来躲，我来寻，才破涕为笑。

正在这时，他妈叫他吃饭，他才依依不舍地离开。

又是一次野外的躲猫猫。

我们几个放牛的小伙伴赶着牛群来到一处有青草的山坡，为了防止牛儿逃跑，我们把牛拴在树桩上，然后开始躲猫猫。

这一次，道本躲，我寻。

一开始，我背朝道本，待道本躲好后，远处传来猫叫，我才转身并循声找去。

由于灌木丛茂盛，我一时未发现他躲在哪个灌木丛中。正当我站在几个灌木丛前犹豫时，脑子里突然闪过一个念头，何不引他出来。于是便故意在一个明知没有藏人的灌木丛前将一棵小树摇晃了一下，嘴上还跟着说："嗯，没有在这里。"说完便转身离去。也许是道本看我离去，便借机钻出来向旁边一丘长满青苗的稻田里藏，我突然调过头，把他吓了一大跳，想躲已经来不及，一不小心，摔倒在水稻田中，正巧那田埂上有一大泡牛粪，一头下去，嘴巴正对着牛粪，来了个嘴啃粪。他哭了，我也吓傻了，一旁观望的毛妹子见状，立即就着稻田里的水帮助他洗净脸上、头上的牛粪和衣服上的泥水。

不知是谁多嘴，将道本在躲猫猫的过程中出现的状况告诉了我母亲，认为是我恶作剧导致道本出状况的。我母亲最看不得自己的孩子恃强凌弱，听说这事，便将我揍了一顿。现在想起来，真觉得有些冤。

14. "抓特务"

我们从小就喜欢看"抓特务"的电影,听"抓特务"的故事,看"抓特务"的书籍,所以,我们从小也喜欢做"抓特务"的游戏。

我们非常崇拜那些"抓特务"的八路军、游击队员,以及解放军战士、公安人员,还有那些战斗在敌人心脏的地下工作者,同时也十分憎恨那些欺负压榨老百姓、残酷杀害仁人志士、破坏中国革命和中国建设的狗特务。

所以,当我们看到有关"特务"被抓或被枪毙的情节,便会不由自主地产生一种激动和兴奋。也许正是这种原因,我们很小便会模仿电影等文艺作品中的情节,自编、自导、自演"抓特务"的游戏。

那时候,乡村的夜晚,说寂寞也寂寞,没有电灯、没有电视、没有手机、没有K歌、没有闪烁怪异的霓虹灯光、没有矫揉造作的艳丽街舞,唯有煤油灯的灯光把山村的夜晚照亮。说热闹也热闹,油灯前有纯真的笑脸,月色下有欢快的笑声,晚风里有充实的人群,空气中有果实的芳香。

这个时候，也是我们玩"抓特务"这种游戏的好时候。

又是一个月朗星稀的夜晚，小伙伴们吃完晚饭，碗一放，便陆陆续续从各自家中跑出来，来到村前的禾坪上，相约玩一场"抓特务"的游戏。

大家手里都自带一件"武器"，有人腰里别着一把木制的手枪，有人肩上扛着一把木制的大刀，也有人手里握着一根竹棍，还有人端着一杆木制的红缨枪。

放眼望去，月光下，一个个昂首挺胸、精神抖擞，真像要出征的战士。

"谁扮特务？"见人到齐，雨林问。

既然是玩"抓特务"的游戏，那么谁来扮演"特务"呢？

由于我们从小受的教育都是正统教育，崇尚英雄、追捧英雄、争当英雄是我们那一代青少年的追求和梦想，所以在"抓特务"的游戏中，大家都想当正面人物，都要当英雄，谁也不想扮"特务"。

雨林是这次游戏的发起人和组织者。

没有人回答雨林的提问。

我说："还是老办法。"

我说的老办法就是抓阄。

以往我们玩这种游戏，当无人愿意扮"特务"时，就是采取抓阄的办法。谁抓到"特务"二字的阄，谁就当"特务"，不能推脱。有时需要两个或两个以上的人扮演"特务",那就得设有两个或两个以上的"特务"阄。

沉默了一会儿,举手投足素有男孩味道的毛妹子自告奋勇地站了出来说:"我。"

我没想到这一回竟然有人主动要求装扮"特务",而且还是个小女孩。

"不行不行,女孩子怎么能扮'特务'?"雨林见是毛妹子要扮女"特务",连忙拒绝。

"为什么不行?你没见电影里也有女特务?"毛妹子据理力争。

"那倒是的,电影里的确有女特务。"有人附合。

雨林见状,只好答应。接着又说:"那还差一个,光一个女特务也不行。"

"那就算我一个。"一个精瘦干巴的男孩举起了手,不用看,听声音,大家就知道这是人称"猴精"的村生。

"猴精装特务最合适,有扮相也有经验。"毛妹子说。

大家无话可说,雨林也同意。

难得的这一次两个扮"特务"的人都是主动要求的。

按照事先的约定,"特务"先将自己藏匿在某个区域内从事"破坏活动",被群众检举揭发后,"特务"暴露,八路军或游击队追击"特务"。

"特务"从事"破坏活动"的位置（也就是藏匿的具体位置）由"特务"自己选定，抓"特务"的一方开始搜索后，"特务"也可视情况变更自己藏匿的位置，甚至可以选择逃跑。如果"特务"在设定的区域内被抓，视"特务"失败。如果"特务"逃出设定的区域，视"特务"被赶走。总之，抓"特务"的一方是胜利者。

游戏开始，毛妹子和村生两个人进入约定区域（禾坪坡下的小树林），并进行"破坏活动"。

其他抓"特务"的人则用禾坪上的稻草作掩体，全部趴在地上，持"枪"对准小树林，等待冲锋"抓特务"的命令。

十来分钟后，雨林接到一手持红缨枪的七岁男孩小军的报告，说是发现有"特务"在进行破坏活动。

十二岁的雨林装模作样地一手叉腰、一手看表，然后大手朝众孩子一挥，一声令下，高喊："出发，抓特务！"

于是，我们十几个小伙伴挥舞着手中的"武器"向着小树林冲去，"冲啊！""抓特务！""缴枪不杀！""狗特务快出来！"等吼声此起彼伏。

有些小伙伴为了给自己壮胆，甚至拿着红缨枪和木头枪等这里捅一捅，那里捣一捣。

又是十来分钟过去了，小伙伴们搜遍了设定区域内的每一个角落，却毫无收获，连"特务"的蛛丝马迹也未发现。

就在大家十分迷茫，甚至有些失望，准备收兵回家的时候，不远处的一棵大枣树上传来一女孩打喷嚏声。

"特务躲在树上。"不知是谁一声喊，大家端着枪一窝蜂向大枣树冲了过去。

当我们离大枣树还有十来米时，随着"扑通"一声响，一个黑影从树上跳到地上迅速逃离，还没等我们反应过来，那黑影已经逃出了设定区域，正站在土坎上对着我们笑呢。

然而，树上还有一个黑影就没那么幸运了，她从树上跳到地上，两脚刚沾地，就被我们活活抓住。

"举起手来，缴枪不杀，该死的女特务。"雨林用木制手枪顶着毛妹子。

毛妹子装出一副可怜的样子，高举着颤抖的双手："我投降！我投降！"

几个小伙伴上前，用稻草绳将毛妹子捆绑起来，押着向禾坪中央走去。

大家高举起手中的武器，大喊："我们胜利了！"

第一轮，大家没尽兴，又来第二轮。第二轮是在村对面的禾坪周围的稻草垛之间。玩到第三轮时，雨林将玩的地方改在村后的小山上。当月儿西斜时，我们才尽兴地回到家里，此时此刻，大家已满头大汗。

除了"抓特务"，类似游戏还有"打仗"。

　　与"抓特务"的游戏不同的是，"打仗"的游戏是互为"敌人"。游戏前选中一个小山包，作为双方争夺的目标。游戏一开始，双方同时往小山包上冲，看谁第一个登上山头，第一个登上小山头的人属于哪一方，就属于哪一方胜，这一方也就是八路军或解放军，败的那一方便是日本军或蒋匪军。

　　现在的孩子们还会玩"抓特务"和"打仗"的游戏吗？

15. 丢手绢

想当年，无论是城市还是农村，几岁的孩子都会玩"丢手绢"的游戏。在幼儿园玩，在学校玩，放学后回到村里也要玩。

我对丢手绢的游戏，记忆犹新。

所谓"丢手绢"，就是几个人、十几个人甚至几十个人不等，围成一个圆圈，脸朝圈内或坐或蹲，统一基本姿势。然后推举一名第一个丢手绢的人，或者抓阄确定第一个丢手绢的人。当第一个丢手绢的人确定以后，丢手绢的游戏正式开始。

丢手绢的小伙伴围绕伙伴们坐成的圆圈不停地转圈，瞅准机会便悄悄地将手绢掷于某个人背上或其背后的地上，被掷手绢的这个人发现手绢丢放在自己背后，需迅速做出反应，捡起手绢立即向前面丢手绢的人追去。

丢手绢的人应尽快补入刚刚捡到手绢人的位置，不能因为自己被捡手绢的人追赶而随意插入其他人之间，否则视作违规。另外，丢手绢的人如果在补入前被捡手绢的追上并抓住，需站在圈中间唱歌、敬礼或鞠躬，以示惩罚。

丢放手绢者，在丢放手绢的过程中，不得以任何形式或任何方式暗示被掷受手绢的人。如果做出暗示，不管被掷手绢的人是否知情，丢放手绢的人都要受到处罚，站在圈中间唱歌、敬礼或鞠躬。

当然，其他人也不得以任何方式暗示被掷手绢的人，如果做出了暗示，也不管被掷手绢的人是否知情，也视作违规，接受处罚，站在圈中间唱歌、敬礼或鞠躬。

如果被掷受手绢的人在被放手绢后，丢放手绢的人已走了一圈，其仍然浑然不知，进而被丢放手绢的人抓住，更得接受惩罚，于圈中间唱歌、敬礼或鞠躬致歉。

在丢放手绢的过程中，围坐在圈子的所有人都不得扭头向后偷看，但可伸手向后摸寻。如果往后看了，也属违规，也要受到处罚。

尽管规矩严厉，但是丢放手绢的人仍会巧妙地暗示与自己要好的人，让其顺利过关。而且，丢放手绢的人还会利用自己一时的职责和权力，故意引诱他人犯错。比方说，在转圈的过程中，混淆真假，形成错觉，让别人上当受骗。

当然，丢放手绢的人有权选择被放置手绢的对象，他可以选择与自己亲密的，也可以选择与自己疏远的，他可以选择反应灵敏的，也可以选择反应迟钝的。

然而，不管选择谁，都是为了好玩。

孩子们哪有成人们那么多心事。

如今，可能除了幼儿园的老师，还会组织幼儿园的孩子进行丢手绢的游戏，其他人可能都不会玩这个了。

有人说，如今连手绢都没有了，哪里还会玩丢手绢的游戏。

这倒不一定，没有手绢可以用布或其他东西代替，问题的关键是，如今的孩子们有电视看，有手机玩，谁还会玩丢手绢这种老掉牙的游戏呢。再者，在城里，大家虽住在一栋楼中，却家家户户大门紧闭，老死不相往来，成人之间不相识，孩童之间也不相识。而且，由于近几十年来，骗子、人贩子无孔不入，孩子们出门玩，家长们不放心，万一被骗子骗了，被人贩子拐卖了，那怎么得了。

至于现在农村里的孩子不会玩这个游戏，是因为农村里的孩子大多跟随父母进城打工，留在农村里的已没有几个。加之近些年来，农村盖房子无规划，单门独户，孩子们想聚到一起玩耍，非常困难。再者，无论是城市还是农村的孩子，学习压力大，稍有时间就要看书、做作业，家长督、老师催，想玩却没时间玩。

16. "老鹰"抓"小鸡"

在一块几十或上百平方米的平地上，三五个，或十几二十个小孩在一起，一个扮"老鹰"的，一个扮"老母鸡"的，其他小孩全部扮"小鸡"。

"老鹰"要抓"小鸡"，"老母鸡"要保护"小鸡"，千方百计地阻挡"老鹰"，"小鸡们"一个紧跟一个，后面的死死抓住前面人的衣服，形似一条长蛇，紧跟在"老母鸡"后面，尽量躲避着"老鹰"的魔爪，这就是"老鹰抓小鸡"的游戏。

这个游戏，我们小时候经常玩。不但在学校玩，而且，还常与村里的小伙伴们玩。如今，可能只有在老师的组织指导下，幼儿园的孩子们偶尔玩一玩。

记得那时候的老师是这样说的，通过"老鹰抓小鸡"的游戏，不但可以增强孩子们的集体主义意识，而且还能加深相互之间的感情。

老师还说，通过这个游戏，能使孩子们在一起开心、快乐，从而有利于孩子们的身心健康，有利于提高孩子们的体力和智力。

不过，我们小时候在玩这个游戏的时候，可没想这么多，只知道怎么开心、怎么快乐、怎么有趣、怎么有味、怎么热闹、怎么痛快就怎么玩。

当然，游戏中谁扮什么角色，还是有讲究的。

一般情况下，扮演"老鹰"这个角色的，需自告奋勇，而扮演"老母鸡"这个角色的，则需要大家推选，条件是年龄稍大，个子稍高，有胆量、有魄力、有威信，敢担当，反应快，不怕吃苦，机智灵活，敢与"老鹰"对抗，巧与"老鹰"周旋，有扮"老母鸡"的经验。

在我们村那时的小伙伴队伍中，柳林不但年龄大，个子也大，按现在时兴的话，典型的"大姐大"，每次玩"老鹰抓小鸡"的游戏，只要她在场，"老母鸡"这个角色非她莫属。而云生又最喜欢扮"老鹰"。别看他个子不高，鼻子下面还经常挂着两条鼻涕，一年四季常穿着一双露着脚趾头的布鞋，可扮起"老鹰"来，刁钻又古怪。有时还要打扮一番，或用锅底灰将脸涂黑，只露着两只眼睛骨碌碌地转着，或用报纸自制一顶鹰状的帽子，帽子上画着怪异吓人的图像。"小鸡"们见着他就害怕得不得了，而这也正是他要的效果。

游戏一开始，"老鹰"云生就发起强烈的攻击，左冲右突，妄图突破"老母鸡"柳林的防线，而"老母鸡"柳林也不是等闲之辈，见"老鹰"气势汹汹，便左挡右拦，丝毫不让"老鹰"接近"小鸡"。"小鸡"们也挺乖，见"老鹰"冲过来，便立即躲闪，紧贴在"老母鸡"的身后。

就这样，双方你来我往、你争我斗僵持着。

云生已大汗淋漓。

柳林也气喘吁吁。

可就在柳林松一口气的当儿，云生一个虚晃，从柳林的手臂下钻了过去，抓住最后落单的"小鸡"紫花，其他"小鸡"被吓得大喊大叫。

第一回合，"老鹰"赢了，"老母鸡"和"小鸡们"输了。

第二回合，"老鹰"云生在经过一段时间的左冲右突后，又采取虚晃一枪的办法，谁知"老母鸡"柳林早有提防，待云生冲过来时，立即闪到一边，同时伸出一只脚，给云生使了个绊子，云生摔了个嘴啃泥，"小鸡"们见状，一窝蜂围上去，将"老鹰"云生活活捉住。

第二回合，"老鹰"输了，"老母鸡"和"小鸡"们赢了。

云生不服气，说柳林耍痞，不该出脚使绊子。

第三回合，双方都非常小心，不敢轻易亮招，你来我往经过十来分钟的较量，"老鹰"抓住了一只"小鸡"，却又被"老母鸡"和其他"小鸡"活捉。

当然，无论谁输谁赢，大家只求开心、快乐。

每每这个时候，寂静的小山村就会热闹非凡，笑声、喊声、尖叫声，声声震天。

17. "卖龙牵牵"

"卖龙牵牵"也是我们童年时代爱玩的一个游戏，其他村的孩子们会不会这种游戏，我没考证。可我们资家大屋村的孩子会玩这种游戏。

我记得伴随这个游戏，有一首必唱的童谣："卖龙卖龙牵牵，牵到河边，大娘、二娘买狗吧。"如果不唱，这个游戏便无法进行。

如果你从没玩过，或许压根就没听说过有"卖龙牵牵"这个游戏，一定会觉得这个游戏跟"龙"有什么关系，实际上则毫无关系，至少我是这样认为的。

从流传下来的童谣歌词看，卖方把狗牵到河边，河里有水，龙是水中之王，这似乎不是在卖小狗狗，而是在卖龙。可是，水中之王的龙又怎么能随便被买卖呢？即便是小小的龙太子也不可以被随便买卖的，所以童谣的最后一句直白地问道："大娘、二娘买狗吧。"

由此来看，游戏名应为"卖狗牵牵"，似乎更为恰当些。

如果是买卖小狗狗，那么就可以随意了，游戏中的行为正好体现了这一点。

所谓"卖龙牵牵"，就是卖"小狗狗"。

"牵牵"二字则意味着是牵着卖，也就是说，是牵着小狗狗卖。

参与游戏的人由三个方面的小伙伴组成，一是卖方，由一个小伙伴充当；二是买方，由两个或两个以上的小伙伴充当，在游戏里称作是"大娘""二娘"；三是"小狗狗"，由参加游戏的其他小伙伴充当。

游戏开始前，买卖双方相对而立，只不过卖方后面跟着一群"小狗狗"。这些"小狗狗"一个扯着一个的衣服，站在卖方的后面。

游戏一开始，卖方领着"小狗狗"转上一圈，且边走边唱着："卖龙卖龙牵牵，牵到河边，大娘、二娘买狗吧？"唱着唱着便来到了买方"大娘、二娘"跟前停下，充当卖方的小伙伴先向"大娘"问道："大娘，买狗吧？"

作为买方的"大娘"，见有卖"小狗"的送上门来卖，便爽快地表示："我买、我买。"

当然，"大娘"也可以表示不买，如果"大娘"表示不买，卖方会因此乞求"大娘"："买吧，买吧！""大娘"会装模作样，越发显得高高在上，以此来打压卖方的价格。

而卖方也可以针对刁钻和贪婪的买方要大牌，说："你不买，我还不卖给你呢。"随即便会找到"二娘"，向"二娘"问道："二娘，买狗吧？"此时的"二娘"必须答道："我买，我买。"否则，游戏无法进行下去。

如果"二娘"也说："不买，不买。"卖方则牵着小狗继续转圈，直到有人要买。

由于游戏规则规定，一次只能买卖一条小狗狗，所以，卖方见有买家买小狗狗，一般会采取两种方式来卖掉自己的"小狗狗"，一种方式是以"小狗狗"的队伍为序，从后往前依序一次卖一个，直到卖完为止；另一种方式是由买方选择，选了谁就是谁，"小狗狗"们不得争先恐后，直到卖完为止。无论哪种方式，被叫到的小伙伴都要服从安排。

被卖掉的"小狗狗"在离开卖主前，会乖乖地走到主人身边，"汪、汪、汪"地叫几声，以示自己对主人的依恋。

紧接着，扮成买主的小伙伴会向卖主问："什么价格？"

扮成卖主的小伙伴会说出一个价格，或两元，或三元。

扮成买主的小伙伴说："好的，成交。"接着便装成数钱的样子，并将数好的钱交付对方。

这时，被卖掉的"小狗狗"才可以站在买主的背后，成为买主的"小狗狗"。

有时，在"买卖"的过程中，围绕价格，买卖双方还可以讨价还价，借以增加游戏的娱乐性、趣味性。比方说，卖方说十元，买方不同意，只愿出八元一个，卖方要求买方再加一点，买方又要求卖方再减一点，几个回合，双方才成交。

18. 拔 河

拔河比赛是一项群众性体育项目，其实也是一种游戏，而且是一项老少皆宜的游戏。只不过成年人拔河比赛是体育项目，小孩拔河比赛就是玩游戏。

可以说，在诸多孩子们玩的游戏中，拔河比赛是一项经久不衰的游戏项目，过去的孩子们喜欢玩，现在的孩子们也喜欢玩。过去一些单位组织群众体育活动玩这个，现在一些单位搞党团日活动，也玩这个。

拔河比赛之所以经久不衰，一方面，是因为拔河比赛游戏在设备设施方面没有太多的讲究，一块平地、一根绳即可；另一方面，是因为拔河比赛游戏无须太多的技术含量和高深的理论支撑。从某个角度上讲，这项活动仅仅是一个力气大小的较量，其力气的大小反映出来的就是输赢。还有一个方面，就是参加拔河比赛的人可以是男的，也可以是女的，还可以男女混合，可以是成年人，也可以是未成年人，还可以是成年人与未成年人共同参与，这要看活动开始前双方如何约定。

一般来说，学校或单位组织的拔河比赛，在参与人员的选定方面会作出严格的规定。比如说，三八妇女节组织拔河比赛，参与拔河的人员只能是女性，而且还要在年龄上作出规定，老年组的年龄是多少，中年组的年龄是多少，青年组的年龄是多少等。又如，六一儿童节组织的拔河比赛，参与比赛的人员就只能是儿童，成年人不能参与其中。如果是单位与单位之间组织的拔河对抗赛，那就只能是双方单位的内部员工，不能夹杂别的人选，一经发现有别的人选，就要受到处罚或取消参赛资格。

单位与单位、部门与部门的拔河比赛，通过输赢反映出来的是群体实力的角逐、组织严谨状况的展现。所以说，通过拔河比赛活动的开展，可以提高所属员工的体质，还可以增强单位组织的凝聚力、向心力和战斗力，促进上下之间的团结，促进相互之间的合作。

虽然，拔河比赛技术含量低，但方式方法十分重要。方式方法对头，赢的概率就会很高，反之，赢的概率就会很低，即便是像我们小时候玩游戏，也会讲究这些的。

记得有一次，我们村二十几个小孩，相约黄昏到门前禾坪上玩拔河比赛游戏，由我当裁判。比赛前，我就把捆禾的两根稻草绳连结成一根绳，中间疙瘩处用一块红领巾系着，禾坪中间用石子划了一道杠，作为中轴线。

比赛双方牵头的，分别是小伙伴道新和军林。参赛队员由道新、军林各自挑选，为公平起见，用抽签的方法确定谁先选，谁后选。

我用一短一长两截牙签般粗细的野草秆作为签，谁抽到长的谁先挑选，结果道新抽了个长签，军林抽了个短签。

按照事先的约定，参加拔河比赛的人各六人，道新先选一个，军林接着选一个，道新又选一个，军林也选一个，就这样经过六个回合，各自都选中六个自认为满意的参赛队员，其他没有选上的则分别成为两队啦啦队。

比赛开始前，只见道新将自己的队员按高矮胖瘦排序，矮的、瘦的在前，高的、胖的在后。

我那时听老师说过，拔河时，把体重最重的人放在最后，可以起到压阵作用。排在最后的是被小伙伴们戏称"胖"的小路。小路是十二岁的年龄，十八岁的身材，不但个子高大，而且肥嘟嘟的，足有二百来斤。道新用拔河的绳索捆住他的腰，并叫他在比赛时尽量往后仰。

果然，比赛一开始，道新这边就占了主动权，三下两下就把红领巾拉过了中间线，赢了第一局。军林看出了端倪。

第二局开局前，军林也将人员的排序进行了调整，瘦的、矮的排在前面，胖的、高的排在后面。

第二局一开始，就进行了拉锯战，只见那绳子上的红领巾一忽儿左一忽儿右，或者干脆停在中间，不停地抖着，就这样僵持了好一会儿，谁也赢不了谁。看到了双方人员都筋疲力尽的样子，我作为裁判，在分不出比赛高低胜负的情况下，只能适可而止，便立即宣布这一局为平局。双方见我宣布了平局，都松了一口气，这一松气不打紧，双方队员都躺在地上直喘粗气。

休息了一会儿，我宣布第三局开始。

第三局一开始，仍像第二局一样僵持不下，这时，只见道新这边的一些啦啦队员用锅底灰把脸涂成奇形怪状，向军林的拔河队员故意挤眉弄眼。

我没想到道新会用上这么一招。别说这一招真管用，军林的几个参赛队员见了道新啦啦队搞笑的模样，忍俊不禁，大笑起来，这一笑不打紧，手一松，道新的队员趁机使劲一拉，军林的几个队员来了嘴啃泥。

道新的队彻底赢了，军林不服气，责怪道新使用下三滥的手段，想否认这一局的结果。

道新自然也不怕，说："赛前并未规定什么办法行，什么办法不行，再者我们的啦啦队搞笑，你们的队员可以不笑呀。"

争来争去，最后还是我这裁判说了算。

反正都是游戏，游戏嘛，就是为了开心、快乐。

可不像单位与单位、部门与部门之间的成人拔河比赛，那可是重名次、轻娱乐的。

19. 踢毽子

踢毽子是一项传统的民间娱乐活动，或者说，也是一项民间体育活动。只不过，它始于何时，盛于何时，无从考证。但至少我知道，二十世纪八十年代之前，在我们农村的孩子们中间很盛行这项活动。

有人说，踢毽子是女孩子喜欢的玩事，其实不然。在那个时候的农村，不仅女孩子喜欢这种玩事，而且一些男孩子也喜欢参与其中，我就是其中的一个。

那时候，我们玩的毽子都是鸡毛毽子，鸡毛毽子有两种形状，一种是短毛毽子，另一种是长毛毽子，且都是自己制作的。

做毽子之前，需准备几个配件材料：

一小块旧布。

一根细麻绳。

一块橡皮。将之剪成与古铜钱一般大小。

一枚铜钱。如果是做长毛毽，需在铜钱四个方位各钻一个比缝衣针大点的窟窿眼。如果找不到铜钱，那就用一块与铜钱大小的铁片代替，但同样也需在铁片四个方位上各钻取一个比缝衣针大一点的窟窿眼。

那时，几乎家家户户都有古铜钱，只是多与少而已，但谁也没有将之与古董文物联系在一起，不知道其作为古董文物的价值。大多数村民除了将其作为废铜废铁卖给废品收购站以外，就是用一根红丝线，拴着一块铜钱，挂在小娃娃脚脖子上，说是用以避邪护正，再就是用来做鸡毛毽子。

一把鸡毛。如果是做短毛毽子，就找一把母鸡翅膀上的毛，越白越好，越纯越好；如果是做长毛毽子，就找一把公鸡尾巴上的毛，越长越好，越漂亮越好。

如果是制作长毛毽子，就将从公鸡尾巴上拔下的毛，选取四根，头朝下，一根一根分别插入事先钻好的铜钱币的四个窟窿眼内，然后将鸡毛骨折回紧贴于铜钱背面，并用橡皮托住已插入鸡毛的铜钱，接着用布条将铁皮与铜钱包裹起来，最后用麻绳将布条与鸡毛一圈圈扎紧。

如果是制作短毛毽子，就将从母鸡翅膀上拔下的羽毛捆成一把，尾朝下，插入铜钱四方框内，然后用橡皮托住，接下来的流程与制作长毛毽子一样。

最难的是在铜钱上打孔，没有专业工具，是不可能在铜钱上打出孔来的。

为了给铜钱打孔，稍大一点的男孩会模仿制作木匠手中打孔的工具——木钻，只不过比木匠的木钻小多了。木钻的主杆是一根竹筷，其钻头是一根纳鞋的针。

还有一难题就是找鸡毛。那时农村谁家没有养几只鸡、鸭，按理，弄一把做毽子的鸡毛是非常容易的事。但是，谁家平时也不会轻易杀一只鸡、鸭自己吃，只有到了过大年的时候，才会大开杀戒，家家户户杀鸡宰鸭，这个时候，才是我们小屁孩获取鸡毛的最佳时刻。

那时，鸡毛是可以换取零钱的，为了避免家人把所有的鸡毛换钱，杀鸡时，我们就守在旁边，鸡一蹬腿，就抢先从鸡身上拔取我们做毽子需要的最好的毛。

值得注意的是，制作出来的鸡毛毽子需不轻不重，恰到好处。如果太重踢不飞，即使踢飞了，也会砸伤脚面；但又不能太轻，太轻了，轻飘飘的找不出感觉。

那时候，女孩子一般玩短毛毽子。由于女孩子身段灵活、轻巧如燕，玩起毽子来花样翻新，踢、勾、蹦、翻、腾、挪，右脚出左脚收，左脚出右脚收，看得人眼花缭乱、美不胜收。

女孩子们在玩毽子时，往往会相约一些好友，或两人一对，或三人一伙，或对抗赛，或淘汰赛，以个数多少论输赢，谁踢的个数多，谁就是赢家，反之则是输家。

我们男孩子玩的毽子则大多是长毛毽子，其玩法与女孩子们玩短毛毽子不一样，既没有什么花样，也不论输赢。

许多情况下，是一群男孩子聚在一起，其中一人站在人群前面的台阶上，手挥一块小木板，用力向人群抛出长毛毽子。由于长毛毽子是用公鸡尾巴上那漂亮的羽毛扎成的，被抛出后，会在空中划出一道美丽的弧线，煞是好看。

台下的孩子们见长毛毽子向自己头上飞来，谁都不甘示弱，纷纷高举双手奔向长毛毽子，谁要是接住了长毛毽子，便会成为下一个抛掷手。

作为掷抛人，拥有了抛掷长毛毽子的权力，众人之上，自然洋洋得意，因为他可以随心所欲地抛掷鸡毛毽子了。

有时候，一群男孩会为争夺下一个鸡毛毽子抛掷手，在接收鸡毛毽子的过程中，你抢我夺，互不相让。这个时候，就是看谁个头高，谁的力气大。高个头、力气大的自然占上风，很容易得手。不过，无论谁得手，大家都会很开心很高兴。

当然，也不是所有的男孩子都喜欢玩长毛毽子，不喜欢玩短毛毽子。我们村有一个男孩，叫校生，就是踢短毛毽子的高手。

校生比我小一岁，住在村东头。他父母一共生了十个儿女，前面九个都是女儿，最后一个生的是他。校生从小在姐姐们的陪伴下长大，姐姐们喜欢踢毽子，他也喜欢踢毽子，由于爹妈都宠着，姐姐们自然也不敢怠慢，处处由着他、让着他。他缠着姐姐们教他踢毽子，姐姐们不敢不教；他要独霸毽子，姐姐们不得不依。于是这一来二往，久而久之，他不但会踢短毛毽子，而且博采众长，形成了自己独特的风格，鸡毛毽子踢得出神入化，以致在读小学期间，学校里举行踢毽子大赛，他不但是全校唯一一个男选手，而且技压群芳获得冠军，成为当时学校一大新闻。

如今，孩子们不踢毽子了，也不知道毽子为何物了。

我们见到的毽子也不是鸡毛的了，而是用剪短了的白色纤维绳撕成细条后扎成的了。

20. 跳方块

跳方块就是"跳房"。"跳房"是我们村里人的说法。

我小时候很喜欢玩跳方块。

找一块平地，随便用石头或瓦片、树枝或木棍什么的，在地面上画一个正方形图案或长方形图案，就可以跳方块了。

当然，跳方块还得有一件辅助工具，那就是算盘串珠。那时，没有计算器，也没有手机，算个账什么的，一般都是用算盘。加之小学有一门珠算课，上珠算课时，孩子们人手一个算盘，所以但凡有小孩在学校读书的农户，都有一把算盘。

有算盘便有算盘珠，算盘散架了或摔坏了，就有算盘珠了。用一根绳子串上几个或十几个算盘珠，然后首尾相接扎起来，就是算盘串珠。算盘串珠，是跳方块的重要工具。如果实在没有算盘串珠，就把去了肉的螺蛳壳，砸一个窟窿，用绳子串起来当串珠，同样可以玩跳方块。

虽然都是跳方块，但方式不同。

第一种方式是：先将串珠掷予第一个方块内，然后单腿越过有串珠的方块，并继续单腿跳跃前行，当跳到联排的两个方块时，则双脚着地后又继续单腿前行，再双脚着地跳入第二个联排方块，然后腾空转身一百八十度回头，按原方式返回，当跳到置有串珠的方块跟前时，需金鸡独立，弯腰捡起串珠，再飞身越过，回到原地，第一轮结束。

如果第一轮整个过程毫无瑕疵，那么，接下来便进行第二轮，将串珠抛掷第二个方块，以此类推，第三个方块、第四个方块……当到了联排的两个方块时，先左边，后右边，直到最后半个圆，将串珠抛入半个圆圈后，又从半个圆中捡回串珠，再沿途返回，算是这一回合顺利完成。

如果在抛掷串珠的过程中，压了线、出了线，或颠倒了顺序，都算失误，必须终止进行。

由于抛掷串珠是由近而远，难度越来越大。用力过小，串珠到不了规定的位置；用力过大，串珠就会滑出规定的位置。尤其是到了最后半个圆圈时，如果抛掷时用力过大，串珠就会跑出半圆范围，即使跑不出半圆范围，如果离线太远，抛掷人弯腰够不着，那也白搭。

当然，跳这种方块时，除了在抛掷串珠要避免失误以外，自己在跳的过程中也须谨慎，不能踩线，如果踩线，也被算作违规、失误。

如果玩的是第二种方块，其辅助工具不变，方式是：跳方块的人先将算盘串珠置于左边第一方块内，紧接着单腿跳入，将串珠踢入第二方块，以此类推第三方块、第四方块；然后将算盘串珠从第四方块横着踢向第五方块内，再由第五方块踢入第七方块；最后，单腿跳跃沿路返回到第一方块，由第一方块进入到第八方块，弯腰捡起第七方块内的串珠，又返回到第一方块，直到跳出方块外，第一轮才算完成。

如果说玩第一种方块考验的重点是跳方块的孩子手上的功夫，那么玩第二种方块，考验的重点是跳方块的孩子脚上的功夫，脚上的功夫深，踢串珠时就会稳、准、快。

第二种方块的难度在于将串珠从第五方块踢入第七方块，如果力轻了，串珠就会落入禁区第六方块；如果劲大了，串珠就会穿越第六、第七两个方块，进入第八方块。

在玩第二种方块时，由于自始至终都是单腿跳跃，而且还要带珠前行，自然很是吃力。跳方块的孩子除了要有耐力，还要保持自己的身体平衡，跳的过程中，不但要避免因身体不平衡而出现脚压线的失误，而且还要避免另一个脚点地的失误。

很显然，跳第二种方块比跳第一种方块的难度大。

跳方块是那时男孩女孩都喜欢的一种玩事，但相对来说，女孩更喜欢。

不过，跳方块这种玩事，除了对场地的平整度和面积的大小有一定的要求外，其他都没什么太多的要求。所以，不论房前屋后，也不论田头地尾，只要有一块稍为平整的地儿便可以玩。

当然，如果平地的面积太小也不行，面积太小，施展不开，只有足够大的面积，才可以有施展的余地，画方块的人可以视场地随心所欲，画的方块才会大气、恢宏。一般来说，只要场地允许，年纪大点的孩子画的方块会大些，年龄小点的孩子画的方块会小些。

我喜欢画方块，如果有小伙伴跳方块，只要我在场，一般情况下，都会叫我画方块。那时，水泥不普及，晒谷坪一般都是石板铺成，或者是黄泥铺成。为了获得画方块的机会，我的裤兜里总是少不了从老师上课时的粉笔盒里，偷来使用过的粉笔。如果是在石板上跳，我就用粉笔画；如果在泥坪上跳，我就用木棍或石块瓦块画。

我喜欢跳方块，但比较而言，我喜欢跳第一种，第一种跳得特好，而不喜欢跳第二种，因为第二种方块规定跳方块的孩子单腿跳跃且带珠前行，单腿蹦跶本来就很吃力，何况还要带珠前行。

那时，我们村里有一个叫明妹子的小女孩，号称是村里的方块王，一般的男孩、女孩都跳不赢她。对抗赛选边时，大家都喜欢选她作为自己的队友，因为选中她作为队员，十拿九稳是会赢的。

不过，我不信邪，我要用第一种方块与她对阵。

明妹子比我小三岁，但是在同一学校读书，上学、放学常常相伴而行，关系不错。

这一天，放学回家的路上，我主动邀请明妹子吃完饭后跳方块。为了体现我男孩子的风度，其他人由她先挑，三个人为一组。

明妹子满口答应。

一吃完饭，我们来到村前禾坪上开始比赛。

经过抓阄，我们组先跳，第一轮、第二轮由队员跳，两轮下来，她们组竟然落后于我们组四个方块。我想，我们应该赢定了。不知是老天爷有意帮她，还是她的确技高一筹，最后的结果，是她不但追上了我们，而且还超过我们两个方块。

后来，我们虽多次较量，但都是我输得多，赢得少。

21. 玩纸角

"玩纸角"就是"打角",村里人都把"玩纸角"叫作"打角"。

"打纸角"是我们小时候常玩的一个事，也是我们男孩最喜欢的一件玩事。

纸角的形状有两种，一种是四方形的，一种是三角形的，相对来说，玩四方形的多一些。

"玩纸角"的关键是原材料——纸，虽然是废纸。

那时候，用来折叠纸角的废纸很少，一般情况下，都是些废包装纸、废书、废报纸，或者是前一年和上一个学期使用过的旧书和写过的作业本。就这样，还得看家中是否有读书识字的人，有读书识字之人，自然有废书、废报、废本什么的。因此，纸的问题是玩纸角的首要问题，也是关键问题。

纸角可大可小、可厚可薄，这得根据需要来定。大多数情况下，一张纸折叠一个纸角，如果是一张大纸，就可能会裁成几张，叠成几个纸角。有时也会用两张或者几张纸折叠成一个，目的是加大纸角自身的重量和厚度。偶尔得到一张报纸，或一张旧年画什么的，便如获至宝，因为报纸和年画纸质厚实，且体积大，可以以一当几。

如果实在找不到废纸了，将香烟盒的纸拆开，抹平，再折叠，如若还不行，就用纸箱或纸盒的纸板，经过修剪成形，照样可以玩。

也有一些顽皮的小伙伴为了玩纸角，在"寻纸"的过程中，做出一些荒唐事来。

小宣是我小学三年级的同学，也是班上的纸角迷。玩起纸角来可以不吃饭、不睡觉。

那时候，老师布置的家庭作业很少，学生用不着花费大量时间做家庭作业。一般家庭的孩子，放学之后，打猪草、放牛、砍柴，

或帮助父母干一些其他力所能及的事。

小宣是父母的独崽，用不着干活儿，他的课余时间大部分就是用来玩纸角，他的书包随时随地都装满了纸角。一开始，他输得多，赢得少，渐渐地纸不够用了，为了寻找折纸角的纸，不但撕毁前一学期使用过的课本和作业本，而且还将在读学期的课本学过的课文及写过的作业本悄悄地撕下来，有时甚至将新课本、新作业本撕下来做纸角，然后在其父母及老师跟前撒谎，说新课本、新作业本被偷，或者说不小心被自己丢失了，需要补发。好几次其父母和老师都被他蒙混过去，为他补发了课本或作业本。

一次，我与他一道玩纸角，当我不经意地将他手中的纸角全部赢回来以后，满以为他不会再与我玩了，谁知他歪着脑袋，梗着脖子对我说："你等一下，我回一趟家就来。"

我问："什么，你还要玩？"

他答道："对，我还要玩，你别赢了就想走。"

没办法，我只得答应他，老老实实在原地等着。

不一会儿，他兴冲冲地赶来了。

他拿着一张有些厚的纸折叠的纸角，对我说："这一回，我赢定你了。"

"好！牛皮不是吹的，火车不是推的，咱们走着瞧。"我说。

还别说，开始几局都是他赢了，然而，到了后来，我却越玩越顺手，结果，不但把输给他的纸角全赢了回来，而且还将他刚从家里带来的那个特定的纸角赢了过来。

为了探究他这个纸角的谜团，我将那纸角拆开一看，真没想到，这张纸竟然是他父母的结婚证书。为了便于保存，当时的结婚证书用的是质量上乘且较厚的纸，用这种纸折叠出来的角，自然厚重质量高。

玩纸角，可以两个人玩，对抗论输赢；也可以三个人以上，一群人玩，组团论输赢。当然也不排除一个人独自玩，有些小孩很贪玩，一时找不到对手，想玩了，便独自一人玩，这种玩，不在乎输赢结果，玩的是过程。

当然，玩纸角是有技巧的，如果是对抗赛，要想把对方的纸角赢到自己手里，那还真得动动脑子。

纸角有三角形的，也有四角形的，小伙伴们在一起玩的时候，事先有约，是玩三角形的，大家就都玩三角形的，是玩四角形的，大家就都玩四角形的，以体现公平、公正。然而，仅约定形状还不够，由于纸角有大小、厚薄之分，而这一些在玩之前，也必须有所约定。

有了事先一些规矩的约定，接下来便是技巧方面了，而技巧方面就看各人。

如果我没记错的话，玩纸角的过程中，确定输赢的一个基本原则，就是玩的过程中，肢体不直接触碰对方纸角的前提下，用自己的纸角将对方置放在地上的纸角翻个。如果翻了，就说明你赢了，你可以将对方的纸角归为己有。如果没有翻，你就得将自己的纸角置放在地，由对方翻，如果你的纸角被对方打翻了，那么你就输了，你的纸角也就归了对方。

为了将对方的纸角翻个，你可以根据对方的纸角采取不同的方式或方法。比如说，你可以用自己的纸角直接砸向对方的纸角，通过纸角对纸角的粘合带来的惯性，将对方的纸角打翻。又比如，仔细观察和认真分析对方放在地上的纸角有无空隙，如果有，就用自己的纸角平整地砸在对方纸角有空隙的地上，利用自己纸角砸在地上所产生的劲风掀翻对方的纸角。如此循环往复，一次接一次，最终，谁手中的纸角多谁就赢了，谁手中的纸角少谁就输了。

我依稀记得，我赢得最多的时候，课桌的抽屉里是满满一抽屉的纸角。输的时候一个纸角也没有。

其实，我们那时对于输赢并不是很在意，在意的是大家在玩的过程中开心不开心。玩，是孩子们的天性，也许因为输了，一时不开心。可过了一个晚上就没事了，第二天，又会开开心心地玩起来。

22. 滚铁环

在农村，滚铁环似乎是男孩子的专利，一般家庭的男孩都有自己心爱的铁环。一有空闲，小伙伴们就会聚集在一起，沿着那崎岖不平的山间小路，吆五喝六，你追我赶，笑声、喊声，伴随着铁环滚动时发出的"叮、叮、叮"的声音，犹如一曲交响曲，在山村的空中回荡。

我很小的时候喜欢滚铁环，可我一开始并没有自己的铁环，只能看别人玩，或者缠着别人，借玩一会儿。

看到别人家的孩子都有自己的铁环，我羡慕极了，做梦都想拥有自己的铁环。

然而，那时要搞到一个像样的铁环绝对不是一件简单的事情，一个字——"等"，等待机遇的出现。

那时，我们滚的铁环都是箍木桶或者木盆用的铁箍，要想得到这些木桶、木盆上的铁箍，除非这些木桶、木盆已经破损、散架，其铁箍因生锈或断裂而被废弃。

在那个年代，村民们家家户户使用的都是这样的木盆、木桶。如果仅仅是从这个角度讲，不愁没有铁环。但是，你要想得到其中的一个铁箍，那又是不可预料的，除非你家中要换木盆、木桶，或者你的家长能给你一个专门用来滚玩的新铁环。但是，一般的家庭不会这样做的。

当然也不排除个别条件好、对孩子娇惯的家庭，孩子要什么给什么，一个新铁环算什么，说给就给。

像我们这样的家庭自然不会这样，我要得到一个铁环，那是非常困难的。

我依稀记得，自己是小学三年级才有属于自己的铁环。由于我们家在这之前已经修理过木桶、木盆，其废弃的铁箍不知去向，要想得到自己家里修理木桶、木盆时被废弃的铁箍，不知道要等到猴年马月。我只好另辟蹊径。

这一天，我听说邻居冬伯家请来了木匠，要给家里做木工，打制和修理一些木桶、木盆、桌子、椅子什么的，我不免心中暗喜。

我想，机遇终于来了，冬伯家里的孩子大了，他们家废旧木桶、木盆换下的铁箍没谁要，如果我能守住，得到那些废、旧木桶、木盆换下来的铁箍，我所需要的铁环不就有了吗！

于是，我就往冬伯家里跑，期望能得到他家里被废弃的铁箍。谁知，得知这一消息往他家跑的人不只我一人，需要铁环的小伙伴们都往冬伯家跑。

加之这时我们进入期末考试期，为了考试，我再无暇顾及铁环的事。等我考试完毕，已经三天过去，此时冬伯家的木桶、木盆全部修理好了。我跑到冬伯家，冬伯不在家，伯母告诉我，她家里被弃的木桶、木盆铁箍早已被人要去。我垂头丧气，灰心极了，一连几天都拉长着脸，谁也不搭理。

又过去了一个月。

就在我失望的时候，母亲交给我一个锈迹斑斑的铁环，虽然锈迹斑斑，但我还是喜出望外。

母亲告诉我，外婆得知我想要铁环，就在她家请木工修理木桶、木盆时，特意交代木工师傅，将换下的铁箍收起来并交给她，她将木工交给她的铁环拿给了我母亲。

现如今，乡村里的木桶、木盆几乎绝迹，替代的全是塑料桶、塑料盆，或者是铝桶、铝盆、铁桶、铁盆，如要铁环，除非到铁匠铺专门制作。

有了铁环，下一步就是制作推钩。

制作滚铁环的推钩很容易，我找了一截竹棍，又找来一根铁丝，将铁丝弯成推钩，然后插进竹棍里，并捆绑固定好。就这样，滚铁环的推钩就做成了。

有了铁环，又有了自己做的推钩，便可以随心所欲地玩滚铁环了。

小孩子都有天性，有了好事，喜欢显摆，心里面藏不住事儿。

当我有了自己的铁环和推钩以后，便特意拿着这两样宝贝到小伙伴们跟前玩耍，小伙伴见我有了自己滚铁环的工具，也为我

感到高兴。

谁都想跟我一起玩，特别是那些喜欢玩滚铁环，手中又没有工具的小伙伴们，更是像跟屁虫似的时不时地跟着我，跟我套近乎，想借我的铁环玩一玩，有的甚至不惜用豆子糖交换，哪怕是摸一下也行。

滚铁环，虽是一个可以独立进行的玩事，但是，小伙伴们感觉还是在一起玩才有意思。一些已有铁环和推钩的小伙伴，时不时地邀请我，要与我共同玩耍，或要与我进行比赛。

滚铁环，讲究场地，如果在一块平地，或一条大道上玩，无遮无拦，无拘无束，速度上可快可慢，时间上可长可短，自然畅快淋漓。

然而那个时候，我们那样远离城镇的小山村，既没有一条广阔的水泥路，也没有一块平坦的水泥坪，有的是羊肠小道、山间土路，或者是石板铺成的石板路。在这样的坪里或这样的路上玩滚铁环，速度上想快快不了，想慢慢不下，时间上想长长不了，想短短不成；有时候，铁环还没滚出去，人却先摔倒了。于是，我们在比速度时，不但会比谁的速度快，有时还要比谁的速度慢，要知道，比快容易，比慢却难；有时候，我们不比速度上的快慢，而是比时间的长短，同等条件下，谁一次性滚的时间长，谁就是赢者，反之则是输者；有时候，我们比路程的长短，同等条件下，谁一次性滚的路程长，谁就是赢者，反之则是输者。

　　乡里的孩子喜欢热闹，只要谁在玩滚铁环，就会围着一帮人观看，他们在一旁呐喊助威、喝彩鼓励。有时，滚铁环的人在前面滚，一些孩子便追着滚铁环的人跑；有时，滚铁环的人因为惨败哭泣，一些孩子也会跟着抹泪。

　　那时候，没有电视，没有手机，更没有游戏机，孩子们除了睡觉，大家读书在一起，干活在一起，有时连吃饭也在一起，很自然，玩也在一起。

　　因此，我们经常相约一起玩。

23. 打陀螺

我小时候很喜欢玩陀螺。

那时候，我们玩的陀螺都是自己做的木质陀螺，所使用的材料是质量较重的茶树、冷树等杂木，而不是杉树、苦楝树、泡桐树等疏松的材质。材质疏松、分量轻，旋转不动；材质细密、分量重，才旋转得快，旋转得快，旋转的时间才会长。

我们村后山虽然有树，却没有做陀螺的好材料。于是，我便趁去远方砍柴的机会，砍下一些适合做陀螺的杂木，再按陀螺的长短锯下来，用刀将一头砍成锥形状，然后用刀片剔削光滑。如果做的是大陀螺，还会在陀尖的一头钉进去一根钉子，其作用就是减少陀螺在高速旋转时对陀尖木头的磨损，从而增加陀螺使用的寿命，毕竟铁比木头耐磨。同时，也可以提高陀螺的旋转速度，因为，陀螺接触地面的那一头越小、越尖、越光滑，其旋转速度越快。

我知道自己制作的陀螺很粗糙，不如机器磨制出来的精致，当然也不如工匠做得好看，但是我相信，再粗糙的陀螺只有旋转起来，才是好看。换句话说，一个陀螺制作的再精致，如不旋转，也不耐看；只有转动的陀螺，哪怕它制作的工艺再粗糙，才会有活力，才会有灵气。

为了让陀螺旋转起来绚丽多姿、灵动机巧，有时我们还用红墨水和蓝墨水点缀在陀螺顶层，一旦陀螺转动起来，陀螺顶上就会滚出无数个红、蓝相间的彩圈，煞是好看。

有时，为了好看，同时也为了好拿捏，我们还会用刀片将一些稍大点的陀螺上半部分环刻两道沟痕，当陀螺转动时，就会有一种线条优美、玲珑剔透的感觉。

陀螺有大有小，大、小没有统一的规格。

那时候，我们玩的陀螺都不是很大，最大的也只有茶杯底那么大，小的如镰刀把，一般的也只有锄头把大小。

与现如今成人玩的陀螺比，大小差距很大。如今的陀螺，大的如斗如碗，其材质也不完全是木头，有铝质、铅质等金属材质的，其重量动辄几斤、十几斤重，最重的达几十斤重。当然，这些陀螺不是手工打制的，更不是小孩子的手能够打制的，全是机器制造。

更为有趣的是，如今的农村见不到陀螺，倒是一些城里人迷恋上了陀螺；孩子们不爱陀螺，一些中老年人倒爱上了陀螺。现如今的孩子们不玩陀螺，取而代之的是手机、游戏机。当然，中老年人玩陀螺，不仅仅是为了玩，重要的是通过玩陀螺达到锻炼身体的目的。

正因为这个原因，每天黄昏和清晨，在城里的公园、广场、游园等一些闲坪空地，一些中老年汉子，手舞长鞭，气冲牛斗，围着陀螺你追我赶，陀鞭声声，如同裂帛，震耳欲聋。

为了推进和推广这一活动，一些地方还成立陀螺协会，推行陀螺运动，推选陀螺大师，组织比赛活动。

那时，我们玩的陀螺档次虽然不高，但玩的技巧和方法却与现在城里人大同小异。

一般情况下，是同时放陀起鞭，看整场的时间长短，长的为赢，短的为输。有时，我们不比整场时间的长短，而是比其他方面时间的长短。如同时松鞭放陀，不抽打，看谁的陀螺旋转的时间长；或同时松鞭将陀螺往空中抛，看谁的陀螺着地时不但能继续旋转，旋转的时间还很长。如何保证时间长久，除了选择的场地，拥有的陀螺及陀鞭质量的高低以外，还有就是在于玩陀螺的人玩的技巧、经验和心理素质。

比如，在抽打陀螺时，尽量不要将陀螺往高低不平的地方赶，也不要将陀螺往挥不起鞭的角落地赶；又比如，当陀螺旋转的速度变慢时，要及时挥鞭抢救，加速和保持陀螺的旋转；还比如，当陀螺遇到障碍，速度放慢，濒临静止时，不要慌张，要沉得住气，尽快找到起死回生的办法。

我喜欢玩陀螺，但由于我家住在村子深处，门前缺乏一块好的平地，我常常揣着陀螺到村子前面的禾坪上玩。

与我在一起玩的时间最多的是小开，他是我的同班同学，也是我放牛的牧友。小开比我大两岁，个子比我矮一点，人挺机灵，也乐于助人。因为他二姑爷是木匠，他十二岁那年便辍学跟着二姑爷学起了木匠活，两个月后他二姑爷因病去世，他便从二姑爷那儿拣了几件木工工具回到家里，闲暇之余就利用这几样木工工具，帮助村里的小伙伴们做一些简单的玩具，如木头枪、木头刀等，村里大部分小伙伴的陀螺都是他做的。

小开也喜欢玩陀螺，他家中有大、中、小各式各样的陀螺十来个。毕竟他跟着师父摆弄过锯子、斧头等木匠工具，做的陀螺自然比我们的精致，就连陀鞭跟我们的都不一样，我们的陀鞭都是一根木棍系着一根普通布条，他的陀鞭是一根竹棍系着一根皮条。

每次相约出来玩，他都要揣着三个陀螺，大、中、小各一个，然后根据对方陀螺大小确定自己用哪一个，尽量保持与对方的陀螺大小差不多，他说这是为了公平。他玩得很投入、很认真，总要争个胜败才收场。

大多数情况下，都是他胜，每当他胜的时候，大家夸他时，他却又要谦虚地说上一句："这没什么。"不知道他这"没什么"是说自己能耐大着，胜一把陀螺算不了什么？还是安慰我们，不要把陀螺胜败放在心上，胜和败都没什么？

其实，我也不在乎玩陀螺时人与人彼此间的胜负，我在乎的是玩陀螺时人与陀螺之间的默契和挥鞭击陀时那种力的酣畅与张扬。

24. 爬杆与攀树

农村山多，山中树多，一个村庄，无论大小，前前后后、左左右右都有不少树木。有的风华正茂、郁郁葱葱；有的饱经沧桑、老态龙钟；有的高耸入云、遮天蔽日；有的婀娜多姿、柔不经风。

我们在农村里长大，抬头见山，低头见树，自幼与树为伍，与树相伴，我们伴随着树木的成长而成长，树木伴随着我们的快乐而快乐，我们与树有着不解之缘。因此，与城里孩子相比，爬杆上树，是我们农村孩子特有的玩事，也是我们农村孩子特有的本领和技能。

一个刚刚学会走路的小男孩，长辈们就会托起他往柱杆上贴，或举起他往树枝上放，以此来锻炼其胆量和魄力。

一个乡里孩子，如果不会爬杆上树，那是会被人瞧不起的。如果爬杆上树很厉害，不但会得到村民们的赞扬，更会得到小伙伴们追捧。

记得自己三岁的时候，就开始模仿别的孩子往树干上爬，虽然爬的树干不大，也不高，但开始时却总是爬不上，有时爬上去了，却又因为抱不紧树干而摔下地来，常常被摔得鼻青脸肿，为此不知道哭过多少回。不过，我不是因为摔痛了哭，而是因为爬不上树才哭的。

回到家里，母亲得知我因为爬树摔伤了，总是要狠狠地教训我："没出息的东西，活该！"

还好，母亲没有打我。

其实，母亲是怨恨我爬树不厉害。

既然爬杆攀树是我们童年的一种乐趣，那就不是哪一个孩子的单独行为，大多数情况下，我们都是成群结队在一块儿玩。

大家在一起玩爬杆上树，会经常开展一些比赛活动，比速度、比高度，就是看谁爬得快、攀得高。会爬杆攀树的小伙伴"嚓嚓"几下就上了树，又快又高，不会爬树的小伙伴，用尽了吃奶的力气也上不了树，急得直哭。

小星是我这房族已出五服的二叔家的孩子，比我大一岁零三天，人长得精瘦精瘦的，天生是爬树的料，小伙伴们都称他是"星猴子"。

他爬树的本事可大了。

在我们村前禾坪中央，有一根碗口般粗其顶端挂着一个大喇叭的笔直杉木杆，这个木杆原本是一根电线杆，用来架设电话线的，后因电话机拆除，没有了电话线，便用来架设广播线。它处于村前禾坪中心这个特殊的位置，便成为小伙伴们名副其实的爬

树上杆的训练场和练习场。小伙伴想爬电线杆了，便往它跟前凑，以至于这根电杆被爬得溜光锃亮。可以说，这是我们那时村里人气最旺、最热闹的地点之一，爬杆的、围观的，你来我往。

当我还需人扶着才能抱紧树杆的时候，小星可以无需任何依托，两脚一夹，"蹭、蹭、蹭"几下便可上至杆顶，最后还要在上面做一个猴子上树的动作亮相，引得围观者一片掌声和笑声。

爬杆攀树不仅给那时的我们带来了无尽的乐趣，而且还与我们那时的生活密切相关。

那时候，我们村的果树不是很多，仅有一些果树都是分到一家一户的，所以，我们村自产的水果很稀少、很单一，但也是很珍贵的。

每当果子成熟的收获季节，果树的主人将树上的果子摘完以后，果树便成了我们小伙伴们的天下。

大家站在树下，仰着头，透过那密密麻麻的树叶和枝枝蔓蔓的树枝，仔细寻找那些被主人漏摘的果子，一旦发现目标，我们便会迅速爬上树，抢着摘下来归为己有。如果发现漏摘的果子在树梢、枝梢那些人手够不着的地方，我们便会抓住树梢、枝梢使劲地摇晃，将漏摘的果子摇落下来，以饱口福。

其实，但凡在树梢、枝梢的果子，也并非全是树主人无意漏摘，而是树主人因够不着而无奈弃之，这恰恰"便宜"我们这些会爬杆攀树的小伙伴，树主人摘不到的果子，我们摘到了。

那时，山村、田野上鸟也很多，见过的、没见过的，叫的出名的、叫不出名的。春夏秋冬，你来我往，叽叽喳喳，天天在大树的上空盘旋，有的会偷吃树上成熟的果子，有的则会在树上筑窝架巢，而这些，又无疑是对我们这些会爬树的孩子们又一大诱惑。

一旦发现哪棵树上有鸟窝，我们就会千方百计地爬上树去，将鸟窝里的鸟蛋掏出来。如果遇上鸟窝里尚有不能飞的雏鸟，那更是意外的收获，自然也是意外之喜，小心翼翼地将其捉回家中，忙不停地给它喂食，恨不能让它一两天就长大高飞。

在我家自留地旁边，有一棵高大的枫树，枫树顶上的两个枝丫间有一个喜鹊窝。冬天来了，几只成年喜鹊成天飞进飞出、忙里忙外，原来喜鹊妈妈刚刚孵出小喜鹊。为了保护小喜鹊能够安全地度过寒冬，喜鹊妈妈和它的姐妹们每天都要衔来柴草筑巢。

这一天，寒风凛冽，细雨霏霏，我和几个小伙伴正要上树去掏喜鹊窝，捡几个鹊蛋或捉几只小喜鹊玩玩。这时小星走了过来，对我们说："天气这么冷，小喜鹊一定会冻坏的，不如弄点稻草放到喜鹊窝里去，让小喜鹊暖和暖和。"说完，从旁边的稻草垛上抓起一把稻草，噌、噌、噌几下便蹿到喜鹊窝边，轻柔又小心地将稻草放进喜鹊窝中，然后又嗖、嗖、嗖几下跳到了地上。

这一连串的举动令我们在场的几个小伙伴都看傻了眼，等我们明白过来，他已经扬长而去。

喜鹊筑巢是无须人类帮忙的，人类帮忙反倒会吓退喜鹊。果真，第二天，树上的喜鹊便不知去向。现在回想起来，尽管小星的这一举动是天真的，出乎我们的意料之外，但他的心是善良的，也是充满温情的。

一次，五保户桃奶奶的一只老母鸡，不知怎么地飞到了一棵高大的槐树上，上又不能上，下又不能下，桃奶奶急得不得了。她挥舞着一根闹鸡棍，使劲地敲打着树枝，可那老母鸡站在树枝上一动不动。

一招不行，又来第二招，桃奶奶点燃一个小爆竹，对准老母鸡伸过去，她以为老母鸡听到鞭炮炸响后会飞到地面，然而随着"砰"的一声响，老母鸡依然不动。

桃奶奶束手无策。

十一岁的玉妹子嘀咕了一句："要是有人能爬到树上就好了。"树底下站着的是一帮女孩子，大家望树生畏，你看看我，我看看你，然后摇了摇头。

正巧这时，我与小星打树下走过，得知相关情况后，小星不容分说，三下两下便上了树。桃奶奶生怕小星从树上摔下来，连忙喊："不能去，会摔下来。"其他女孩子也叽叽喳喳闹个不停，这个喊："小心，小星。"那个喊："小星，抓住树枝。"小星不慌不忙，悄悄地靠近老母鸡，趁着老母鸡梳理羽毛的当儿，突然伸出一只手，抓住老母鸡的腿拎着，"哧溜"几下就到了地面，双手交给桃奶奶。

桃奶奶眼里闪动着泪花，心里感激不尽，立刻从怀里掏出两块糖往我和小星手中塞。正在这时，六岁的金妹子跑了过来，她哭着说："星哥哥，宝妹子的'大飞机'飞到树上下不来了，你去帮帮她吧。"

在金妹子的带领下，我和小星来到一棵柚子树底下，只见几个三至五岁之间的小孩，仰头望着柚子树，一边指指点点，一边叽叽喳喳说着什么。宝妹子在一旁抹着眼泪，小星走上前去向宝妹子问道："怎么啦？"

宝妹子指着树上一只用纸折成的飞机，一边抹眼泪一边说："我的飞机在上面，下不来了。"

小星说："别哭，别哭，哥哥我帮你取下来。"

"太好了。"宝妹子破涕为笑。

小星说完，就要往树上爬。

我一见，有些犹豫地说道："小星，这飞机落在树枝末梢上，不好取，你要小心，注意安全。"

"放心吧，没事，看我的。"小星用小手在自己胸前拍了拍。

小星爬上树后，小心翼翼地抓住树枝，双腿慢慢地往纸飞机降落的枝丫处移动，当移到纸飞机附近时，才慢慢地弯下腰，伸出一只手去捡那纸飞机。

眼看小星的两个手指就要夹住纸飞机的尾巴，危险的一幕还是出现了，只听"咔嚓"一声，他脚下的那根树枝从树干处断裂。

好在树枝离地面的距离不是很高，小星摔到地上，胳膊被地上的一颗小石子擦伤，直流鲜血，左脸上也被树枝划破，左腿外侧还有点瘀青，不过没伤到骨头。

回到家里，小星没有如实地向父母汇报，只是说，在与小伙伴爬杆比赛的过程中不小心摔下来的。他知道，这样说，无非是被父母骂一顿，而不会去找别人的什么麻烦。

几十年后，我与小星相见时，只见他胳膊上的那道疤痕依稀可见。我问他现在还爬杆攀树吗，他憨笑着说："骨头硬了，爬不上了。"